Roman HERDÉ

# Les cris et le silence des murs

*L'amour au-delà de l'enfer.*

*« Tous droits de reproduction, d'adaptation et de traduction, intégrale ou partielle réservés pour tous pays. L'auteur ou l'éditeur est seul propriétaire des droits et responsable du contenu de ce livre. Le Code de la propriété intellectuelle interdit les copies ou reproductions destinées à une utilisation collective. Toute représentation ou reproduction intégrale ou partielle faite par quelque procédé que ce soit, sans le consentement de l'auteur ou de ses ayants droit ou ayants cause, est illicite et constitue une contrefaçon, aux termes des articles L.335-2 et suivants du Code de la propriété intellectuelle. »*

© ***Roman Herdé – 2023 – Tous droits réservés.***

*ISBN : 9798856511313*

Roman HERDÉ

Pour en savoir plus sur l'auteur et les prochaines publications, rendez-vous sur :

# www.romanherde.fr

« Un homme qui arrache la liberté à un autre, c'est lui-même qui est prisonnier. Il est prisonnier de la haine, il est enfermé par les barreaux des préjugés et de l'étroitesse d'esprit. »

**Nelson Mandela**

# Chapitre 1

Alexandre roulait sur la départementale glissante et détrempée par les pluies abondantes pour le dîner d'adieu que sa sœur, Dariane, avait organisée. Son départ pour l'Arabie Saoudite devait se faire deux jours plus tard. Tout était déjà prêt, ses affaires avaient été envoyées par conteneur et ses derniers bagages bouclés. Il avait fait l'état des lieux de sortie de son appartement dans l'après-midi et rendu les clés à son propriétaire. Une voiture éclaboussa son pare-brise en le doublant. Le lointain clocher de l'église qui lui indiquait qu'il approchait, se noya sous des trombes d'eau. Un coup de balai d'essuie-glaces grinçant et il réapparut. Alexandre décéléra en avance pour emprunter la bretelle de sortie en épingle et après avoir quitté la route principale, la voiture s'avançait dans la campagne pluvieuse du Nord, il se prépara à subir les remous du chemin cahoteux menant chez Dariane.

Avec la pluie incessante, il n'avait même pas remarqué toutes les voitures garées face à la grande demeure que Dariane et son beau-frère, Tony, avaient acheté il y a quelques années. C'était un ancien hangar pour stocker les patates, obtenu à bon prix. Il se gara à la hâte et courut vers la porte d'entrée, la tête enfoncée dans les épaules en tentant d'esquiver les trombes d'eau qui se déversaient sur lui. Il frappa rapidement et sans attendre de réponse entra dans la maison. La porte faisait face à un grand escalier et donnait directement sur un salon immense au très haut plafond. La pièce était si grande qu'elle pouvait accueillir des dizaines de personnes. Et à peine entré, Alexandre fut surpris par une combinaison de voix qui, en chœur, se mirent à hurler :

– Surprise ! Alex, Alex, Alex.

Il essuya ses yeux embrouillés par la pluie pour y voir plus clair. Il faisait, tel un radar, le tour du salon du regard et de voir ses amis, ses anciens collègues, sa famille les yeux braqués sur lui. Il fit un pas en arrière, lâcha son petit sac à main Louis Vuitton au sol et éclata de rire.

– Pour un diner en petit comité, y'a bien du monde.

Tout le monde s'était déplacé pour fêter son départ. Pour s'assurer que la fête soit aussi spéciale que possible, Dariane avait décidé qu'elle voulait que ce soit quelque chose que tous les invités n'oublient jamais. Après avoir passé des semaines à tout planifier et à organiser l'événement, elle avait embauché un traiteur, un DJ, un magicien pour les enfants, un hypnotiseur et un photographe. L'émotion pouvait se lire sur le visage d'Alexandre, qui sentit monter les larmes dans ses yeux bleus, couleur océan. Les flashes du photographe commençaient à canarder la star de la soirée pour ne manquer aucun moment. Dariane lui sauta dessus pour l'enlacer et lui dire à l'oreille :

– Cette fois t'auras une vraie fête, pas comme y'a deux ans pour ton départ à Dubaï qu'on n'avait rien fait.

Alexandre se dirigea vers les invités, il attrapa son plus jeune neveu et le prit dans les bras pour l'embrasser copieusement, puis, les yeux emplis de larmes il les salua un par un, les remerciant d'être présents. Chaque invité y allait de sa petite anecdote se remémorant de bons moments passés ensemble. Dariane s'était également assurée d'avoir beaucoup de vin, de champagne et d'aliments à grignoter. Sur la grande table du salon qui était décorée comme ces grands buffets luxueux, seau à champagne, petits fours présentés sur de jolis plateaux, la fameuse fontaine à chocolat tant adorée par les neveux d'Alexandre, des gâteaux, qui avaient été préparés avec amour par Églantine. Une ancienne collègue devenue pâtissière professionnelle après une émission sur M6 avec qui Alexandre aimait partager leur passion commune pour la cuisine et la pâtisserie. La plupart des convives se tenaient toujours à la même place, tels des statues de cire, attendant que quelque chose se passe.

C'était le moment pour les trois neveux d'Alexandre, les fils de sa sœur, de faire leur entrée en faisant rouler la chaise du bureau. Ils ordonnèrent à Alexandre de s'assoir. Les lumières furent éteintes et l'écran de l'immense télévision, qu'il leur avait offerte pour Noël, s'alluma. Tous les convives se positionnèrent en arc de cercle autour de lui. La chanson" A new day has come" de Céline Dion démarra. Un très bon choix, ça allait faire son petit effet, en même temps on ne pouvait pas être déçu avec Céline Dion. Des photos sélectionnées avec soin d'Alexandre défilaient au son de la musique. Au mariage de sa sœur et Tony, où il était témoin, avec ses neveux bébés, avec ses amis dans des postures parfois peu flatteuses.

À chaque nouveau cliché, il recherchait des yeux celui ou celle qui posait avec lui, dans des échanges de regards à la fois amusés et remplis d'émotion. La vidéo se termina sur une photo d'Alexandre en uniforme de chef, avec le message "tu vas nous manquer". Les lumières se rallumèrent suivies d'un silence plein d'émoi mais fut vite brisé par Alexandre :

– Tu as choisi belle photo pour conclure, ricana Alexandre regardant Dariane. Avec les vingt kilos que j'ai pris à Dubaï... Sur cette photo tu m'enlèves les pieds et je roule...

C'était vrai, Alexandre avait pris du poids lors de ces deux années passées à Dubaï. Il faisait, comme beaucoup de chefs de cuisine un poids bien plus élevé que la normale et dépassait allègrement les 100 kg.

À peine sa phrase finie, tout le monde éclata de rire à l'unisson. Dariane ordonna à son mari de servir les bubulles, comme elle aimait le dire, et au DJ qu'elle avait convié, de mettre la musique.

Les enfants ouvrirent la danse et se trémoussaient tels des pantins désarticulés sur de la musique électro. Ils se mirent à hurler :

– Tonton, tonton, tooooooontoooooon, viens danser.

Ce qu'il fit sans avoir besoin d'y être poussé. Les coupes de champagne se vidaient, tout comme le buffet et l'ambiance se faisait de plus en plus surchauffée. Les enceintes crachaient du son si fort que les fenêtres de toute la maison vibraient. Alexandre passa de bras en bras pour danser avec chacun et profiter de ces derniers moments avec ceux qu'il aimait.

Le lendemain serait le grand départ pour une nouvelle vie à des milliers de kilomètres, en Arabie Saoudite mais pour le moment il ne pensait qu'à profiter de l'instant présent. Tony le prit à part alors que les enfants étaient envoyés au lit pour lui demander comment il se sentait si proche du départ. Tony y allait aussi de ses conseils de prudence lui rabâchant ne pas prendre de risque démesuré et qu'être homosexuel n'était pas toléré dans cette partie du monde.

– Après tout ce que j'ai fait à Dubaï, le coupa Alexandre, et tous les…

Il s'arrêta et fit le geste de la main mimant une fellation.

– Pffff, souffla Tony, tu ne changeras jamais toi.

Alexandre avait enchainé les rencontres sans lendemain depuis sa rupture quelques années auparavant et s'était retrouvé plusieurs fois dans des situations cocasses dont Tony l'en avait extirpé à maintes reprises. Tous les deux avaient le même humour noir et la même autodérision et Alexandre d'ajouter :

– Au pire, je serai enfermé avec les moustachus, ça pourrait me plaire.

Ils éclatèrent de rire.

De retour sur la piste, Alexandre se servi une autre coupe et dansa comme un fou, tout en sueur il entreprenait une danse lascive avec la mère de Tony, elle aussi présente pour l'occasion. Sentant l'alcool lui monter à la tête, il s'arrêta de boire et se délecta d'un bon coca bien frais. La soirée se passait comme prévu, tout le monde s'amusait, buvait et mangeait. Le magicien passait de petit groupe en petit groupe faire des tours de magie, de passe-passe et de cartes. Une fête que ne personne n'oublierait de sitôt.

Assis au comptoir de la cuisine, Alexandre contempla tous ses proches et fut submergé par l'émotion. Des larmes remplirent ses yeux et coulèrent sur ses joues dodues pour venir mourir dans ses poils de barbe fraîchement taillée. Le plus jeune de ses neveux lui sauta au cou et lui fit un câlin. Ses chaudes larmes disparurent aussi vite qu'elles étaient venues.

– Dis donc toi, gronda gentiment Alexandre, tu n'étais pas au lit ?

Il monta les escaliers, son neveu dans les bras et alla le remettre dans son lit.

Vers deux heures du matin et la plupart des convives étaient déjà partis. Il vérifia son téléphone, il avait reçu de nombreux messages de ses amis et certains membres de la famille qui n'avaient pu être présents ce soir, lui souhaitant un bon voyage. Une autre série de messages attira plus particulièrement son attention.

Ceux de Yanis, le jeune homme qu'Alexandre avait rencontré quelques années auparavant et avec qui il entretenait des relations ambiguës, lui demandait s'il viendrait le rejoindre pour passer la fin de la nuit avec lui comme prévu. Alexandre, le sourire aux lèvres se leva et s'activa d'un coup. Il répondit positivement au SMS, le regard coquin, et aida à ranger le salon, remplit et mit en route le lave-vaisselle. Il remercia Dariane et son beau-frère Tony pour la soirée mémorable qu'il venait de passer et la surprise de te taille qu'ils lui avaient préparée. Après de longues étreintes pleines d'amour avec sa sœur et Tony, et pris d'une forte émotion,

Alexandre leur souhaita une bonne nuit. Il les reverrait le lendemain puisque Dariane le conduirait à la gare. Il retourna à sa voiture au pas de course.

Les fortes pluies n'avaient pas cessé, on n'y voyait toujours pas à plus de vingt mètres. Installé au volant de sa vieille voiture, Alexandre y resta un instant sans rien faire à observer la maison aux lumières éteintes et de chaudes larmes coulèrent à nouveau sur son visage et lui brouillèrent la vue. Il ne put se contenir pendant d'interminables minutes. La gorge serrée, il démarra le moteur sans pour autant bouger, il lui fallait reprendre ses esprits pour conduire prudemment avec ce temps.

La visibilité réduite au maximum, il prit la route à faible vitesse pour arriver en sûreté au rendez-vous qu'il avait fixé à Yanis. Ils se connaissaient depuis cinq ans et c'était la première fois qu'Alexandre se rendait chez lui. Leurs rendez-vous nocturnes avaient toujours lieu chez Alexandre puisque Yanis vivait toujours chez ses parents. Même quand celui-ci emménagea dans un appartement en collocation il ne put se faire à l'idée que quelqu'un soit au courant des relations qu'il entretenait avec d'autres hommes comme Alexandre.

La route lui sembla bien longue pour arriver à bon port, la pluie semblait même s'être intensifiée et rendait la route beaucoup moins sûre. Les quelques derniers kilomètres qui défilaient parurent durer une éternité, mais il était enfin arrivé à destination. Il s'empara de son téléphone posé sur le siège passager et envoya un SMS à Yanis pour l'informer de son arrivée. Quelques secondes plus tard, Yanis apparut à la porte d'une de ces maisons typiques du Nord de la France, de deux étages en briques rouges noircies par la pollution. À la vue de son hôte, Alexandre sortit du véhicule, s'avança rapidement et le suivit à l'intérieur de la petite maison de mineur.

Yanis lui fit un check de la main. Il n'y avait pas entre eux cette affection que des amants ou des amis peuvent avoir, pas d'embrassade, pas démonstration de quelques sentiments que ce soit. À peine entré, Yanis lui indiqua où poser son manteau et l'invita à le suivre. Yanis s'était arrangé pour être seul, sans colocataire pour cette soirée. Débarrassé de ses affaires, Alexandre le suivit pour une visite de la maison où il mettait les pieds pour la première fois. Il lui montra toutes les pièces avec un peu de fierté qu'Alexandre ressentit immédiatement.

Yanis avait bien changé depuis leur première rencontre. Son visage et son corps faisait plus adulte mais toujours aussi charmant. La visite se termina sur le toit-terrasse aménagé avec goût, un très beau salon de jardin en plastique imitation osier marron, protégé de la pluie battante par une tonnelle, des guirlandes lumineuses comme on pouvait en voir dans les foires et de grands pots de fleurs bien garnis avaient été installés avec soin. Yanis avait préparé de quoi boire un verre, du rhum ambré, celui qu'Alexandre aimait tout particulièrement et tout le nécessaire pour préparer des mojitos.

L'attention portée par son hôte pour lui faire plaisir l'attendrit et le fit sourire. Il ne connaissait pas cette facette de Yanis. Alexandre l'observait se mouvoir dans l'espace, il le trouvait particulièrement beau ce soir-là. Les gouttes de pluie tapotaient la toile de la tonnelle beaucoup moins fortement. Il ne faisait pas très froid en ce mois de mai. Ils prirent place tous les deux du même côté de la banquette.

– Je te sers un mojito ? lui demanda Yanis, le sourire aux lèvres, comme s'il avait préparé sa réplique toute la journée.

Alexandre acquiesça et alluma une cigarette tout en observant son hôte en pleine préparation de son cocktail favori. Il lui revenait les souvenirs de leur première rencontre sur Tchatche, un chat en ligne, alors que Yanis n'avait que 18 ans. Ils s'étaient retrouvés, comme ce soir-là pour un moment de plaisir charnel dans son petit appartement sous les toits d'un quartier populaire de Lille. Yanis s'était découvert sexuellement avec lui lors de leurs rendez-vous, deux ou trois fois par mois.

Le bruit du verre posé devant lui sur la table interrompit dans ses pensées. Yanis se roulait à présent un joint pendant que son invité se délectait des premières gorgées du breuvage fraichement servi. L'ambiance était très silencieuse. Ils avaient pour habitude de regarder un film qu'Alexandre avait téléchargé ou une série sur Netflix lors de leurs rencontres mais il n'y avait pas d'écran à disposition sur la terrasse.

Alexandre, qui n'aimait guère les silences trop longs le brisa :

– Tu as une belle maison, c'est vachement sympa chez toi Yanis.

– Ouais merci, c'est Nico mon coloc qui a tout décoré, moi c'est pas mon délire tout ça.

– C'est cool de passer la fin de soirée avec toi et de m'avoir invité chez toi, ça change.

– Bah ouais, tu n'as jamais voulu bouger ton cul pour venir me rendre visite ici, tu préfères rester chez toi tout seul.

– Disons que mon gros boule n'était pas dispo quand toi tu l'étais.

En disant ça, Alexandre se leva, tourna sur lui-même pour donner à voir son postérieur et claqua sa main sur sa fesse avant de se rassoir. Yanis le suivait des yeux.

– Yanis, si tu veux me parler, mes yeux sont plus hauts, reprit Alexandre.

Yanis s'empara de la bouteille de rhum pour servir un nouveau mojito, évitant Alexandre du regard. Il lui tendit le verre bien rempli de nouveau.

– Pourquoi tu repars encore au Moyen-Orient ? demanda Yanis.

– Parce que ça paie super bien, je me fais trois fois ce que tu gagnes en France, répondit Alexandre sans avoir remarqué la tristesse dans la voix de Yanis. Et les opportunités sont énormes dans les métiers de bouche.

Cette dernière partie de phrase remit un sourire coquin sur le visage de Yanis.

– Les métiers de bouche, oui, oui, de bouche, répéta Yanis.

Parlant de tout et de rien, le temps passa. Les mojitos s'étaient enchainés, la température se faisait plus froide ils décidèrent de ranger la terrasse et de se diriger dans le salon au premier étage. Alexandre suivit Yanis, s'installa sur le canapé.

Bien qu'il fût déjà tard dans la nuit, cela ne les dérangeait pas, ils avaient pris l'habitude de se rencontrer à des heures tardives après le service dans leur restaurant respectif car tout comme Alexandre, Yanis était cuisinier. Yanis demanda à Alexandre d'allumer la télé et vint s'assoir près de lui. Comme le temps passé dehors avait refroidi Yanis, il se tourna pour lui faire face, blottit ses pieds froids sur sa cuisse et cherchait un programme à regarder sur Netflix. Un film, une série, peu importait, ils n'allaient pas vraiment le suivre. Alexandre sentit le froid des pieds de Yanis traverser son jean et les prit dans ses mains pour les réchauffer alors que Yanis se rallumait un nouveau joint. L'odeur d'herbe se diffusait dans l'air. Alexandre appréciait le parfum du cannabis bien qu'il en avait arrêté la consommation.

La discussion tournait autour des clients du restaurant et les demandes farfelues qu'ils pouvaient avoir. Entre les commentaires des soupes trop chaudes et des glaces trop froides ou la demande pour un tartare de bœuf bien cuit. Les rires remplissaient le vide de la maison. Alors que le film continuait sur l'écran, les mains d'Alexandre étaient remontées et caressaient les jambes imberbes de Yanis. Il était plutôt grand, 1m85 et une corpulence normale, imberbe de la tête aux pieds. Il se plaignait très souvent de son manque de pilosité et de l'absence de barbe sur son visage. Mais cela plaisait beaucoup à son amant.

Alexandre l'avait toujours trouvé très beau. De ses origines marocaines il avait la peau caramel clair et de grands yeux marron, les cheveux bruns courts, un grand sourire aux belles lèvres pulpeuses. Le film n'était pas fini mais Yanis ne pouvait contenir son érection plus longtemps enfermée, il entraina son invité à monter dans sa chambre qui le suivit sans hésiter.

D'ordinaire peu entreprenant et se laissant faire, Yanis prit cette fois le contrôle et caressa la poitrine de l'homme qu'il avait dans son lit. Ses mains se glissèrent lentement sur le ventre dodu pour atteindre le pubis aux poils bien taillés et sentir la verge en érection d'Alexandre qui tressauta de plaisir. Il fit de même avec Yanis et serra doucement son membre qu'il avait toujours trouvé de très grande taille, puis il approcha son visage du ventre plat et imberbe de son bel amant en y déposa de chauds et doux baisers, se dirigeant vers le sexe dur de Yanis. Alexandre déposa ses lèvres sur le gland raidi d'excitation et entama une fellation. Douce, tendre et dure à la fois. Yanis, qui n'avait pas pour habitude de le faire le suça en retour et ils se retrouvèrent en 69, ce qui étonna Alexandre. Il en gémissait de bonheur. Le plaisir que prenait Yanis était de plus en plus intense, il changea de position et commença à frotter ses belles fesses rebondies sur le pénis gonflé de plaisir de son partenaire se faisant pénétrer centimètre par centimètre par la longue et grosse verge dressée. De petits râles sortaient de la bouche de Yanis alors que les vas et viens devenaient plus intenses, profonds et rapides. La satisfaction se lisait sur le visage des deux amants. Les mouvements des corps chauds et exaltés se firent plus rapides, les peaux claquaient l'une sur l'autre jusqu'à l'explosion finale. Le plaisir fut intense et bestial. Chacun à leur tour, ils passèrent par la salle de bain puis retournèrent au lit. Alexandre souhaita une bonne nuit à Yanis qui lui tourna le dos.

Quelques minutes plus tard, il se retourna à nouveau et enlaça son voisin de lit, le serra contre lui à en sentir toutes les parties de son corps contre celui d'Alexandre. Bien qu'ils eussent l'habitude de passer la nuit ensemble dans le même lit, jamais il n'y avait de démonstration de tendresse entre eux, ni câlin, ni bisous. Ce témoignage d'affection inattendu étonna Alexandre qui jeta un œil amusé sur la main qui venait de se poser sur lui. A son tour, lui prit la main, y déposa un baiser et la pressa contre son torse. Ils s'endormirent dans la position de la cuillère pour le reste de la nuit.

Les effluves du café fraîchement coulé réveillèrent Alexandre qui était seul dans le grand lit. Il vérifia l'heure sur son téléphone, il était déjà 12 h 30 et il devait se dépêcher pour ne pas être en retard au rendez-vous avec sa sœur et partir pour l'aéroport. Il prit rapidement une douche et rejoignît son hôte dans la cuisine. Il avala une tasse de café brulant puis rassembla ses affaires, se dirigea vers la porte où Yanis l'attendait et lui fit ses adieux.

– Prends soin de toi, Yanis, on se reverra à mon prochain retour sur Lille.

Yanis ne répondit pas, le serra dans ses bras de longues secondes. Il faisait une tête de plus qu'Alexandre et dut se baisser un peu pour lui chuchoter à l'oreille :

– Tu vas me manquer… Bon voyage.

– Ça va, heu, Yanis, c'est pas comme si on était en couple non plus.

– Pas faute d'avoir tenté mais tu me l'as bien fait comprendre, ton ex, tout ça… Et pas qu'une fois d'ailleurs, mais… Alex, ça va, on est bien. T'inquiète.

– N'importe quoi Yanis.

Encore un élan d'affection qui sortait de ses habitudes et laissa Alexandre bouche bée sans savoir quoi répondre. Avant de relâcher son étreinte, Yanis frôla de ses lèvres l'oreille puis le cou de son *sex-friend*[1] et les pressa légèrement sur sa joue, à la commissure de sa bouche, sans bruit… C'était sur ce baiser non assumé qu'Alexandre le quitta, reprit sa voiture puis se mit en route pour rejoindre sa sœur et récupérer ses bagages.

Dariane était déjà au volant, le regard triste dans le vide, avait mis les valises dans le coffre. Tony et les trois jeunes garçons attendaient Alexandre sur le pas de la porte pour lui faire leurs adieux et lui souhaiter un bon voyage à leur tour.

Si le trafic était fluide il y aurait trente minutes de route pour arriver à destination. Les frère et sœur en direction de la gare de Lille Europe échangèrent quelques banalités et chantèrent à tue-tête les hits qui passaient à la radio.

Les adieux furent brefs. Dariane qui ne voulait pas laisser paraitre son émotion, embrassa son frère sur le quai et l'aida à monter ses valises dans le TGV et repartit aussi vite. Alexandre savait que sa sœur ne montrerait pas ses émotions mais qu'elle éclaterait en sanglots de retour dans sa voiture. Alexandre fuma une cigarette rapidement avant de rejoindre son siège.

Le train démarra et il passa l'heure qui le séparait de l'aéroport à se refaire le film de la nuit passée avec Yanis et de ses démonstrations inhabituelles de tendresse et d'affection arborant un large sourire sur son visage.

---

[1] Sex-friend: personne avec qui on entretient des relations sexuelles en toute amitié

Une fois arrivé à Charles de Gaulle, il se dirigea avec son chariot rempli à craquer de valises vers le comptoir de la Business Class de *Saudia*[2] pour y faire le check-in, laisser ses bagages, passer aux contrôles de sécurité et enfin profiter du lounge et du généreux buffet avec des plats chauds, des plats froids, un assortiment de fromages digne d'un restaurant étoilé, des pâtisseries fines. Et bien sûr, le bar où toutes les meilleures boissons du monde étaient à disposition comme les plus grands vins. Il allait y rester plusieurs heures avant le décollage. Bien qu'étant un grand voyageur, il ne volait que très rarement en classe affaires, mais comme le billet d'avion avait intégralement été payé par son nouvel employeur, il allait en profiter.

L'annonce de l'embarquement de la classe affaire venait de retentir dans les hauts parleurs au son grésillant du lounge. Alexandre prit son bagage à main et se dirigea vers la porte d'embarquement.

Installé confortablement dans son siège, le Boeing 787 Dreamliner décolla direction Riyadh, Arabie Saoudite pour une nouvelle vie.

---

[2] Saudia : compagnie aérienne nationale de l'Arabie Saoudite

**Chapitre 2**

Le vol de six heures et demie s'était déroulé à merveille, avec le service de qualité réservé aux clients de la classe affaires. Bien que les repas ne furent servis qu'avec des boissons sans alcool (les vols vers l'Arabie Saoudite sont dit "*Dry* "en raison des règles religieuses du pays), Alexandre avait apprécié les saveurs des plats, un kebsa à la viande, du jarish, une sorte de bouillie de blé comme un risotto plus liquide et un délicieux moelleux aux dattes et caramel salé. Il était presque 19 h lorsqu'Alexandre arriva à Riyadh. L'aéroport n'était pas aussi moderne que celui de Dubaï qu'il avait pris l'habitude de fréquenter, mais le passage par les services de l'immigration fut plutôt rapide. Il ne restait plus qu'à attendre la livraison des bagages sur le tapis roulant. Alexandre observa les autres passagers et les employés de l'aéroport, de nombreux Saoudiens revêtus de l'habit local, pour les hommes, le Thob, cette longue tenue blanche à manches longues et arrivant jusqu'aux pieds et la tête couverte du *Shemargh*, tout aussi traditionnel, à carreaux rouges et blancs. Les femmes, elles, portaient leur Abaya noire, couvertes de la tête aux pieds, ne laissant apparaître que leurs yeux. Alexandre ne put s'empêcher de comparer avec les Émirats arabes unis où il avait vécu deux ans. À Dubaï, les voyageurs étaient plus internationaux et l'aéroport plus blingbling que celui de Riyadh qui lui semblait plus authentique, mais ne fut pas choqué pour autant.

Les formalités terminées il se dirigea vers le hall des arrivées. Il aperçut son nom sur un petit écriteau tenu en main par un employé de l'hôtel que lui avait réservé son employeur. Il y resterait le temps de terminer les démarches administratives pour son installation en Arabie Saoudite. L'employé lui souhaita la bienvenue :

– *Marhaba*[3] *habibi*, lui dit l'employé.

Puis il prit ses bagages et indiqua où Alexandre devait l'attendre avant de partir récupérer son véhicule.

Après s'être procuré une carte SIM à la boutique de l'aéroport, Alexandre en profita pour allumer une cigarette et envoya un message sur le groupe WhatsApp de ses amis et sa famille afin de les prévenir qu'il était bien arrivé à Riyadh. Il envoya la photo de sa tête de côté faisant la grimace avec en arrière-plan du panneau du ministère du tourisme avec écrit : Saudi, Bienvenue en Arabie. Bien que la nuit fût déjà tombée, la chaleur était écrasante en ce mois de mai et en quelques secondes à peine, il transpira à grosses gouttes.

Le chauffeur arriva à bord d'un SUV aux couleurs de l'hôtel, Alexandre embarqua à l'arrière. Sur le chemin, il demanda à son chauffeur quelques conseils pratiques sur les *Malls*[4] et les endroits à visiter. D'origine saoudienne, il parlait un anglais à peu près correct.

– Qu'est-ce que vous faites comme métier ? lui demanda son chauffeur.

– Je suis chef de cuisine.

– Oh ! Un grand chef dans ma voiture. Quel honneur.

– Non, non, je ne suis pas un chef étoilé non plus.

---

[3] Marhaba : Bienvenue
[4] Malls : Centres commerciaux

– Mais quand même, un chef français c'est bien.

Sur la route, Alexandre ne pouvait vraiment se rendre compte à quoi ressemblait la ville. Il faisait nuit et la conversation avec le conducteur l'avait bien occupé tout le trajet. Le gros SUV se gara devant les portes coulissantes de l'établissement cinq étoiles où il allait passer les prochaines semaines. A son arrivée il fut dirigé vers la réception se faisant offrir un café arabe et des dattes. La réceptionniste l'invita à s'assoir et lui offrit à nouveau du café arabe et une bouteille d'eau fraiche.

– Monsieur Perret, soyez le bienvenu à Riyadh et dans notre établissement, lui dit l'employée de l'hôtel. Le petit déjeuner sera servi entre 7h et 11h30 dans notre salle de restaurant.

– Très bien, merci.

Alexandre prit les cartes magnétiques pour se rendre à sa chambre.

Une fois ses bagages déposés dans sa chambre, il envoya un message à Serge, son nouveau boss, pour l'avertir de son arrivée et demander à quelle heure il devait se retrouver le lendemain.

Serge était Français lui aussi, il l'avait recruté via LinkedIn. Après de nombreux échanges et appels vidéo entre le directeur des opérations, le PDG et les ressources humaines, il avait décroché le job de chef exécutif pour une entreprise de divertissement basée à Riyadh. Il serait chargé de toute l'offre alimentaire du groupe, de créer les menus, d'analyser les coûts, du recrutement et de formation des équipes, du développement de nouveaux concepts à travers toutes les entités de l'entreprise à travers le royaume.

Le voyage fut long et la nuit précédente avait été plus que courte, Alexandre prit une douche en attendant sa commande, un club sandwich et des frites du room-service. Quand celle-ci arriva, il regardait un épisode de *Stranger Things* sur Netflix. Une fois son repas englouti, il se jeta sur le lit laissant ses valises ouvertes sur le sol de la chambre, il s'en occuperait le lendemain. Pour le moment il devait reprendre des forces pour la journée à venir puis s'endormit quasi instantanément.

    7 h 30, le réveil de son iPhone se mit à sonner. Alexandre éteignit la sonnerie stridente et se leva d'un coup. Il commanda un café *flat white* qui lui fut apporté en chambre quelques minutes plus tard. Le temps d'apprécier son café il regardait les messages reçus pendant son sommeil. Il y en avait plusieurs de Serge qui s'excusait de ne pouvoir être disponible pour le rencontrer car il devait se rendre dans une autre ville du pays pendant deux jours.

    Alexandre avait plutôt l'habitude de trainer au lit, mais il était déjà debout, tout excité par ce nouveau boulot, il ne tenait pas en place. Il avait déjà préparé ses affaires pour son premier jour sur cintre dans la penderie. Il avait vidé sa valise et organisé ses affaires dans les placards de la chambre. Il avait même fait le lit. Alexandre était plus qu'impatient de commencer à travailler. Il avait fait des recherches complètes sur l'entreprise, il savait où se trouvaient tous les lieux dont il aurait la responsabilité.

    Après avoir avalé son café et tourné en rond, il reprit son téléphone pour lire les autres messages reçus, et, ceux de Yanis, avec des photos équivoques de lui nu face au miroir, sexe dressé et une autre avec ses fesses lisses bombées légèrement écartées. Bien qu'entre gays il était courant de partager ce genre de photos, ça ne l'était pas entre eux. Ce message l'avait mis sur un petit nuage, le fit vibrer de tout son corps et avait augmenté son érection matinale. Il se dirigea dans la douche et se masturba en pensant à son amant et en regardant les photos plus qu'excitantes.

    Une fois prêt, il descendit pour rejoindre l'Uber qu'il avait réservé et partir à la découverte de la ville. Happé par la chaleur intense en cette matinée de mai, il faisait déjà plus de 35 degrés, il fut aussitôt en sueur. Le ciel n'était pas bleu ou nuageux, il était poussiéreux, de couleur beige comme le sable. Une autre surprise de taille l'attendait, la voiture Uber n'était pas celle convenue sur l'application mais une Mercedes classe E dont la voix du chauffeur, étonnante aussi, était féminine. Bonne surprise. En route, il ne pouvait distinguer que peu de détails, la vue était bloquée par cet épais brouillard de poussière.

Il passa donc la matinée dans un centre commercial à faire du lèche-vitrine et quelques achats pratiques comme des affaires de toilettes et des gâteaux. Puis il prit son déjeuner chez *Raising Cane's*[5] ensuite s'acheta des pains au chocolat chez Paul (cette boulangerie française qui s'était très bien développée en restaurant dans les pays du Golf) qu'il mangerait plus tard. De retour à l'hôtel, le réceptionniste s'intéressa à la raison de sa visite en Arabie Saoudite. Alexandre lui expliqua qu'il avait été recruté comme chef pour diriger les cuisines d'un grand groupe local. Ils discutèrent ainsi quelques minutes puis l'agent d'accueil lui indiqua les installations disponibles comme la piscine, sauna, jacuzzi et la salle de sport.

Alexandre n'était pas du genre sportif bien au contraire, plus adepte des soirées sur canapé avec Netflix qu'à faire du sport, il remercia son interlocuteur de ces informations et monta dans sa chambre. La météo et cette poussière avaient eu raison de sa motivation à visiter la ville pour le moment. Après une petite sieste, il alla faire un tour à la piscine sur le toit de l'hôtel pour boire un thé. Le temps n'avait pas changé et peut-être même empiré, il y avait de la poussière partout. Il était seul avec le serveur du lounge qui semblait s'ennuyer profondément. Des haut-parleurs de piètre qualité, vissés à la mosquée toute proche, crachaient le son de

---

[5] Raising Cane's: chaine de fast-food spécialisée dans les filets de poulet frits.

l'appel à la prière et Alexandre fut invité à quitter les lieux puisque la piscine et la terrasse seraient fermées le temps de la prière. Il retourna dans sa chambre, s'installa sur le fauteuil du petit salon, près de la fenêtre, continua l'écriture du roman qu'il avait entamé des mois plus tôt. Ce n'était pas le premier qu'il avait écrit mais aucun n'avait eu de succès. Il fut interrompu après deux heures de son inspirante écriture par la sonnerie du téléphone de la chambre. On lui parlait en français, avec un accent arabe et chantant qu'il connaissait bien. C'était le chef exécutif de l'établissement, un Tunisien, qui, ayant eu vent qu'un chef français résidait à l'hôtel, ne put s'empêcher de vouloir le rencontrer.

Il l'invita à le rejoindre pour le dîner et Alexandre accepta avec empressement. Il se prépara, une douche, habits propres et repassés puis une bonne dose de parfum.

– Bonsoir chef, je suis Mahmoud, soyez le bienvenu !

Mahmoud invita Alexandre à visiter les cuisines de la maison, il lui fit le tour des trois restaurants et du room-service. Il raconta à Alexandre son expérience depuis cinq ans à la tête des cuisines et celui-ci partagea les siennes en France et à Dubaï ainsi que ses voyages en Tunisie. Le temps passa assez vite et il était l'heure de diner. Le chef Mahmoud proposa à Alexandre de s'installer à une table et il serait son invité pour ce soir. Un ceviche de bar à la mangue, un short ribs braisé, des plats plus que délicieux s'enchaînèrent les uns après les autres, au plus grand plaisir d'Alexandre. À la fin du repas Mahmoud le rejoignit pour le café.

– Alors chef, c'était comment votre diner ? demanda Mahmoud.

– Merci, je me suis régalé, tout était parfait. Les combinaisons des saveurs, texture, et la présentation, au top. Bravo chef.

Mahmoud s'assit aux côtés d'Alexandre avec les cafés.

– Vous sentez bon chef, c'est quoi le parfum ? questionna Mahmoud.

– Heu… C'est Dark Amber de Jo Malone.

Le diner terminé, il remercia Mahmoud pour son hospitalité et les plats divins qu'il lui avait préparé. C'était le ventre plein qu'il rejoignit sa chambre et se vautra sur le lit. Il tenta de reprendre l'écriture du chapitre commencé plus tôt mais ne parvient pas à se concentrer, il reprit le visionnage de sa série, où il s'était arrêté pendant une heure et demie. Il s'endormit au son de l'air conditionné ronronnant.

La seconde journée à Riyadh commença comme la précédente avec un café du room-service et les pains au chocolat achetés la veille. Cette fois, Alexandre décida de louer une voiture pour aller à la découverte de Riyadh à sa guise. Il avait effectué des recherches sur les lieux incontournables à visiter lors de ses longues heures d'attente avant son vol. Cette fois-ci, la météo était plus clémente et lui offrait un ciel totalement dégagé, d'un bleu éclatant.

La capitale saoudienne avait longtemps été en retard par rapport à ses voisines comme Dubaï ou Doha, mais depuis quelques années, le rythme des constructions s'était accéléré, notamment avec le nouveau quartier d'affaires King Abdullah Financial District. Sur l'une des artères principales, qui faisait office d'autoroute depuis le nord de la ville, se trouvaient d'autres gratte-ciels modernes mais la plupart des habitations étaient de petits bâtiments de deux à trois étages, de formes cubiques aux petites fenêtres carrées manquant cruellement de charme. Alors que dans les quartiers plus huppés de la ville se développaient de nouveaux projets immobiliers aux allures très européennes.

Au volant de la Hyundai Elantra de location, il se dirigea vers la vielle ville de Diriyah qui était la toute première capitale du pays en commençant par son centre historique, At-Turaif. Il découvrait son architecture traditionnelle en briques de terre et d'argile.

La visite terminée de ce lieu historique, classé au patrimoine mondial de l'UNESCO, Alexandre reprit la route pour se rendre au milieu des paysages verdoyants de l'oasis de Wadi[6] Hanifa. La température était plus fraiche dans cette partie de la ville d'au moins cinq degrés puis au Musée National qui présentait l'histoire du pays, la culture et les arts. Ces visites furent très instructives et lui ouvrirent l'esprit sur l'histoire riche du royaume et l'appétit.

Il s'arrêta dans le restaurent Najd Village, le plus typique de la ville et représentant au mieux la richesse gastronomique de l'Arabie Saoudite. De l'extérieur il ressemblait à une forteresse couleur sable foncé et surmonté par des créneaux triangulaires blancs qui lui donnaient l'air d'un château-fort. L'intérieur, lui, offrait un jardin entouré par des espaces séparés par de petits murets blancs et les sols recouverts par des tapis rouges. Il n'y avait pas table, on s'y assoyait sur des banquettes ras le sol. Le serveur ne parlait pas anglais et eut du mal à se faire comprendre. Dans le box voisin, cinq Saoudiens entendirent la conversation et l'un d'eux intervint :

– Le serveur vous dit que c'est pour quatre personnes minimum, lui traduit le saoudien.

– Ah ! Ça va faire beaucoup, s'étonna Alexandre.

Son interlocuteur questionna d'un signe de tête ses camarades de tablée qui acquiescèrent.

– Viens avec nous, quand il y en a pour cinq, y'en a pour six. Je te présente Badr, Mohammed, Abdallah, Abdulrahman et moi c'est Eyad.

---

[6] Wadi : vallée

Alexandre accepta avec plaisir et les rejoignit. Ils le questionnèrent sur sa présence en Arabie Saoudite, pourquoi il était seul au restaurant, etc…

Les plats arrivèrent et c'était gargantuesque. Kabsah, maklubah, margoog, jerish, qersan, tout l'éventail de la cuisine saoudienne sur un énorme plateau coloré qu'ils partagèrent en mangeant avec la main droite. Tous les six étaient vautrés, en silence, dans les coussins. Pour digérer, il leur fut servi un thé au habac, sorte de menthe locale au goût citronné.

Lorsque le serveur arriva pour présenter la note, l'un des hôtes se leva et paya pour tout le monde. Alexandre les remercia chaleureusement. Avant de se séparer, ils échangèrent leurs numéros de téléphone et se promirent de se revoir.

Une fois rassasié, Alexandre retourna à l'hôtel. L'après-midi fut consacré à organiser ses affaires pour le travail et s'attela à nouveau à l'écriture de son roman, bien inspiré par ses dernières visites jusqu'au diner qu'il prit au restaurant de l'hôtel. Son repas à peine fini, Mahmoud, le chef de l'établissement, lui proposa de se joindre à lui.

– Monsieur Alexandre si vous voulez, venez avec moi à la chicha. C'est pas loin et ils font du bon thé aussi, l'invita Mahmoud. Allez, je vous invite Monsieur Alexandre.

– D'accord mais pas de Monsieur avec moi, ok ?

Alexandre l'attendait dans le lobby. Quand celui-ci arriva, il faillit ne pas le reconnaitre sans son uniforme. Mahmoud du haut de ses trente ans, n'était pas très grand, pas plus qu'Alexandre d'ailleurs, il avait un corps svelte et un visage aux traits fins, ses cheveux noirs coiffés à l'italienne avec une quantité énorme de gel.

À l'entrée du café, un jeune saoudien, AirPods vissés aux oreilles attendait à l'accueil. À leur arrivée, il se redressa et ôta un des écouteurs blancs de son oreille.

– Where are you from ? demanda-t-il en direction d'Alexandre.

– Je suis français.

- Ah Français, reprit, étonné, l'hôte dans un anglais cassé, bienvenu à café, si vous avez besoin, vous demande-moi ce que tu vouloir ok ?

Il jouait de la musique égyptienne bien trop forte, ça faisait vibrer les parois en plexiglas de l'immense terrasse. L'intérieur ressemblait à une tente bédouine reconstituée sans goût. Le mobilier était de simple tables, chaises fauteuils en plastique marron tressé de jardin. L'endroit n'était fréquenté que par des hommes, à très grande majorité arabes.

Installés au café, Mahmoud lui racontait, de sa voix chantante et dans un français un peu cassé, comment il avait commencé à cuisiner avec sa grand-mère paternelle dans son petit village près de Tunis où il avait rencontré sa femme. Celle-ci était restée en Tunisie pour s'occuper de ses enfants vu les frais exorbitants pour scolariser ses enfants à Riyadh. Alexandre l'écoutait avec attention et lui découvrait, petit à petit, un certain charme et quelques manières. Mahmoud était assez tactile comme le sont beaucoup de méditerranéens. Il lui touchait mains, épaules, genou, bras tout en racontant son histoire. Bien qu'Alexandre fût habitué à ce type de personne aux contacts physiques faciles, il sentait que son nouvel ami insistait en laissant ses mains plus longtemps que de convenance. Alexandre, qui n'avait jamais tellement apprécié être touché sans en avoir invité l'intéressé, se rétracta à plusieurs reprises, recula, changea de position sans effet sur son interlocuteur.

Ils passèrent ainsi plusieurs heures à discuter ensuite de tout et de rien. La chicha de Mahmoud ne produisait plus de fumer et les visages des deux hommes montraient des signes de fatigues. Ils baillèrent chacun leur tour. L'heure se faisant tardive, Mahmoud le raccompagna à l'hôtel puis rentra chez lui. Arrivé dans sa chambre, Alexandre reçut un texto de Mahmoud qui le remerciait pour la soirée et lui souhaitait une bonne nuit avec un petit émoji fleur. Il fit de même et alla se coucher.

Le jour suivant il resta dans sa chambre à préparer sa première journée de travail du lendemain. Quelques e-mails, lecture, écriture de deux nouveaux chapitres et le visionnage de la série Élite sur Netflix et les repas du room-service, la journée passa rapidement. Le stress et l'excitation de la première journée lui avaient fait passer une nuit agitée et peu reposante. Il était attendu à 9 h 00 à son nouveau bureau.

Alexandre arriva en avance au siège de sa nouvelle entreprise. Serge, lui offrit un visage ouvert et lumineux.

– Enfin on se rencontre, dit Serge qui l'y attendait, les bras grands ouverts comme prêts pour lui faire un câlin.

– Ravi de vous rencontrer Serge.

– On va se tutoyer quand on est entre nous.

Il lui fit la visite des locaux, le présenta à quelques nouveaux collègues puis lui montra le bureau qu'il occuperait.

La visite terminée, Serge le briefa sur ses responsabilités au sein de l'entreprise, les projets en cours et à venir, les visites à faire sur les sites du groupe dans différentes villes du pays. Ils furent interrompus par l'arrivée du PDG qui voulait faire la connaissance de leur nouvelle recrue et lui souhaiter la bienvenue à bord.

– Alex, voici Graham, notre PDG, dit Serge

– Ravi de vous rencontrer, Monsieur.

– Bienvenue dans la boîte.

Il repartit aussi vite qu'il était venu le téléphone collé à l'oreille.

Après avoir établi un plan d'action pour les prochaines semaines de travail, Serge invita Alexandre à déjeuner pour faire plus ample connaissance. Serge avait choisi un restaurant de sushi proche de l'entreprise mais où il aurait toute l'intimité pour discuter.

– Un jap, ça te va ? demanda Serge de façon très parisienne.

– Oui, oui super.

La commande passée, ils discutèrent des objectifs de développement et de croissance avant d'être stoppés par l'arrivée des plats. L'énorme coffret de sushi, tatakis, sashimi et autres salades fut déposé entre eux.

– Alors Alex, tu me disais lors de tes entretiens que tu avais vécus deux ans à Dubaï. Comment ça s'est passé ?

– Plutôt bien. Beaucoup de boulot, avec des ouvertures de restaurants à la chaine, mais une expérience et des rencontres incroyables.

– Et pour ta femme, ça n'a pas été trop difficile de s'acclimater à la météo Dubaïote ? Demanda Serge attrapant un sushi du bout de ses baguettes.

– Je ne suis pas marié et j'y étais seul, répondit Alexandre pour éluder la question.

– Ah... ! fit Serge, étonné par la réponse. Je pensais que tu étais en couple.

En France, il n'avait aucune gêne à répondre qu'il n'était pas marié et ne le serait jamais étant homosexuel mais pas dans cette partie du monde où les relations entre personnes de même sexe n'étaient non seulement pas autorisées mais réprimées et condamnées, parfois de la peine de mort. Il avait décidé qu'il échapperait autant que possible aux questions trop personnelles pouvant le mettre en défaut. Il était vrai que les 35 ans dépassés, ne pas être marié ou du moins ne pas être en couple faisait s'interroger les gens. Alexandre aimait à répondre qu'il était divorcé et sans enfant, pour ne pas avoir à sentir le jugement que ses collègues pourraient avoir sur lui.

Une fois leur repas avalé, ils prirent la direction du bureau et s'arrêtèrent en chemin pour prendre un café au drive chez Jolt, le favori de Serge qui commanda un latte au lait d'amande et Alexandre un latte glacé à la pistache.

L'après-midi, il reçut un ordinateur portable, ses accès de connexion au site intranet, nouvel e-mail professionnel et assista à la première réunion avec les directeurs des différents départements.

Alexandre se présenta à l'assemblée, énonçant les faits marquants de sa carrière la voix légèrement tremblante et peu assurée. Quand il enchaina sur ses réussites à Dubaï, dont il était très fier, il fit preuve de plus d'aisance, puis il mentionna le plaisir qu'il avait à rejoindre cette nouvelle équipe se tenant bien droit et observant chacun de ses interlocuteurs. Il remarqua lors de son petit discours bien préparé que l'un des directeurs, un Australien, Blake, l'avait fixé de ses yeux vert émeraude tout du long. Il alla se rassoir pour suivre le reste de la réunion, prenant des notes sur son iPad et observant du coin de l'œil à l'autre bout de la table cet homme d'une trentaine d'années qui l'avait fixé avec insistance. Blake. Il était le directeur technique de l'entreprise, ils seraient amenés à travailler ensemble pour de nombreux projets et par la même occasion Alexandre en apprendrait plus sur ce bel *aussie*[7].

De retour dans son bureau, Alexandre organisa la disposition de son nouvel espace de travail. Il changea la position du bureau pour avoir une vue vers l'extérieur, il bougea l'armoire métallique à l'opposé de la pièce et arrangea au milieu de la pièce la table ronde et les chaises. Il regardait le bureau, satisfait de l'avoir rendu

---

[7] Aussie: signifie Australien

un peu plus personnel, quand une notification venue de son ordinateur l'interrompit dans son élan. C'était un e-mail du PDG qui avait été envoyé à tous les employés pour souhaiter la bienvenue dans l'équipe à Alexandre. Plusieurs autres e-mails de la part des équipes, en réponse, s'ensuivirent. Il regarderait plus tard et reprit l'arrangement de son bureau. C'était la première fois qu'il avait un bureau aussi grand, avec de grandes fenêtres dont la vue donnait sur une rue passante, un bureau d'angle immense, une grande table de réunion entourée de six fauteuils, un petit réfrigérateur, une armoire pour y ranger ses dossiers, une machine à café Nespresso et les dosettes qui allaient avec, et pour couronner le tout une plaque sur sa porte avec son nom et son grade. Une fois fini, il se posa à son bureau et contempla autour de lui, ravi de la disposition et regarda à travers les grandes baies vitrées qui donnaient sur l'open-space où travaillaient les employés tous départements confondus. Il était satisfait de l'accueil et de l'espace qu'on lui avait réservé.

Il était attelé à vérifier les documents que lui avait fournis Serge plus tôt dans la journée quand celui-ci entra dans le bureau.

– Je vois que tu t'es bien installé. Si tu as besoin de quoique ce soit n'hésite pas à me demander.

– Merci, pour le moment je pense que j'ai tout ce qu'il me faut lui répondit Alexandre

– Si tu as besoin d'attirail supplémentaire va voir Blake, il s'occupe de tout ce qui est technique et du matériel, que ce soit informatique, mobilier et surtout l'équipement des cuisines. Tu verras, il est un peu froid comme ça, mais il fait bien son boulot.

– Parfait, j'irai le voir en temps voulu, merci.

– Encore une fois, sois le bienvenu. Je sens qu'on va faire du bon boulot ensemble.

Serge sortit, referma la porte puis la rouvrit aussitôt laissant juste passer sa tête dans l'embrasure :

– Très bien ta présentation, tu as marqué des points avec pas mal de directeurs.

Puis il repartit vaquer à ses occupations.

Installé face à son PC portable, Alexandre pouvait voir à travers les baies vitrées le bureau de Blake qui était occupé avec des membres de son équipe à consulter les plans de nouvelles constructions. Alexandre ne pouvait s'empêcher de le fixer mais s'arrêta net quand celui-ci leva la tête et regarda dans sa direction et reprit l'analyse des menus pour les différents points de restauration du groupe.

Concentré sur la tâche, il reçut une invitation par email pour visiter les sites de Riyadh en compagnie de Blake et Serge, à 9 h 30 le lendemain matin.

Il était déjà 20 heures quand Alexandre quitta le bureau, il prit sa voiture dans le parking souterrain pour retourner à l'hôtel. En arrivant dans sa chambre il déposa sa sacoche sur le bureau, se débarrassa de ses affaires, et prit une douche et se vêtit d'une tenue plus confortable avant de descendre au restaurant pour prendre son dîner. Il se regarda dans le miroir du petit couloir qui menait à la porte de sa chambre, il avait de petites poches sous les yeux. Il se sourit et se fit un clin d'œil à lui-même avant de quitter la chambre.

Le serveur lui indiqua que le chef Mahmoud était de repos mais que des instructions précises avaient été données aux cuisines pour lui. Alexandre était touché par tant d'attentions et de gentillesse de la part de ce nouvel ami à qui Alexandre envoya un message de remerciement.

Le repas terminé, il reprit le chemin de sa chambre et se jeta sur le lit comme une masse pour reprendre la lecture de son roman sur son Kindle. Il ferma les yeux vers 1 heure du matin pour se réveiller à 7 h 30.

Le rendez-vous avec Blake et Serge était à l'autre bout de la ville, le trafic à cette heure matinale était infernal. Riyadh était réputé pour ses embouteillages à rallonge et c'était la première fois qu'Alexandre allait les subir. Il eut aussi la surprise de découvrir les mauvaises habitudes de conduite des Saoudiens. Ces derniers n'utilisaient quasiment jamais leur clignotant, laissant aux autres automobilistes le soin de deviner la direction qu'ils allaient prendre. Il avait évité au moins trois accidents avec des chauffeurs qui se croyaient plus sur une piste de Formule 1 que sur une route en ville, en slalomant à grande vitesse à travers le trafic.

Arrivé un quart d'heure en avance sur le site du rendez-vous, Alexandre en profita pour se prendre un café chez Camel Step. Il y avait une file d'attente jusqu'à l'extérieur, ce qui attira d'autant plus son attention. Camel Step était à la fois un café, une boutique mais aussi un torréfacteur dont les effluves de café remplissaient le quartier. Une fois sorti avec son breuvage tout chaud et un paquet de café, il s'alluma une cigarette et dégusta son café encore fumant en attendant l'arrivée de ses collègues. C'était Blake qui arriva le premier, et en effet, comme l'avait dit la veille Serge, il était froid. À peine un bonjour il lui passa devant sans un regard pour se diriger vers la porte d'entrée. Alexandre se dit que c'était un beau mec mais pas plaisant pour le coup, et que les regards insistants du jour précédent avaient mal été interprétés. Alexandre tenta malgré tout une approche en dirigeant vers Blake, la main tendue mais il fit mine de ne pas voir. S'ensuivit une longue attente silencieuse, une gênante attente sans même un regard l'un pour l'autre. Alexandre se parla à lui-même en français pour que Blake ne le comprenne pas :

– Je ne vais pas me mettre à genoux et le supplier de me dire bonjour, ce connard.

Blake tourna la tête pensant qu'Alexandre lui parlait mais Alexandre lui lança un regard de dédain. La journée commençait bien.

Serge arriva enfin, il serra la main de Blake et Alexandre.

– Ça va les gars ? On est prêt pour la journée ?

Un hochement de tête de chacun en guise de réponse, la première visite put commencer. Heureusement qu'il était là pour égayer l'inspection de ce site parce que l'air renfrogné de Blake n'était pas très avenant, et il ne décrochait pas un regard dans la direction d'Alexandre.

À la sortie du site numéro un sur la liste, chacun reprit sa voiture pour se rendre sur le second. C'était un parc d'attraction situé au premier étage d'un centre commercial. Il y avait deux montagnes russes, un carrousel et d'autres jeux pour les petits.

– Je suis fan de *roller-coaster*[8] s'exclama Alexandre.

– On n'est pas là pour s'amuser... répondit d'un ton sec Blake, avec son accent australien.

– Oh, mais détends-toi Blake, Alex ne t'a pas dit qu'il veut faire un tour mais qu'il aime bien, le reprit Serge tout en lui faisant signe de la main de se calmer.

– Ça va, il n'y a pas de mal, allons voir les cuisines reprit calmement Alexandre, même s'il avait été étonné par la réaction de Blake.

Il était bizarre ce gars-là.

Ils avaient encore trois sites à voir ensemble mais Serge reçut un appel urgent du siège et devait retourner au bureau sur le champ laissant Alexandre seul avec Blake.

---

[8] Roller coaster : nom anglais des montagnes russes

– Blake, cool, relax ! lui assena Serge avant de partir.

Au volant de sa voiture, Alexandre, se rappelant les mots de Serge concernant Blake, se dit qu'il n'était pas froid mais carrément désagréable. Il espérait que le reste de la journée allait mieux se passer qu'elle n'avait commencée. Au troisième lieu de rendez-vous, dans un centre de divertissement qui ressemblait à une salle d'arcade géante, Alexandre, laissé seul avec Blake, appréhendait les réactions de celui-ci. Voulant faire redescendre la tension qui était palpable, il essaya de discuter d'autres sujets avec lui. Mais cela n'avait pas eu l'effet escompté, Blake était toujours aussi impassible et froid.

Alors qu'ils terminaient l'inspection de la cuisine et qu'il était midi passé, Alexandre eut l'idée de préparer un repas pour eux deux. Surpris par cette proposition, Blake fit un signe de tête en guise de réponse et un rictus à peine perceptible apparu au coin de sa bouche pincée.

Alexandre avait toujours su qu'un bon repas pouvait apaiser les tensions même les plus fortes. Alexandre avait repéré dans la chambre froide des blancs de poulet, quelques légumes plus très frais, du fromage, des œufs et de la salade. Il entreprit de préparer des tenders de poulet frit. Alors qu'il détaillait les morceaux de poulets, Blake le regardait du coin de l'œil caché derrière un plan de travail. Alexandre se senti observé leva les yeux mais ne vit personne et reprit la découpe des oignons rouges pour la sauce.

Alexandre avait raison. Ils prirent place à une table du restaurant du centre de divertissement, fermé pour maintenance, et commencèrent à déguster leur plat de tenders de poulet avec une sauce miel et oignions rouges, et une salade. Le sourire sur le visage de Blake était à présent plus franc. Il remercia Alexandre et le pria d'accepter ses excuses pour avoir été à la limite de l'impolitesse avec lui. Il lui expliqua que cela n'avait rien à voir avec lui mais que le prédécesseur d'Alexandre à ce poste était un proche et qu'il avait encore de la rancœur à la suite de son renvoi. Alexandre n'en avait pas eu connaissance avant et le découvrait.

Les jours suivants, les visites de sites s'enchaînèrent au pas de course, toujours en compagnie de Blake. Blake était plus souriant et avait même offert le café à Alexandre.

Assis à son bureau, Alexandre terminait le plan de recrutement pour les nouvelles ouvertures prévues dans un tout nouveau parc d'attractions. Le premier du genre dans le pays. Il avait besoin d'embaucher un chef de talent et qui parle arabe couramment. Il pensa instantanément à Mahmoud. Il lui en parlerait le soir même une fois rentré à l'hôtel. Serge l'interrompit dans sa tâche pour l'inviter à une soirée barbecue chez lui durant le weekend. Ravi de la proposition Alexandre répondit par l'affirmative d'un ton enjoué.

De retour à l'hôtel, il parla de son offre à Mahmoud qui avait besoin de quelques jours pour réfléchir à cette proposition. Alexandre lui offrait la possibilité d'obtenir un poste à plus grandes responsabilités et de doubler sa rémunération. Alexandre lui dit que la nuit porterait conseil et lui laissa le temps de la réflexion.

Sorti de la douche, la musique à fond sur l'enceinte Bose connectée à son téléphone, Alexandre toujours dénudé, dansait et sautait dans tous les sens. Il avait empoigné la télécommande qu'il utilisait comme micro factice et chantait à tue-tête *Break My Soul* de Beyoncé. Les rideaux de la chambre n'étaient pas fermés, il s'en aperçut et rapidement les tira pour continuer son concert privé. Tourbillonnant, virevoltant, se trémoussant au rythme de la musique il s'arrêta net quand il se vit nu devant le miroir. Il avait toujours détesté se regarder et encore plus depuis qu'il avait pris du poids. Il revêtit ses habits précipitamment pour cacher ses rondeurs quand son téléphone lui annonça de nouveaux messages en attente de lecture.

Mahmoud avait accepté son offre et clôturait son message par un émoji de bouche envoyant un cœur. Il n'avait pas pris longtemps pour se décider et ce petit émoji n'était peut-être pas très approprié mais Alexandre ne releva pas plus que cela.

Alexandre attendait Serge à l'entrée du compound où son chauffeur Uber l'avait déposé quelques minutes plus tôt. Il arriva à toute allure au volant d'une voiturette de golf. Alexandre s'amusa de la scène que donnait Serge, le géant recroquevillé dans sa voiturette.

Sur la petite terrasse ombragée et rafraichie par une climatisation portable, attendaient Annabella, la compagne de Serge, un couple de voisins britanniques, un ami Saoudien et à sa plus grande surprise, Blake. L'accueil d'Annabella était sincèrement chaleureux.

– Alexandre, chantonna Annabella de sa voix aiguë et pleine d'énergie, enfin je te rencontre, sois le bienvenu, fais comme chez toi.

Elle lui fit la bise, tout comme un bon français qui se respecte.

– Tu bois quoi ? reprit-elle tout aussi activement.

Sans même lui laisser le temps de répondre elle lui refila un cocktail.

Tous sirotaient un cocktail maison dont elle seule avait le secret, Alexandre fut médusé de se voir servir de l'alcool. En Arabie Saoudite, contrairement aux voisins des Émirats, de Bahreïn ou du Qatar, l'alcool y était totalement prohibé et passible de prison. La surprise qui se lisait sur le visage d'Alexandre se dissipa aussi vite au clin d'œil en coin du seul saoudien présent. Lors de la conversation, il apprit que le britannique fabriquait artisanalement les breuvages interdits dans sa cuisine.

Le repas terminé, Alexandre proposa son aide à la maitresse de maison pour débarrasser et faire la vaisselle pendant que les autres convives discutaient.

– C'est pas la peine, Alex, on le fera plus tard, l'interrompit Serge.

– Ça me fait plaisir, je me rends utile du coup, enchaina Alexandre

– Mais laisse-le, riposta Annabella. Je ne suis pas contre un coup de main avec la tonne de vaisselle, et comme toi tu ne m'aideras pas non plus ...

– Ok, ok la mafia de la cuisine je vous laisse, souffla Serge.

Attelé à frotter la vaisselle, Annabella chercha à en savoir plus sur son invité et lui posa tout un tas de questions sur son expérience et pourquoi il avait choisi de s'installer en Arabie Saoudite. Toujours ouvert à la discussion et aux échanges, Alexandre appréciait son interrogatoire qui dériva sur le sujet sensible : le couple. Il haïssait le mensonge au plus haut point et devoir se cacher mais ne pouvait se résoudre à être totalement honnête dans ce pays rétrograde.

– Être en couple et se battre pour faire la vaisselle, non merci, esquiva Alexandre. Continuant à récurer, la volubile Annabella racontait les pays que Serge et elle avaient visités ces dernières années. Elle parlait de sa famille et divaguait sur ses neveux.

– Mon neveu de dix-sept ans en fait voir de toutes les couleurs à ma sœur depuis son *coming-out*[9].

Alexandre se raidit d'un coup ne sachant pas comment réagir à cette information, pourquoi en parlait-elle maintenant ? L'avait-elle démasqué ? Quelle idée de faire la vaisselle.

– Son père ne lui parle plus depuis l'annonce soufflait-elle.

---
9 Coming-out : révéler publiquement son homosexualité

Un silence s'installa. Alexandre s'arrêta de récurer pour prendre le torchon pendu à un crochet de l'autre côté du mur.

Puis elle reprit :

– Si mon fils devait me le dire, je l'aiderais à s'accepter au mieux.

– Ça ne doit pas être simple pour un parent à intégrer non plus, répondit Alexandre, sans y croire vraiment.

– Faut croire, oui. En tout cas merci de ton aide pour la vaisselle.

Alexandre esquissait un petit sourire, toujours gêné, en guise de réponse.

Ils terminèrent le nettoyage de la cuisine puis attendirent que le goutte-à-goutte du café s'achève. Annabella relança la conversation :

– Moi, j'n'ai rien contre les gays. J'adore mon neveu et je le soutiens.

Elle insistait un peu trop sur le sujet.

– Tout comme Blake, quand son mec que tu remplaces l'a trompé et s'est fait virer...

Le sang d'Alexandre ne fit qu'un tour, ses yeux grands ouverts et son visage figé par la révélation qui venait de lui être annoncée. Annabella réalisa qu'elle en avait trop dit.

– Et merde... dit Annabella se pinçant les lèvres entre les dents, et les yeux en coin.

– Ne t'inquiètes pas, ça reste entre nous.

Pour changer de sujet, Annabella demanda à Alexandre s'il avait trouvé un appartement.

– Pas encore, j'attends mon *Iqama*[10] lui indiqua Alexandre.

---

10 Iqama: permis de résidence en Arabie Saoudite

– Demande à Serge, il connait beaucoup de monde, il va te trouver ça. Et si tu as besoin d'acheter une voiture, notre ami saoudien travaille pour Changan, c'est une marque chinoise mais ça va, c'est de bonne qualité.

Annabella alla ranger les assiettes fraichement essuyées dans le meuble du salon, laissant Alexandre seul dans la cuisine.

Alexandre ainsi seul, se refaisait le film depuis son arrivée dans l'entreprise et comprit d'un coup les réactions de Blake. Ses pensées furent interrompues par le retour d'Annabella qui le prit par le bras pour retourner au salon et attrapa le café de l'autre main.

De retour avec les autres convives, Alexandre ne put s'empêcher de fixer Blake avec le regard de celui qui connait le secret, tout en essayant de rester discret aux yeux des autres. Il avait pris rendez-vous pour faire un essai de la voiture dont Annabella lui avait vanté les mérites. Le couple de Britanniques quitta le groupe pour rejoindre leur maison voisine. Alexandre s'alluma une cigarette devant la maison pour ne pas déranger les autres quand Blake le rejoignit et s'en grilla une aussi. Ils se regardèrent en chiens de faïence sans mot dire.

La nuit était déjà tombée. Blake proposa à Alexandre de le déposer à son hôtel plutôt que de prendre un taxi. En chemin, la musique de la radio comblait le vide de conversation des deux hommes. L'information choc de ce jour tournait en boucle dans l'esprit d'Alexandre qui regardait son chauffeur du moment en se posant des milliers de questions.

Blake le déposa à l'entrée puis reprit sa route.

**Chapitre 3**

Les semaines suivantes avaient été prolifiques pour Alexandre. Il avait obtenu son Iqama, s'était acheté une voiture et avait emménagé dans un nouvel appartement qu'il avait obtenu avec l'aide de Serge dans un petit immeuble d'un quartier calme au nord de la ville. Bien que réservé aux familles, Serge l'avait mis à son nom pour que son ami ne se retrouve pas dans un logement pour célibataires, insalubre et mal fréquenté.

Il avait un appartement plutôt grand pour lui tout seul, il y avait ce petit salon que les Saoudiens nommaient le salon des invités, puis une salle à manger qui donnait sur une grande cuisine toute équipée. Et puis une grande chambre avec salle de bain, enfin une autre petite chambre et surtout une terrasse. Il organiserait une soirée pour sa crémaillère dès que possible quand Blake serait rentré de son voyage à Djeddah, une ville côtière à l'ouest du royaume.

Mahmoud avait rejoint l'équipe et travaillait en proche collaboration avec Alexandre pour créer les nouvelles offres. Alors qu'il était affecté à certaines tâches dans des sites, parfois à l'opposé du bureau, Mahmoud trouvait toujours une excuse pour y revenir et se retrouver avec Alexandre.

Alexandre prenait ses marques et appréciait de plus en plus sa nouvelle vie, mais il était trop centré sur son travail pour s'en rendre compte Il avait des contacts réguliers avec sa sœur et ses neveux. Avec Yanis, ils avaient eu quelques appels vidéo. Alexandre lui avait fait le tour des bureaux, des sites où il travaillait et ils s'étaient adonnés aux plaisirs du sexe virtuel.

Depuis son arrivée dans ce nouveau pays, Alexandre n'avait pas eu de relation charnelle. Ça lui manquait alors il s'était plongé dans le travail à corps perdu.

Le soir de la crémaillère, Serge et Annabella arrivèrent les bras pleins de bouteilles. Mahmoud, Blake, quelques collègues et amis leur emboitaient le pas. Alexandre avait préparé, comme le bon chef qu'il était, un buffet dinatoire pour que chacun se serve à sa guise. Les bouteilles de rhum et de whisky se vidaient à une vitesse vertigineuse. Les invités se laissaient aller, les verres s'entrechoquaient et les corps dansaient au rythme de la musique. Les éclats de rire d'Annabella et les chants horribles de Serge participaient à la bonne ambiance.

Au cours de la soirée, Alexandre avait senti les regards insistants de Mahmoud sur lui et perçut parfois un regard noir lorsqu'il parlait à d'autres. Dès que son regard croisait celui de Mahmoud, il tournait la tête, les joues rouges.

La nuit était déjà bien avancée, il ne restait plus que Serge et Annabella, Mahmoud et Blake. Alexandre et Blake, assis côte à côte sur le canapé, faisaient face au couple. Mahmoud revint des toilettes, titubant légèrement, il choisit de s'installer collé-serré à Alexandre, il faillit s'assoir sur ses genoux.

– Il y en a un qui en tient une bonne, se marrait Serge.

– Et ce n'est pas le seul à ce que je vois, lui avait répondu Alexandre, en pointant du regard Blake.

Blake était tout débraillé, les cheveux en pétard, il se balançait de droite à gauche sur le canapé. Il avait le regard vitreux. Et d'un coup il lâcha un gros rôt puis explosa de rire.

Un fou-rire général éclata. Tous conscients de leur état.

La musique était en sourdine et étant restés finalement entre collègues, la conversation tournait autour du boulot. Le crépuscule pointa le bout de son nez, la lumière du petit jour traversait les petites fenêtres carrées du salon. Le couple décida qu'il était temps de rentrer et commanda un Uber, hors de question de conduire sous l'emprise de l'alcool. Mahmoud s'était endormi sur un des canapés et Alexandre l'avait couvert avec un plaid et avait posé sa tête sur un oreiller.

Il rejoignit Blake sur la petite terrasse pour se griller une clope. L'ivresse aidant, Blake se confia.

– Vraiment je dois te dire, t'es un mec bien Alexandre. Je suis désolé d'avoir été un peu trop dur avec toi.

– T'inquiète pas Blake, ça va. J'suis pas si fragile et pas très rancunier non plus.

La petite terrasse était éclairée par une guirlande qui diffusait une lumière de faible intensité. Ça donnait une atmosphère cosy et le ciel jaunit par la pollution lumineuse de la ville et les premiers rayons de soleil, juste les clignotants des avions de ligne qui passaient par là.

– J'étais dégouté quand mon ex a été viré, reprit Blake. On vivait ensemble et je l'avais même fait embaucher dans la boîte, c'était cool. Ça a duré presque un an nous deux.

Blake ne tenait pas droit debout, il continuait à tanguer tirant sur sa clope.

– Blake, Blake, assieds-toi. Tu seras mieux.

– Oh ça va, toi tu parles comme mon ex.

Feignant de ne pas savoir, Alexandre le titilla.

– Comme ton ex ? Vraiment ? Je parle comme une meuf ou quoi ?

– Mais putain non, c'était un putain de connard, un gros fils de pute que j'ai chopé en train de se faire démonter dans mon lit. Alors qu'il n'avait jamais voulu le donner, son cul cette petite salope, hurlait Blake.

– Doucement Blake, tu vas ameuter tout le quartier comme ça.

– Ah je suis désolé. Mais il m'a brisé le cœur tu sais. Et je n'avais pas eu de relation sérieuse depuis tellement longtemps avant lui.

– C'est pareil pour moi, depuis cinq ans je n'ai pas eu de relation sérieuse non plus, je te comprends. Je me suis fait tromper aussi, tellement de fois, et j'ai tellement de fois pardonné. Je ne fais confiance à personne depuis. Et mis à part des plans culs, rien de rien. De toute façon je suis fermé comme une huitre. Je ne veux pas de mec dans ma vie à part pour… baiser.

Blake le regardait les yeux tout brillants, entre l'émotion et les effets du trop-plein d'alcool.

– Ne me regarde pas comme ça Blake. Je suis gay aussi donc...

Blake lui offrit son plus beau sourire. Alexandre fut empli d'une irradiation de chaleur dans tout son corps. Était-ce dû au soleil qui frappait de toutes ses forces sur leurs têtes ? Ou au charme de ce bel Australien avec qui il avait bien plus de points communs qu'il ne le pensait ? Blake était un bel homme, sur qui, tout le monde, homme comme femme se retournait à coup sûr. Il n'avait rien du stéréotype de l'Australien blond, au contraire. Il était brun, des yeux vert émeraude à en hypnotiser un serpent à sonnette. Alexandre en contemplait toute la beauté quand Blake se rapprocha de lui, et se baissa pour prendre Alexandre dans ses bras. Dans cette étreinte inattendue, surprenante et douce, Alexandre le serra à son tour contre lui un peu plus fort. Les deux hommes restèrent ainsi quelques minutes, sans mot dire, juste à profiter de cet échange d'énergies. La chaleur de cette matinée avait atteint les 32 degrés et les força à rentrer comme si rien ne s'était passé.

Alexandre proposa à son invité de prendre une douche pendant qu'il lui préparerait le lit dans la chambre d'ami. Une fois la tâche terminée, il alla à son tour se doucher. Alexandre se glissa dans son lit, juste vêtu de son habituel boxer, joua avec son téléphone quelques minutes et éteignit les lumières. Prêt à plonger dans un sommeil bien mérité après cette longue journée, et nuit bien arrosée. Ses paupières commençaient à se fermer quand on frappa à la porte de sa chambre. Blake l'attendait de l'autre côté de la porte, lui aussi en boxer. La lumière du jour dans le dos le faisait paraitre telle une statue au corps sculptée dans le marbre.

– Je voulais te souhaiter une bonne nuit, enfin, "nuit" si on peut dire, lui dit Blake, à voix basse.

Toujours planté dans l'embrasure de la porte il fixait Alexandre qui releva la tête de son oreiller.

– Oh merci, passe une bonne nuit aussi.

Il n'eut pas le temps de finir sa phrase que Blake se dirigea vers lui.

– Chez nous, on fait toujours un bisou avant de dormir fit Blake en déposant un doux baiser sur sa joue.

– Et chez moi aussi on le fait aussi, susurra Alexandre, lui attrapant le bras pour l'attirer et lui rendre son baiser sur sa pommette.

– On a vraiment passé une bonne soirée. Merci pour ton accueil et pour tout.

– Avec plaisir, Blake.

– Et pour ce dont on a discuté, je sais que tu n'en parleras pas.

– Pas de crainte à ce niveau-là on est dans la même situation toi et moi

– Ouais c'est vrai…

Blake se posa une fesse sur le bord du lit, il semblait avoir envie de bavarder.

– Je n'aurai pas pensé qu'un mec comme toi rejoindrait la boite.

– C'est quoi un mec comme moi ? demanda Alexandre l'air dubitatif

– Bah...euh...

– Un gars sympa ? Un autre gay ? Un beau-gosse ?

Ces derniers mots firent sourire Alexandre qui ne se considérait pas du tout comme un beau mec, au contraire, plutôt complexé par son poids.

– Un peu des trois, répondit Blake. Tu dois avoir du succès avec ce regard et ces yeux de fou.

Alexandre détourna le regard, quelque peu gêné pas ces propos. Blake en profita pour s'installer un peu plus sur le côté du lit. Il était assis, les pieds posés sur la couette et la tête sur les genoux. Son regard ne lâchait plus celui d'Alexandre qui machinalement avait laissé de la place pour son invité.

Alexandre sortit sa main de sous la couette, la passa dans ses cheveux pour se donner de la contenance. Il ne pouvait, lui non plus, détourner son regard de ce bel homme, presque nu, posé sur son lit. Blake bougea afin de trouver un équilibre sur le bord du matelas quand Alexandre le tira par le bras il se renversa, pour se retrouver allongé à son tour sur le lit. Il roula pour laisser l'espace à Blake de s'allonger correctement. Alexandre leva la couette et il s'y engouffra d'un coup. Tournés l'un vers l'autre, leurs regards plongés l'un dans l'autre, Blake passa sa main sur le visage rond d'Alexandre.

– Tu es beau Alex.

– Toi t'es canon Blake.

Blake avait retiré sa main et cherchait du pied ceux d'Alexandre qu'il caressa de ses orteils. Puis ses jambes se mêlèrent lentement aux siennes, elles glissaient, caressaient, cuisse contre cuisse. Le souffle d'Alexandre s'intensifiait à chaque mouvement, les battements de son cœur de plus en plus fort cognaient dans sa poitrine.

Toujours les yeux dans les yeux, Alexandre avait une intense érection qui pressait sur son boxer. Il ne bougeait pas, laissait faire Blake, qui entremêlait ses jambes. Son genou effleura le sous-vêtement tendu. Blake s'approcha du visage d'Alexandre, le prit dans ses mains, déposa ses lèvres sur les siennes et l'embrassa fougueusement. Leurs langues se cherchaient et se mêlaient avec puissance. Alexandre aspirait la lèvre supérieure entre les siennes. Leur corps s'étaient rapprochés pour ne faire plus qu'un, peau contre peau, chaleur contre chaleur, douceur contre douceur. Leurs mains se découvraient mutuellement, chaque partie du corps inspectées des doigts avec minutie. Le souffle des deux amants se faisait de plus en plus rapide et profond. Blake souleva la couette pour admirer les formes du corps d'Alexandre.

La bouche de Blake se baladait sur le torse puis le ventre et s'arrêta net devant le caleçon extrêmement raide. Il passa ses doigts le long de la verge contractée qui tressauta. Il prit à pleine main à travers le tissu l'objet du désir puis l'en sorti pour laisser apparaitre l'énorme sexe gonflé d'envie. Alexandre avait toujours été complimenté pour le cadeau que la nature lui avait fait. Blake retira le boxer et le jeta dans la chambre.

Alexandre le fixa dans les yeux et se jeta sur sa bouche pour l'embrasser intensément à nouveau. Blake avait ses fesses sur le sexe d'Alexandre qui lui frottait sur son anus humide. Il attrapa le lubrifiant laissé à portée de main, enduit sa queue raide prête à être englouti dans son orifice chaud et humide. Les mouvements étaient de plus en plus forts. Leurs peaux claquaient l'une contre l'autre. Les souffles augmentaient leurs débits. Les cœurs battaient au plus fort. Blake releva son buste, son sexe sur le ventre d'Alexandre, il rebondissait assis sur le pénis triomphant.

Alexandre prit le sexe de Blake en main et le branla avec force, sentant l'anus de Blake se serrer sur sa verge, il s'enfonça plus fort et dans un râle bestial, éjacula au plus profond de son être. Blake ne tarda pas à faire jaillir le liquide blanc et chaud en grosses giclées sur le torse, le ventre et le visage d'Alexandre qui avait toujours son sexe en lui. Ils ne bougeaient plus, se regardaient en reprenant leur souffle. Leurs corps en sueur se serraient l'un à l'autre et leurs lèvres se rejoignaient encore.

Alors qu'ils reprenaient leur souffle, Alexandre vit une silhouette dans l'entrouverture de la porte les observer. Il se leva, et le temps de passer son boxer l'ombre avait disparu. Lorsqu'Alexandre ouvrit la porte il aperçut Mahmoud quitter l'appartement puis rejoignit Blake dans le lit pour s'endormir dans ses bras.

**Chapitre 4**

Pendant les mois qui suivirent la crémaillère, Alexandre et Blake avaient passé un cap dans leur relation. Alexandre avait fait tomber les barrières qu'il s'était mises pour contrer toute relation, mais Blake avait réussi où tant d'autres avaient échoué. Quand Alexandre ne passait pas une partie de ses soirées chez Blake, lui cuisinant de bons petits plats, c'était Blake qui passait ses soirées chez Alexandre. Il n'avait pas les talents culinaires d'Alexandre, mais savait manier les commandes sur les applications de livraison de repas. Et tout ça, sans rien laisser paraitre dans le milieu professionnel, ou presque.

Dès que Serge les apercevait ensemble, il leur faisait des clins d'œil amusés et y allait franco de temps en temps, sans vraiment se soucier des gens autour. Comme lorsqu'il avait mimé une fellation à travers l'open-space du bureau en direction de Blake et Alexandre.

Contrairement à Mahmoud, qui était devenu assez distant avec Blake. Il ne lui adressait quasiment pas la parole, à peine le minimum et lui jetait des regards noirs dès que Blake approchait d'Alexandre. Dès qu'il le pouvait, Mahmoud lançait des piques en direction de Blake auprès d'Alexandre.

Ils avaient tous été invités par leur patron, dans un petit resort, pour célébrer l'ouverture de leur nouveau parc d'attraction.

Les resorts étaient des endroits que les Saoudiens avaient l'habitude de louer pour toutes sortes de célébrations ou d'occasions. Il y avait une petite cuisine, une grande salle de réception, sans table ni chaise mais avec des coussins le long des murs pour s'y assoir et manger à même le sol. À l'extérieur, une grande piscine et un immense barbecue. Tout autour du bassin, le sol était recouvert d'un faux gazon synthétique. À chaque angle des fontaines déversaient de l'eau en circuit fermé, elles donnaient au lieu un effet kitch et vieillot malgré les efforts pour paraitre classe.

Des serveurs avaient été embauchés pour l'occasion, ils servaient le café arabe, des dattes et toutes sortes de boissons, sans alcool évidement, en attendant que tous les convives soient présents.

Blake et Alexandre ne prenaient presque jamais la même voiture ou ne quittaient le bureau au même moment pour ne pas éveiller les soupçons.

Tous les employés étaient arrivés, le président commença son discours et félicita ses équipes pour le travail et les efforts fournis ces derniers mois. Il invita tout le monde à se servir au buffet et au barbecue. Alexandre trépignait d'impatience pour que tout le monde découvre les surprises à venir.

– Attendez-vous à être surpris les gars, dit Alexandre à qui passait devant lui.

Serge passait de directeur en directeur avec un petit mot pour chacun puis rejoignit Alexandre qui était seul près de la piscine.

– Alex, ça fait plusieurs mois que tu es là, s'enthousiasma Serge, tu fais un super boulot. Tout le monde me parle de toi.

– Merci, ça fait toujours plaisir à entendre.

– Tu sais que notre PDG prévoit l'ouverture d'un nouveau business et comme il a été impressionné par ton boulot il va surement te proposer d'être directeur culinaire. Et j'ai appuyé ta candidature aussi.

– Mais c'est génial ça, répondit Alexandre en sautillant sur place.

– Ce n'est pas prévu dans l'immédiat mais d'ici quelques mois. Et je prends 10% de ton nouveau salaire aussi.

Ravi par cette nouvelle inattendue, Alexandre serra le poing et leva face à lui en vainqueur. Sa carrière allait avancer à grand pas. Blake arriva et aperçut ce grand visage heureux et radieux.

Blake rejoignit un Alexandre surexcité par l'annonce qui venait de lui être faite par Serge qui avait rejoint les autres directeurs.

– Qu'est-ce qui se passe ? demanda Blake. Pourquoi cette démonstration de joie ?

– J'ai une nouvelle incroyable. Le …

– J'ai aussi une nouvelle, le coupa Blake. Mais vas-y dis-moi…

– Le PDG va surement me nommer directeur culinaire pour le nouveau projet

– Wow, c'est ce que tu voulais, je suis content pour toi, reprit Blake en le serrant dans ses bras. On va fêter ça ce soir en rentrant. Tu viens chez moi ?

– Oh oui, on va le fêter dit Alexandre un sourire coquin aux lèvres. Et toi, c'est quoi ta nouvelle ?

– Je t'en parlerai ce soir, esquiva Blake. Profitons du barbecue, je suis affamé.

Ils furent coupés dans leur conversation par l'arrivée d'un groupe de musique folklorique local. Au son des tambourins, tous les invités avaient arrêté instantanément leur activité. Les corps ondulaient au gré de la musique. Cela avait duré une dizaine de minutes. Il était temps de manger et de s'amuser.

Les activités se succédaient, avec à la clé des gains pour tous. La pétanque, une idée suggérée par Alexandre, avait été gagnée par Serge. Il devait faire honneur à la France. Ils enchaînèrent sur une tombola pour les plus gros cadeaux de la journée dont le grand gagnant aurait deux semaines de congés payés et un vol pour la destination de son choix.

Blake avait remporté un pack de soin dans un salon de beauté. Serge, lui, avait récolté une carte cadeau de 2000 *riyals*[11] à dépenser chez [12]*Bloomingdale*. Mahmoud allait bénéficier d'un accès annuel à la salle de sport.

Il restait le tirage du plus beau butin de la soirée. Tous les yeux étaient braqués sur le PDG qui faisait le tirage. La tension était à son comble. Personne ne cracherait sur des vacances aux frais de la boite.

Le nom d'un collègue était sorti. La déception se lisait sur les visages des convives et surtout celui d'Alexandre, qui devait avoir le plus expressif de tous. Il fut appelé mais ne montrait pas de signes de vie. Tous les collègues se regardèrent en chien de faïence. Le temps s'était arrêté un instant, puis le patron décida de remettre en jeu le gain final. Un souffle général se fit entendre. Il y avait de l'électricité dans l'air.

– Alexander, hurla le chef d'entreprise, tu as gagné, où es-tu ? Je t'ai vu.

Il n'en revenait pas, il lui fallut quelques secondes pour réaliser que c'était lui, son prénom avait été prononcé à l'anglaise. Il se précipita sur la scène improvisée, serra la main de son patron sous les applaudissements des autres collaborateurs et les gratifia d'une petite danse de la victoire. Lui qui n'avait jamais eu de chance à aucun jeu était le plus heureux du monde. Serge lui sauta dessus tout aussi enjoué que lui en oubliant la réserve qu'il aurait dû avoir

---

[11] Riyals : monnaie saoudienne
[12] Bloomingdale : équivalent aux galeries Lafayette

en étant son manageur direct. La soirée se termina sur ces bonnes nouvelles et chacun repartit chez soi.

Alexandre arriva chez Blake après être passé chez lui récupérer quelques affaires. Il entra directement. Blake avait tellement insisté pour qu'ils s'échangent les clés de leur appartement qu'Alexandre avait accepté depuis des mois. Le silence inhabituel des lieux étonna Alexandre.

– Blake ? Tu es là ?

Aucune réponse. Alexandre inspecta la cuisine et le salon, personne. La chambre, personne, la salle de bain, personne non plus.

Il contrôla son portable, pas de message. Il essaya de l'appeler sur son téléphone mais aucune réponse non plus. Ce n'était pas l'habitude de Blake.

Seul le son de la climatisation qui crachait un air glacé dans le cou d'Alexandre qui commençait à s'inquiéter et l'alarme d'une voiture résonnait au loin et brisaient le silence pesant, quand celui-ci apparut à la porte d'entrée les bras chargés de sacs remplis de provisions.

– Ah te voilà, dit, soulagé, Alexandre. Je m'inquiétais.

– Je suis désolé ? Je n'ai pas pris mon portable avec moi et je devais faire vite avant que tu n'arrives.

Ravi de voir que Blake allait bien, Alexandre se jeta à son cou et l'embrassa de toutes ces forces. Les sacs tombèrent au sol et Blake le serra à son tour de ses bras dénudés et musclés.

– Ne fais plus ça, ordonna Alexandre.

– Mooooh, tu te t'inquiétais vraiment ?

– Évidemment, bébé, je tiens à toi alors oui, je m'inquiète.

C'était la première fois, en plusieurs mois de relation, qu'Alexandre disait "bébé". Stupéfié, Blake avait les yeux grands ouverts et le fixait sans un mot.

– T'es choqué ? demanda Alexandre. T'habitues pas trop non plus, une fois n'est pas coutume.

– Que tu sois inquiet, non. Mais que tu m'appelles bébé, oui un peu, je ne m'y attendais pas, préviens la prochaine fois. Et d'après ce que tu m'as dit, tu ne voulais pas t'engager sérieusement. Mais ça me plait je dois dire.

– Comme quoi tu as réussi à me faire changer.

– Moi aussi je prends notre relation au sérieux.

Blake enlaça de ses bras tout aussi musclés que bronzés Alexandre encore tout satisfait de son effet avant de passer en cuisine et ils se mirent à ranger les courses, entrecoupé d'échange de baisers, puis préparer un repas léger. Ce serait rapide, un petit plateau télé, ayant déjà bien mangé durant la soirée.

Posé sur le canapé, attendant que Blake sorte de la douche, Alexandre trifouillait la télécommande à la recherche d'un film à regarder. Quand il sorti de la salle de bain, Alexandre le suivait du regard mais son compagnon avait l'air absent.

– Ça va ? demanda Alexandre d'une voix douce.

– Ouais, ouais, ça va, répondit Blake sans grande conviction.

– Allez, dis-moi, je te connais un peu maintenant et, ça ne va pas là….

Blake le rejoignit sur le canapé, s'assit à ses côtés et lui prit les mains.

– Ne t'inquiète pas mon beau, je suis un peu bouleversé.

– Qu'est-ce que…

– Je dois rentrer à Sydney pour un mois, le coupa-t-il. Ma maman est malade et je dois absolument partir au plus vite.

– Tu ne m'avais jamais parlé de ta maman avant…

– Toi non plus d'ailleurs.

Alexandre se redressa d'un coup, il regardait tout autour de lui. Comme à chaque fois qu'on lui posait la question Alexandre ressentit cette tension dans le bas du ventre. Le menton tremblant légèrement, les lèvres serrées.

– Ça va vite, pour moi, il n'y plus rien à dire.... Ils m'ont abandonné, annonça Alexandre les larmes aux yeux.

– Oh je ne savais pas, je suis désolé de l'apprendre.

– Ce n'est rien, j'ai fait mon deuil il y a longtemps.

La bouche gesticulant dans tous les sens, la tête tournée à l'opposé, Alexandre avait les yeux brillants.

– Mais tu as les larmes aux yeux, ce n'est pas si réglé que ça pour toi.

– Non pas du tout, c'est ta tristesse qui m'émeut. Qu'est-ce qui se passe pour ta mère ?

– Je viens de l'apprendre, mon père m'a appelé quand j'étais dans la salle de bain. Elle a été diagnostiquée il y a quelques jours, c'est un cancer.

Blake ne put contenir sa peine plus longtemps, de grosses larmes remplissaient ses yeux et coulèrent sur la peau lisse de son visage bronzé. Alexandre n'avait jamais su comment réagir à ce genre de moment, il passa sa main sur le visage de Blake qui la lui attrapa et la serra dans la sienne de longues minutes.

– Tu penses partir quand ?

– Je vais voir ça demain avec mon manager, répondit Blake de la tristesse dans la voix.

– Ne t'inquiète pas, ça va aller. Et je suis là si tu as besoin de quoi que ce soit.

– Merci, mon beau, tu es un amour avec moi.

– C'est ça aussi être en couple. Comme on dit : pour le meilleur et pour le pire.

Alexandre le prit dans ses bras potelés et l'enlaça de toutes ses forces pour lui transférer la force dont il avait besoin. Bien que Blake fût plus grand que lui, il ne rencontrait aucune difficulté à le garder près de lui. Ils se posèrent sur le canapé, une comédie passait sur la télévision, un film de Rowan Atkinson. Ils avalèrent quelques bouchées sans réelle envie, la tragique nouvelle leur avait coupé l'appétit.

Blake s'était allongé sur le canapé, sa tête posée sur les cuisses d'Alexandre qui lui caressait les cheveux et déposait de temps en temps de doux baisers sur son front. Alexandre sentait le chagrin de son bien-aimé et les sanglots reprendre de plus belle.

Toujours perdu dans les réactions à avoir, Alexandre balbutia d'abord entre ses dents quelque chose d'inaudible puis lui sortit sa plus mauvaise réplique :

– Tu es moche quand tu pleures.

Et cela avait fonctionné, Blake lui esquissa un petit rictus, ce qui à ce moment-là était bien plus qu'espéré.

– T'es con toi, lui dit Blake. On va se coucher ?

Alexandre avait débarrassé et nettoyé la table avant de rejoindre son amoureux dans la chambre. Il se glissa sous les draps et Blake se blottît directement contre lui et posa sa tête sur son torse. Il pouvait sentir le cœur d'Alexandre battre. Il passait ses grandes mains sur sa légère toison.

– Je t'aime Alex.

Les battements dans la poitrine s'étaient intensifiés dans la poitrine d'Alexandre.

– Merci Blake.

– Merci ? Tu ne m'aimes pas ou pas assez pour me le dire ?

– Ça n'a rien à voir avec ça, ne sois pas con. Je ne suis pas le genre de mec qui dit ça. Mes actions valent mieux que les mots, et je te le montre tous les jours.

– Oui tu as raison, désolé babe.

Voilà, c'était lâché, leur vie serait à jamais liée.

– C'était quoi ta nouvelle, Blake ?

– Quelle nouvelle ?

– Celle dont tu devais me parler ce soir.

– Je voulais te demander…

Blake devenait tout timide, les yeux baissés et gênés.

– Je voulais te demander de vivre avec moi plutôt que de payer deux appartements.

– Pour le côté pratique ? demanda Alexandre, toujours effrayé à l'idée d'une nouvelle relation.

– Oui, pratique pour t'avoir près de moi tout le temps.

– Heu, je ne sais pas trop. C'est… Heu… Bon, ok, ok pas mal l'idée.

Alexandre embrassa Blake comme point final à cette conversation. Puis ils s'endormirent dans les bras l'un de l'autre.

Le lendemain, Blake était déjà levé, il avait préparé le café. Les effluves délicats de la chaude boisson réveillèrent Alexandre.

– Tu n'as pas dormi ?

– Non pas trop, j'ai tourné au lit toute la nuit.

– Je sais, je n'ai pas beaucoup dormi non plus.

– Désolé...

– Ne soit pas bête, on ne fait qu'un maintenant.

Une fois n'était pas coutume, ils se rendirent au bureau ensemble avec la même voiture. Pendant le chemin qui les menait au travail, le silence était de mise, Alexandre n'avait pas lâché la main de son homme tout en conduisant. Peu avant leur arrivée, il lui baisa la main et le fixa d'un regard amoureux.

– Tu sais Blake, depuis des années j'étais fermé à toute relation ou même juste à m'ouvrir à un autre mec. Et toi tu as tout chamboulé, dans ma vie, dans ma tête, dans mon cœur. Je veux que tu saches, même si je ne suis pas toujours très démonstratif, que je tiens à toi et que tu peux compter sur moi.

Blake lui rendit son baiser sur la main et lui sourit.

Dans le parking ils se séparèrent et montèrent chacun de leur côté à l'étage du bureau.

À l'heure du déjeuner, Blake passa par le bureau d'Alexandre qui était occupé avec Mahmoud. Sans faire attention à lui, bien trop préoccupé par ses problèmes, Blake dit sans un regard pour Mahmoud :

– Alex, c'est bon. J'ai réservé mon vol pour Sydney.

– Tu pars quand ?

– Ce soir, 23 heures.

– Ok, dit Alexandre un brin de tristesse dans la voix.

Mahmoud laissa paraitre un air de satisfait sur le visage, il regardait Blake du coin de l'œil.

– Je prends un Uber et je rentre préparer mes affaires, continua Blake, la tête rentrée dans ses épaules baissées.

– Très bien, je passerai te prendre chez toi et je te dépose à l'aéroport.

– Merci Alex, je t'.... Il s'arrêta net, réalisant enfin qu'ils n'étaient pas seuls. Je t'appelle plus tard, se rattrapa-t-il.

Mahmoud tourna la tête vivement vers Alexandre, le regard noir.

La journée de travail terminée, Alexandre se rua à sa voiture pour rejoindre Blake et apprécier les dernières heures avant son départ pour l'Australie.

Blake attendait assis à la table du salon, inspectait son téléphone quand Alexandre arriva.

– Alors cette journée ? demanda Blake.

– J'ai bien cru que Mahmoud allait avoir une crise cardiaque quand tu as failli lâcher un je t'aime au bureau.

– Je le ressentais comme ça mais ouais j'ai bien failli tout lâcher. Et il n'est pas un peu chelou Mahmoud ?

– Non, pourquoi tu dis ça ?

– Depuis quelques temps il me regarde bizarrement, de travers, il fait des allusions un peu déplacées.

– Ah, j'ai pas vraiment remarqué, non.

– Tu vas me manquer.

– Toi aussi.

Alexandre se dirigea vers la chambre et prit Blake par la main pour le suivre. Alexandre insiste pour l'attirer à lui.

– Tu sais, depuis ces derniers mois ensemble, tu as fait tomber toutes mes barrières, tu m'as remis en confiance. Je suis vraiment bien avec toi Blake et j'espère que va durer.

– Y'a pas de raison. Je me sens en confiance avec toi aussi et je t'aime.

Alexandre se dirigea vers la porte et s'y appuya.

– Tes bagages sont prêts ?

– Bien esquivé mais oui j'ai tout préparé.

– Très bien, on du temps avant de partir.

À ces mots, Blake avait compris les sous-entendus de son binôme. Il se jeta sur lui, le déshabilla à la hâte, comme une urgence. Il l'avait nu face à lui, ses yeux verts scintillants. Ils firent l'amour comme au premier jour. Chaud, bestial et empli de tendresse.

Il était l'heure de se mettre en chemin pour l'aéroport. Sur la route, Alexandre ne cessait de râler contre les mauvaises habitudes des autres conducteurs. Alexandre tapotait avec frénésie son volant et à ce moment précis, encore plus avec l'émotion du départ de son bien-aimé. Blake lui posa la main sur la cuisse et le massait avec douceur pour le calmer. La voiture prenait la sortie vers le terminal 2 de l'aéroport international King Khaled. Les abords de l'entrée étaient toujours occupés par de nombreux employés de l'aéroport pour aider les voyageurs avec leurs bagages. Blake sorti de la voiture, déchargea sur un chariot sa grosse valise. Il indiqua au bagagiste la compagnie aérienne et qu'il le rejoindrait au guichet puis retourna dans la voiture. Il prit la main d'Alexandre, la caressant, il lui dit de ne pas s'inquiéter, y déposa un baiser discrètement.

– Prends soin de toi, je t'aime.

– Bon voyage… heu… bon voyage lui dit Alexandre en guise d'au revoir, les yeux déjà bien humides.

Il ne pouvait rester plus longtemps, l'agent de la police de la route lui faisait de grands signes pour laisser sa place aux autres véhicules qui patientaient derrière. Il démarra, fit signe au loin à Blake, la fenêtre ouverte avant de quitter le site. Il avait le cœur serré, ne put se contrôler, son émotion à fleur de peau et deux grosses perles d'eau salée coulèrent sur ses joues.

Le lendemain matin, Alexandre se réveilla dans l'appartement de Blake. Il jeta un coup d'œil à son téléphone, pas de message, il était trop tôt, l'avion n'était pas encore arrivé. Tant pis, il envoya un SMS :

LX : *Bienvenue à Sydney. Prends soin de toi. Tu me manques déjà. LX.*

Il signait tous ses SMS de LX pour Alexandre depuis des années. Il avait gardé cette habitude.

Plusieurs heures qu'il était assis à son bureau, il reçût le message tant attendu.

Blake : *Bien arrivé, mon père doit m'attendre. Ne serai pas très dispo ces prochains jours. Love. B.*

Cela faisait cinq jours que Blake était parti. Il n'avait pas été très disponible. Il n'avait, en effet, appelé furtivement Alexandre qu'une fois et envoyé que peu de messages. Alexandre se disait que c'était normal vu la situation. Alexandre ne cuisinait plus à la maison, il ne voyait pas l'intérêt de le faire pour lui seul. Impossible pour lui de se concentrer sur une série ou un film ces derniers jours. Il se sentait seul, et cela faisait très longtemps qu'il n'avait pas eu de tel ressenti. Il avait vécu des années seul et en avait pourtant pris l'habitude. Mais cette relation avec Blake lui avait fait reprendre goût à la vie de couple. Tout en gardant quelques réticences. Il ne voulait pas vraiment s'installer avec Blake, il préférait garder son appartement et une sorte de liberté aussi.

Il en discutait avec Serge qui lui rappela le gain qu'il avait gagné à la tombola d'entreprise. Il pouvait très bien prendre ses jours de congés et le vol remportés lors du jeu et retrouver Blake à Sydney. Il aurait bien besoin de soutien.

Parfait, il ferait ça et retrouverait celui qui faisait battre son cœur un peu plus fort depuis des mois. Il avait décidé de ne pas le dire à Blake et de lui faire la surprise de son arrivée.

Les quinze heures de trajet furent éreintantes et Alexandre débarqua à Sydney au petit matin. Alexandre avait profité du voyage pour se faire des films sur les façons dont il allait lui sauter dessus et l'embrasser de partout et qu'il lui ferait l'amour comme jamais. Il avait même prévu de quoi se faire un lavement pour se donner à lui pour la première fois.

Il s'était réservé un hôtel non loin du port où se trouvait le célèbre opéra de Sydney. Le taxi le déposa à l'InterContinental. Lors du check-in il se renseigna sur comment obtenir une carte SIM, par chance il y avait un petit magasin de l'autre côté de la rue. Il s'en procurait une et tenta d'appeler Blake. Il ne répondit pas à son appel et dut se résoudre à rejoindre sa chambre et à envoyer un message à partir d'un numéro que Blake ne connaissait pas. La fatigue du voyage emporta Alexandre dans un sommeil profond sans attendre la réponse de son homme.

Après une léthargie de plusieurs heures, Alexandre se réveilla et sauta sur son téléphone pour vérifier s'il avait une réponse. Oui. Quatre.

Blake : *Mais qu'est-ce que tu fous à Sydney ?*

Blake : *Réponds-moi putain. Tu es où ?*

Blake : *Alex, pourquoi tu es là ?*

Blake : *Il t'arrive quoi ? C'est quoi ce bordel ? N'appelle pas c'est moi qui t'appelle.*

Bien évidemment ce n'était pas ce qu'avait espéré Alexandre. Abattu par ces mots Alexandre avait le visage fermé et les traits tendus. Les épaules tombantes. Il lui envoya à nouveau un SMS bien qu'il aurait tant aimé entendre sa voix.

LX : *Je m'inquiétais pour toi et je me suis dit que tu avais besoin de soutien. Alors je suis là. Je suis à l'InterContinental près de Sydney Harbour. LX.*

Alexandre le dos courbé par le poids de la déception, sans comprendre ce changement d'attitude, il en avait mal au ventre et la gorge serrée. Des milliers de questions lui traversaient l'esprit. Peut-être que sa famille n'était pas au courant de sa sexualité ? Il était trop affecté par la maladie soudaine de sa maman ? Avait-il quelqu'un dans sa vie à Sydney ? Alexandre balaya cette dernière hypothèse connaissant l'histoire de Blake avec son ex-petit ami à Riyadh. Aurait-il d'autres problèmes dont il ne voulait pas parler ?

Il avait passé ainsi des heures à tergiverser tout seul sur les raisons de la froideur et de la distance de Blake quand la notification d'un nouveau message retentit. Son cœur s'arrêta.

Blake : *Je ne peux pas te parler, ne suis pas seul. Je t'appelle demain.*

Alexandre ne ferma pas l'œil de la nuit. Il tourna dans son lit jusqu'au petit matin. Entre les effets du jetlag et la pression qu'il ressentait dans sa poitrine le sommeil n'était pas venu.

LX : *Je suis réveillé. Appelle-moi quand tu peux. LX.*

Il descendait dans la salle du restaurant où était servi le petit déjeuner. Il ne prit qu'un café et alla sur le trottoir pour fumer une cigarette. Puis deux. Puis trois. Avalant par petites gorgées son apport de caféine nécessaire, il vérifiait toutes les deux minutes l'écran de son portable sans aucun message ni appel. Le teint blême, Alexandre retourna à l'intérieur se resservir un autre café puis se reposta sur le bitume pour fumer encore clope sur clope. Ça faisait plus d'une heure qu'il squattait le pavé quand il remonta dans sa chambre. Assis sur le lit, l'âme en peine et le regard perdu sur le mur face à lui, le son strident de la réception de SMS déchira le silence. Alexandre hésita avant de le lire. La peur au ventre il se résigna et l'ouvrit.

    Blake : J*e serai à ton hôtel dans 10 minutes.*

    Alexandre : *Ok je serai en bas. LX.*

Les minutes qui suivirent lui parurent une éternité. Sur l'asphalte chauffé par le soleil, il reconnut au loin la silhouette de Blake. Sa gorge se serrait. Il était partagé entre le bonheur de le voir, la joie de retrouver son odeur qui lui avait tellement manquée et l'appréhension. Plus il s'approchait, plus la tension se faisait ressentir dans la poitrine d'Alexandre. Blake était face à lui. Blake était méconnaissable. Lui qui était si beau, si sophistiqué et soigné n'était pas coiffé, tout débraillé. Il portait un jean sale, une vieille chemise. Ces si beaux yeux vert émeraude laissaient place à deux yeux rougis et gonflés. Alexandre, pris par ses sentiments tenta de l'embrasser mais Blake le repoussa violemment.

    – Non Alex. Pas... Suis-moi !!

Blake n'avait jamais parlé de la sorte, ni sur ce ton. Alexandre le suivait sans vraiment savoir où ils allaient. Ils se dirigeaient vers l'opéra. Pour une première visite l'atmosphère n'était pas propice au tourisme. Ils passèrent devant une multitude de restaurants avant de faire face à l'architecture si particulière du bâtiment le plus mythique de Sydney, puis vers le petit parc juste derrière. Blake s'y arrêta, le regard vers la mer. Il ne parla pas et resta figé un long moment, observé par un Alexandre tout aussi perdu qui, malgré tout brisa le silence :

– Alors, Blake, qu'est ce qui se passe ? demanda Alexandre.

Blake avait la gorge nouée et balbutia des mots totalement inaudibles.

– Alors ? répéta Alexandre.

– C'est fini ! Je ne peux pas ! Je ne peux plus ! bafouilla Blake avec agressivité.

Blake faisait de microscopiques pas de droite à gauche.

– Blake Murphy ! Regarde-moi ! reprit sèchement Alexandre.

L'agressivité de Blake lui transperça le cœur comme des coups de hache.

Blake, ne bougeait pas, regardant toujours dans la même direction, le parc dans le dos et face à la mer reflétant les rayons chauds du soleil.

– Je ne peux pas continuer comme ça, ma mère ne le supporterait pas et je ne peux pas lui faire ça dans sa situation. Rien ne va. Rien n'irait de toute façon. Se lamentait Blake.

– Si je comprends bien, tes parents ne savent pas pour toi ? questionna Alexandre les mains croisées devant sa bouche et le regard compatissant.

– Non. Rien. Ça les tuerait.

– On peut surmonter ça à deux, tu sais. Tu n'es pas seul.

– Tu ne comprends pas, tu ne comprendras jamais.

– C'est pour ça que tu es parti d'ici ?

– Oui en partie.

– Mais pourquoi l'Arabie Saoudite ? On ne peut pas dire que ce soit un pays gay-friendly.

Blake se retourna d'un coup et fixa Alexandre de ses yeux haineux.

– Comme toi, pour l'argent.

– Mais moi, j'ai déjà vécu à Dubaï avant, j'ai eu une opportunité...

– Tu veux te comparer ? C'est quoi le problème ? Le coupa sèchement Blake. Y'a rien à comparer, ok. Je ne suis pas comme toi moi. Je suis ne suis pas...

Blake balançait ses bras avec nervosité et agressivité vers Alexandre.

– Tu n'es pas quoi ?

Question qui resta sans réponse.

Cette conversation blessait Alexandre au plus profond de ses entrailles, il ne reconnaissait pas celui qui, quelques jours auparavant, lui avait dit : je t'aime et avait insisté pour qu'il vive avec lui. La violence de la situation le fit tituber comme l'aurait fait l'ivresse. Ses jambes se mirent à trembler jusqu'à ne plus supporter son poids, il tomba sur le sol de tout son long et toute sa masse. Son visage heurta une pierre dans sa chute et le sang coula de sa lèvre. Sans même se retourner, sans même un regard, Blake laissait Alexandre sur le sol.

– C'est tout, on arrête là, nos planètes se séparent, asséna Blake tel un coup de poignard en pleine poitrine.

Alexandre, toujours étendu sur le sol, hébété par l'animosité insupportable de Blake, le regarda partir. Le quitter sans aucune considération. Il s'essuya le sang de sa bouche, essaya de se relever mais ses jambes l'avaient lâchées. Il retomba aussi sec sur la pelouse du parc.

Les bateaux quittaient le port sous le ciel d'un bleu aussi intense que les yeux d'Alexandre et un soleil écrasant de chaleur faisait peser sur lui un poids énorme. Les touristes s'accumulaient autour de l'opéra et de son parc, mais personne ne prêtait attention au corps, allongé dans la verdure, perdu parmi tous les autres badauds venus se coucher sur la pelouse.

Il était vidé de toute énergie. Il y resta une heure, peut-être deux, avant de retrouver ses esprits pour retourner à l'hôtel. Sur le chemin, il essaya d'appeler Blake qui, semblait-il, avait bloqué ses numéros de téléphone. Il avait rompu le lien.

Installé sur le lit, les yeux révulsés par ses pleurs incessants, cette tristesse intense qu'il ressentait face à l'incompréhension laissait place à de nombreux questionnements. Comment cet homme si sensible, qui lui avait déclaré son amour, pouvait avoir changé du tout au tout aussi vite ? Que s'était-il passé avec ses parents ? Pourquoi refuser le soutien de celui qu'il était censé aimer ? Il n'avait aucune réponse.

Les heures passées à réfléchir à toutes les possibilités l'avaient épuisé. Il s'endormit sans manger ni boire, les bras serrant l'oreiller contre lui comme cherchant du réconfort. Encore tout habillé telle une poupée de chiffon que l'on aurait négligemment jetée.

Après un sommeil agité, il se réveilla au milieu de la nuit. Il commanda un sandwich, un Mars et un café au room-service qui furent livrés assez rapidement malgré l'heure tardive. Il se connecta aux réseaux sociaux en quête de réponse. Il ne trouvait rien, Blake l'avait bloqué sur tous ses comptes. Rien ne servait de s'en créer un nouveau, il se douterait immédiatement que c'était Alexandre.

Alexandre chercha son nom sur l'annuaire, à l'ancienne. Mais pas de chance, Blake Murphy était un nom très répandu en Australie. Il y en avait des dizaines. Il tentait de se remémorer le plus d'informations possibles que Blake avait pu lui donner lors de leurs longues conversations nocturnes à Riyadh. Ses sentiments l'empêchaient d'y voir clair, rien ne lui revenait. Rien. Blake ne s'était pas confié tant que ça. Était-ce un signe ? Il n'arrivait pas à réfléchir.

Même après une douche assez fraiche, il avait les pensées troublées. Il se rappela alors les mots de sa grand-mère. *Quand tu ne sais plus quoi faire, va marcher, tu y verras plus clair, mon p'tit.*

Il errait au cœur de la nuit dans les rues du quartier de Darling Harbour, longeant les quais, Blake aurait dû être à ses côtés. Mais il n'en était rien, plus seul que jamais dans cette ville qu'il visitait pour la première fois, loin de ses habitudes, il appela sa sœur sans faire attention à l'heure. Par chance, elle avait dû se lever tôt et répondit dès la première sonnerie. Il lui raconta la situation dans laquelle il se trouvait coincé au bout du monde.

– Je ne sais pas quoi dire, c'est étrange quand même, lui dit Dariane avec la voix grave du réveil.

– Oui ça, pour être étrange, c'est étrange.

– Attends il y a Tony qui veut te parler. Je te le passe. Bisous, Je t'aime.

– Hey, salut le beau-frère, comment ça va ? demanda Tony avec une énergie étonnante pour une heure si matinale.

Alexandre répéta donc tout ce qu'il avait déjà dit à sa sœur. Ce que Blake et lui avaient vécu et les "je t'aime". L'arrivée à Sydney et le changement brutal de son bien-aimé. Bref, tout.

– Tu as essayé de chercher sur les réseaux ? interrogea Tony.

– Oui, il m'a bloqué partout. Mais merde, je ne voulais plus personne dans ma vie...

– Vas-y créée un autre compte et fais la fouine.

– Non, il va se douter directement que c'est moi.

– Ouais pas con. Et... Une recherche Google avec son nom ?

– Déjà fait aussi. Ils sont trop nombreux avec le même nom.

– Il commence à nous faire chier le kangourou.

Ça avait eu l'effet de faire rire Alexandre qui, pourtant n'avait pas le cœur à sourire.

– Envoie-moi les infos que tu as sur lui, tout ce que tu as. Les photos, nom, prénoms, tout, reprit Tony avant d'écourter la conversation car les enfants s'étaient réveillés.

Alexandre s'exécuta sur le champ, envoyant tout ce qu'il savait sur Blake Murphy.

– Blake, répétait Alexandre. Blake Murphy, putain de Blake !

Sa voix résonnait dans les rues désertes de Sydney.

– Blake Murphy... Que caches-tu ? se demandait Alexandre. Blake ... Blake Murphy... Connard de Blake !

Il continuait de déambuler dans les rues sombres de Sydney, seul avec ses pensées torturées. Comment avait-il pu se laisser prendre au piège de cet amour ? Comment avait-il pu casser toutes ses barrières qu'il s'était juré de ne plus bouger ? Comment, en quelques mois, il l'avait attiré dans ses filets pour le détruire ?

Le jour commençait à pointer le bout de son nez, les premiers rayons de soleil, qui annonçaient une autre chaude journée, caressaient le visage d'Alexandre. En temps normal, il aurait tant apprécié ce moment. L'épuisement de tout son corps se faisait ressentir. Le manque de sommeil, sa peine intense et son cerveau en ébullition permanente depuis deux jours commençaient à brouiller sa vue et rendre difficile sa démarche. Il ne contrôlait plus ses pas et décida de retourner à l'hôtel pour dormir un peu.

Après de courtes heures de sommeil, on frappa à la porte. La femme de chambre qui avait prévu de faire le ménage, Alexandre ayant oublié de poser le panneau "ne pas déranger" sur la poignée. Il la laissa entrer pour changer les serviettes de bains et remplacer les dosettes de café. À son départ, il retourna sous la couette. On frappa à nouveau. Elle avait dû oublier quelque chose. Mais quand il ouvrit la porte, le concierge de l'établissement lui tendit une enveloppe qui avait été déposée dans la matinée à la réception, avec son nom écrit en manuscrit. Il en reconnaissait l'écriture : Blake.

*Alex*

*Je ne sais pas par quoi commencer. Je sais que tu redoutais que ces mots te parviennent un jour. Il m'est plus facile de t'écrire que d'avoir à me confronter à toi et à ton regard. Tu vas surement me trouver lâche. Tu aurais bien raison. Dès que je t'ai vu, j'ai tout de suite ressenti quelque chose pour toi. Ton charme, tes yeux bleu azur, ton esprit et ton sens de l'humour m'ont fait succomber, tout comme tes petits plats.*

*Je croyais au plus profond de moi que je pourrais te donner ce que tu mérites. Tu as un grand cœur qui a été meurtri de trop nombreuses fois, je ne voulais pas être de ceux-là. Tu m'as raconté comment ton ex avait ruiné ta vie et détruit ton cœur. Mais voilà, les choses ont changé pour moi aujourd'hui.*

*De retour à Sydney, j'ai dû faire face à ma famille. Ils sont très conservateurs et n'accepteraient jamais une vie comme la tienne. En voyant ma mère dévastée par l'annonce de sa maladie, je n'ai pas pu me résoudre à lui faire subir ça. Je sais que tu ne mérites pas quelqu'un comme moi. Je ne suis pas l'homme si bien dans sa peau que tu pensais. Je n'assume pas d'être comme ça.*

*Je connais tes espérances et tes craintes, tu me les as si souvent partagées. Ce que je n'ai jamais réussi à faire. Ma plus grande peur est de ne pas pouvoir t'apporter ce que tu mérites. Un véritable amour et une stabilité. Je ne supporterais pas de te décevoir et je préfère m'éloigner de toi pour te laisser vivre la vie que tu souhaites. Je ne veux pas être un obstacle pour toi.*

*J'aimerai au plus profond de moi pouvoir faire face à mes obligations familiales mais je n'y arriverai pas. Je sais que tu vas avoir du mal à me comprendre et encore moins à excuser mon choix. Mais je crois que cette décision est la meilleure à prendre avant que je ne détruise à nouveau ta vie.*

*Je m'en veux terriblement de te faire souffrir mais je ne peux et ne pourrai jamais faire face à ma famille et leurs préjugés.*

*J'ai passé de merveilleux moments avec toi. Je ne regrette aucun d'entre eux passés à tes côtés. Je crois finalement qu'un monde nous sépare et qu'au bout d'un moment ça n'aurait pas pu continuer.*

*Je n'assume pas qui je suis, ce que je suis, ce que je pourrai devenir. Tu as toujours été parfait, je n'ai absolument rien à te rapprocher. Je veux juste te savoir heureux.*

*Pourras-tu me pardonner mes faiblesses et incertitudes malgré le mal que je te fais ?*

*Ce sera difficile mais je sais à quel point tu es fort, plus fort que tu ne le penses.*

*Comprends-moi, je t'en prie, même si tu n'as plus ta famille tu peux le comprendre.*

*La situation avec ma mère me préoccupe tellement que je ne suis pas sûr de revenir à Riyadh. J'espère malgré tout pouvoir compter sur toi pour mon appartement et mes affaires.*

*Prends soin de toi.*

*Blake.*

La lettre de Blake sonnait comme un aveu de sa lâcheté. Alexandre la relut à plusieurs reprises pour en comprendre les sous-entendus et sens cachés. Il se laissa tomber sur le lit, la respiration haletante, sa poitrine se soulevait et s'abaissait avec force, blessé de ne pas avoir perçu les signes d'une relation sans avenir. Blake avait bel et bien joué son rôle à la perfection.

Il décida de la prendre en photo et de l'envoyer à sa sœur pour en avoir son opinion.

Il ne fallut pas plus de dix minutes pour que ce soit son beau-frère, Tony, qui l'appelle.

– Bon, écoute-moi bien. Ce mec n'est pas clair. D'abord, cette lettre, mais quelle connerie. Je ne le sens pas le dresseur de koalas.

Tony avait toujours eu le nez fin pour juger les gens, même sans les connaitre, il ne se trompait que rarement. De plus, son métier de gendarme il avait encore plus développé ses talents.

– Mais Tony, il semble sincère dans sa lettre. Tu ne trouves pas ? demanda Alexandre tout penaud.

– S'il n'assume pas en Australie, ok. Mais il vit en Arabie Saoudite et sa famille est loin, il aurait pu donner une chance à votre relation. Et puis dans la lettre il abuse quand même. Genre je te jette comme une merde, désolé, mais occupe-toi de mon appart. Mais va te faire foutre, mec.

– Vu sous cet angle, tu n'as pas totalement tort.

– De toute façon, je vais t'envoyer ce que j'ai trouvé sur lui. Je te dis : il n'est pas net ce type.

– Tu as trouvé quoi ? Dis...

– J'ai deux adresses. Je te les envoie mais pas de connerie, Alex, je te connais.

– Ouais promis.

– Bon allez bisous et fais attention à toi.

À peine reçues, Alexandre vérifia les adresses sur Google Maps. Il y en avait une près de Bondi Beach et une autres à Burwood. Alexandre, bien décidé à en savoir plus, optait pour Bondi Beach, c'était le plus proche. Alexandre faisait et refaisait le lit, tapotait les oreillers pour les jeter sur le matelas. Il avait fait les cent pas dans le petit couloir, il devait savoir, en avoir le cœur net. Que cachait Blake ?

Pour se rendre plus facilement à destination, il aurait peut-être à inspecter le quartier, il se décida à louer une voiture tout près de l'hôtel et de se mettre en route afin de débuter son enquête. Il conduisait prudemment, n'étant pas habitué à la conduite à gauche.

Bondi Beach se trouvait à une trentaine de minutes du centre de Sydney. C'était un spot très apprécié des touristes et des locaux qui venaient y passer le weekend. Les rues droites, parsemées de quelques palmiers et pins parasols, avec principalement des maisons individuelles d'un à deux étages au maximum, les petits jardins de façade non clôturés, faisaient ressembler le quartier à celui de Melrose à Los Angeles en bien moins chic. Mais quand même, il devait être agréable d'y vivre.

Plus Alexandre se rapprochait de sa destination, plus sa gorge se serrait, le stress lui tordait le ventre de douleur. Il ressentait la pression, ça cognait dans sa poitrine, sa tête se mit à tourner. Il s'arrêta net sur le bas-côté, pour reprendre son souffle, se calmer. Il n'avait quasiment rien avalé depuis son arrivée au pays des koalas. Ne sachant combien de temps allait durer sa mission, il prit des Tim Tam, du bœuf séché et un s*ausage-roll* au petit supermarché devant lequel il s'était arrêté sans y prêter attention. Il n'était plus très loin. Quelques centaines voire dizaines de mètres. Il y avait foule dans ce petit magasin, un papy aux cheveux blancs prenait tout son temps pour passer ses articles à la caisse, derrière lui, une femme et ses deux enfants, une fille et un garçon, et deux touristes d'origine asiatique. Alexandre en avait profité pour faire un passage aux toilettes et se retrouva dans la file avec ses provisions, juste après les enfants. Il observait les gamins devant quand, dans une fraction de seconde, il s'imaginait les avoir eus avec Blake. Chose impossible mais ça n'avait jamais tué personne de rêver un peu. Plus il fixait le petit garçon, plus il lui trouvait des ressemblances avec Blake. Il regardait leur maman à présent, une jolie femme, simple mais à la beauté chaleureuse arborant un large sourire. Il fut interrompu dans ses rêveries quand elle lui proposa de passer devant elle, vu le peu d'articles qu'il avait. Il accepta en la remerciant.

Assis dans la voiture, ingurgitant de quoi combler son estomac vide, il vérifiait sur la carte à quelle distance il se trouvait. Trois minutes à pied et cinq minutes en voiture. Il devait y avoir un raccourci non accessible en voiture.

Courage, courage, se répétait-il. Il se gara en contrebas pour avoir une vue dégagée de la maison à l'adresse indiquée par Tony. Il y avait un petit muret en briques rouges laissant le jardinet de façade à la vue de tous depuis la rue. Sur le côté, quatre poubelles de couleur, rouge, jaune, vert et bleu. Les Australiens avaient le sens du tri. Le siège conducteur baissé pour ne pas être vu mais pas trop, pour maintenir un angle suffisamment important afin d'observer les allées et venues, s'il y en avait.

De longues minutes passèrent, aucun mouvement. Une fulgurance lui vint soudainement ; se connecter à l'application de rencontre gay, Grindr, Blake y serait peut-être. En dégustant les encas il avait inspecté l'application jusqu'à des kilomètres mais pas de trace de la présence de Blake, du moins dans les profils avec photos. Il ne s'attarda pas sur le téléphone. Son objectif était dans cette maison. En planque comme dans un film policier ou d'espionnage le temps ne passait pas bien vite et cela faisait déjà deux heures qu'il attendait. Il jouait à Candy Crush quand, soudain, il vit du mouvement au loin dans la rue. À cette distance il ne pouvait distinguer que des silhouettes. Une, deux ou trois personnes ? Il resta tout de même concentré. Marchant lentement, il reconnut la femme et ses deux enfants qu'il avait vus au supermarché quelques heures auparavant. Ils approchaient lentement de sa planque. Arrivés à la hauteur de la maison, ils ralentirent le pas. Le sang d'Alexandre ne fit qu'un tour, ses yeux grands ouverts fixaient la scène qu'il ne voulait ni voir ni croire. Le petit garçon s'était agenouillé pour refaire son lacet de chaussure alors que la maman dépassa l'entrée. Alexandre expulsa un "ouf" de soulagement. Ils ne vivaient pas là. Il se frotta le visage dans ses mains pour se redonner de l'énergie qui retomba aussi vite quand, finalement, les bambins se mirent à courir, gravir les marches et se ruer vers la porte d'entrée de cette maison. Ils s'y engouffrèrent avec cette femme qui les accompagnait revenant de la boite aux lettres.

Alexandre arrêta de respirer. De grosses gouttes de sueurs perlaient sur son front et dégoulinaient le long de ses joues rosies par la chaleur.

Ce n'était peut-être pas la bonne maison et qu'il devrait se rendre à l'autre adresse à Burwood.

Si c'était la bonne maison, ça devait être la sœur, la cousine, la meilleure amie et ses enfants, ou même une inconnue pour qui Blake avait eu de la pitié et à qui il aurait offert le gite. Toutes les excuses possibles lui passaient à l'esprit. Son imagination fut interrompue par les notifications de messages reçus de Grindr. Il y jeta un œil par curiosité, mais rien de ce qu'il recherchait.

L'après-midi touchait à sa fin, ses lourdes paupières se fermaient toutes seules. Le bruit sourd du gros pick-up Ford qui se garait dans la petite allée devant la maison, le sortit de son microcoma. Il fixait la portière. Elle s'ouvrit, laissant apparaitre celui qu'il connaissait si bien ; Blake. Les enfants qui avaient entendu le véhicule pétaradant arriver couraient vers lui en hurlant : "Papa, papa". Alexandre n'en perdait rien, bien que les larmes coulaient à flot de ses yeux turquoise, il filmait toute la scène avec son téléphone. Une douleur atroce lui parcourut le corps, des pieds à la tête comme une électrocution qui traversait de part en part toutes les parties de son être. Non, ce n'était Blake, là, devant lui, lui jetant ses mensonges en pleine face. Non, il rêvait et allait se réveiller de ce cauchemar. Il voulut sortir de la voiture, courir, se jeter sur lui, le prendre en flagrant délit, mais n'en fit rien. Il restait cloitré sur le siège de sa voiture de location. Il pensa aux enfants, qui n'avaient rien à voir avec tout ça.

L'espace d'un instant, l'idée que ce pouvait être ses enfants, qu'il avait eu avec son ex-femme lui parcourut l'esprit. Pourquoi pas, après tout, tous les gays ne se sont pas acceptés eux-mêmes tout de suite. Certains avaient une vie d'hétérosexuel avant de s'assumer. Cette pensée fut balayée aussi vite qu'elle lui était venue, quand la jeune femme sauta au cou de Blake et l'embrassa à pleine bouche. Blake le lui rendait bien en la serrant contre lui. Cette vision donna des haut-le-cœur à Alexandre.

**Chapitre 5**

Ces derniers mois avec Blake lui revenaient. Il se sentait brisé, méprisé, trahi à nouveau par celui qu'il aimait.

Il avait la réponse à ses questions. Non seulement Blake n'assumait soi-disant pas mais il avait une double vie. Quel enfoiré.

Il ne pouvait en voir plus. Il en avait déjà assez vu. Alex démarra en trombe faisant crisser les pneus sur le bitume encore chaud de cette si belle journée ensoleillée. Le vacarme qu'il avait fait en quittant les lieux avait attiré les regards sur sa voiture.

Une flopée de questions et d'interrogations tournaient en boucle dans sa tête alors qu'il arrivait face à la mer, devant cette plage si célèbre. Il faisait un temps magnifique, l'endroit superbe. Si seulement la situation n'était pas si tragique…

Que faire à présent ? Où aller ? Que dire ?

Il appela Tony mais aucune réponse. Il réalisa que c'était le milieu de la nuit en France.

Il roulait sans destination. Perdu. Seul. Trahi. Sur l'écran de navigation de la voiture, Google Maps montrait l'itinéraire pour se rendre à Burwood. Pourquoi irait-il là-bas ? Il avait eu sa réponse. Mais ne sachant que faire, il suivi la route indiquée par le GPS.

– Et s'il a un jumeau ? se demanda Alexandre à lui-même à haute voix. Il ne m'a jamais rien dit sur sa famille.

Cette nouvelle hypothèse lui redonnait une petite brèche d'espoir. Sans y croire vraiment. Il devait bien se raccrocher à quelque chose pour ne pas sombrer.

Il n'y avait guère plus d'une demi-heure de route pour rejoindre Burwood.

Il arriva devant de belles et grandes haies taillées au cordeau entourant une maison cossue. Elle détonnait dans la rue par sa couleur sable contrairement aux autres demeures du quartier en briques rouges et par l'immense porche qui faisait office d'entrée. Il y avait peu d'activité dans ce coin du quartier plutôt résidentiel. Sans vraiment savoir à quoi s'attendre il patienta dans sa voiture garée à une centaine de mètres en regardant les photos et vidéos qu'il avait prises un peu plus tôt. Il n'en revenait toujours pas de cette découverte et encore plus de s'être fait berner comme un bleu.

Une heure passa et toujours aucune trace de vie. Il élaborait des plans dans sa tête. Et s'il allait frapper à la porte prétextant s'être perdu ? Ou qu'il venait d'arriver dans le quartier ? Ou encore pour un sondage ? Bien que Français, il avait un excellent accent anglais. Ça pourrait passer. Pourtant il ne bougea pas et laissa encore passer une heure. Sentant ses jambes s'engourdir, il sortit les détendre et fit quelques pas dans la rue voisine d'où il avait toujours une vue sur la maison. Il fixait les fenêtres à la recherche d'une présence ou du moindre mouvement qu'il pourrait y avoir. Après avoir fait les cent pas sur le bitume brulant, il se dirigeait vers sa voiture. Il pensait être stupide de rester à attendre alors qu'il connaissait déjà les réponses à ses questions quand un homme d'une soixantaine d'années fit son apparition, comme sorti de nulle part, dans l'allée donnant sur le garage. Le portrait craché de Blake mais avec trente ans de plus. Que faire ? Devait-il aller lui parler ? Que dire ? Les questions qui se bousculaient dans sa tête furent interrompues par le signe de la main du soixantenaire, un grand sourire aux lèvres. Le même sourire radieux que Blake.

– Bonjour, s'exclama l'homme aux cheveux grisonnants. Vous êtes perdus ? Je vous vois tourner autour de la maison depuis des heures.

Pris par le stress, il avait été démasqué, attrapé sur le fait comme un très mauvais agent des services secrets, il lui répondit :

– Non, j'attendais un ami qui, à mon avis ne viendra plus. On devait visiter une maison à vendre dans la rue.

– Ah, celle des Smith.

– Ça doit être ça.

La réponse le conforta dans son mensonge.

– Vous êtes nouveau par ici ? Votre accent me fait penser que oui.

L'homme vêtu d'un pantalon de velours marron et d'une chemise à manches courtes s'approcha d'Alexandre qui acquiesçait bêtement.

– Je m'appelle Blake Murphy.

– Alexandre Perret, répondit-il sans réfléchir sur sa vraie identité qu'il venait de divulguer.

– Vous êtes Français ?

– Oui en effet, vous avez visé juste.

– Ma femme était professeur de français à l'université, elle sera ravie de pouvoir parler avec vous. Si vous avez cinq minutes, entrez faire sa connaissance.

Il le tenait déjà par le bras, Alexandre ne pouvait plus refuser l'invitation.

Il se vit offrir une boisson fraiche et à s'installa au salon. Les présentations faites, Alexandre et Denise discutèrent en français des projets d'Alexandre en Australie. Il était là pour faire un audit d'une chaîne d'hôtels française. Il avait de la chance car les hôtels sont bien situés à Sydney. Il s'enfonçait dans ses mensonges tout en se surprenant de sa crédibilité, pourtant peu habitué à mentir de la sorte. Les cours de théâtre du collège semblaient porter leurs fruits. Denise, si heureuse de pouvoir enfin parler français en oubliait totalement son mari qui s'excusa et quitta la pièce. Embarrassé, Alexandre demanda s'il ne les dérangeait pas. La réponse fut négative. Il était même le bienvenu. Dans le coin du salon, sur le mur à l'arrière de la grande table à manger, se trouvaient de nombreuses photos. Il ne distinguait pas les visages de sa place.

– Ce sont les photos de la famille ? demanda Alexandre.

– Oui, nos enfants et petits-enfants. Approchez, Alexandre, que je vous les présente.

Incroyable, ahurissant, déstabilisant mais vrai Blake avait bien une double vie. La bouche ouverte, Alexandre détourna le regard des photos. Ses yeux grands ouverts découvraient toute la famille au complet.

– C'est Blake Junior, notre ainé, avec sa femme et nos deux petits-enfants. Il a bien réussi sa vie, je suis vraiment fière de lui. Il travaille loin d'ici mais il est toujours proche de nous et de sa famille. Il n'y a rien de plus important que ses enfants.

Les mots de cette mère si fière, et la description du père et fils idéal venaient de tordre le ventre d'Alexandre. Si elle savait. Alexandre n'en montra rien et ils retournèrent s'assoir sur le canapé. Denise lui posait des questions sur sa vie, son travail, sa famille. Cette dernière question n'était pas anodine pour Alexandre.

– Mes parents sont décédés, fit Alexandre, un sourire crispé sur le visage.

– Oh je suis désolé mon cher Alex, je ne voulais pas vous faire de la peine.

Elle lui passa la main sur l'épaule pour l'apaisé.

– C'était il y a des années, tout va bien, madame.

– Ah non, pas de "madame", appelez-moi Denise.

Elle était vraiment charmante et pleine de vitalité. Loin de l'image qu'il se faisait d'une femme malade, qui avait appris son cancer il y avait peu. Certaines personnes pouvaient feindre avec aisance que tout allait bien, surtout face à un étranger.

– Puis-je me permettre une question indiscrète ? interrogea Denise.

– Oui, pourquoi pas.

– De quoi sont-ils morts vos parents ?

Comme ils ne l'étaient pas vraiment, Alexandre saisissait l'occasion.

– D'un cancer, à six mois d'intervalle, mentit-il avec aplomb. Je n'avais que quatre ans alors je ne me souviens pas trop.

– Quel malheur. Je ne sais pas comment mon fils ferait si j'avais un cancer, on est si proche. Il serait dévasté dit-elle une main sur le cœur et la seconde croisant la première.

Cette dernière phrase de Denise glaça le sang d'Alexandre. Une chaleur l'envahissait, une chaleur de colère, de haine. Des gouttes de sueur commençaient à apparaitre sur son front. C'en était trop pour lui. Il se leva d'un bond, laissant Denise interloquée. Elle s'excusa de sa maladresse, se sentait coupable de ne pas avoir pesé ses mots et ses pensées. Alexandre la rassura, elle n'y était pour rien.

Il ne pouvait pas lui dire la véritable raison de sa réaction. Blake père était revenu dans le salon, Alexandre les remercia de leur hospitalité, il avait été enchanté de les rencontrer, ce qui était vrai en quelque sorte, mais il devait partir.

Il reprit la route pour l'hôtel. Il conduisait à toute allure, ne respectant pas les limites de vitesse. Il s'en rendit compte et frappa le volant si fort que son corps se leva de son siège. Il n'en décolérait pas. Blake avait usé de la plus ignoble des excuses, utilisé la maladie de sa mère, qui était en plus en pleine forme, pour rompre avec lui et cacher la vérité sur sa petite vie d'hétérosexuel bien rangé.

– Quel menteur ! Quel salaud ! Quel connard !

Il ruminait. Blake avait réussi à faire naître la haine en lui. Et celui qui aurait l'audace de lui dire que de l'amour à la haine il n'y avait qu'un cheveu... se verrait recevoir un poing dans la gueule sur l'instant.

Il tournait en rond dans sa chambre. Il appela encore Dariane et Tony pour leur faire part de ses découvertes et vider son sac.

– Mais c'est grave quand même, dit Dariane.

Alexandre entendait Tony gueulé derrière sa sœur :

– Je te l'avais dit, ce kangourou, c'est un enculé.

– Non tu as dit qu'il n'était pas clair, reprit Dariane pour couper son mari. Bref, tu vas faire quoi ?

– Je rentre à l'hôtel, après on verra, conclu Alexandre.

Après avoir raccroché, sans être calmé pour autant il se mit en tête de se venger.

Trop bon trop con, il y'en a marre. Fini de se faire marcher sur les pieds sans rien dire. Merde.

Il rédigea une lettre, détaillant toute leur histoire. Leur vie de couple à Riyadh, les mensonges de Blake, les manipulations de Blake, les engagements de Blake, les pleurs de Blake sur sa mère malade. Tout y était.

Il descendit à la petite supérette d'en face, il y avait un automate pour imprimer les photos de son téléphone. Il avait sur papier glacé les clichés de Blake et lui enlacés, s'embrassant à pleine bouche mais aussi les photos qu'il avait prises dans la journée de Blake et de sa petite famille. Qu'il lui ait menti sur sa vie de couple aurait pu passer mais avoir joué sur la corde sensible de la maladie inventée de sa mère, il ne pouvait l'accepter. Blake devait assumer les conséquences de ses actes.

Alexandre tenta de l'appeler pour lui laisser la possibilité de faire amende honorable et s'expliquer. Il ne répondit pas. Il essaya, mais avec le téléphone de la chambre. Une sonnerie, deux sonneries, trois sonn...

– Allo ?

La voix de Blake.

– Je sais tout, espèce de connard. Ta femme, tes enfants, ta mère, Denise, en pleine forme.

Silence au bout du fil. Alexandre pensait qu'il avait coupé mais il entendait un souffle dans le combiné.

– Alors ? Rien à dire ? Menteur ? crachait Alexandre.

– Je ... Heu.... Je ne ....

– Tu as une heure pour me rejoindre et me parler face à face. Tu prends tes couilles à deux mains et tu viens !

– Je ne peux pas, chuchotait Blake, plus qu'embarrassé.

– Tu as une heure. Tu sais où je suis. Tu as mon numéro. Crois-moi, si tu ne viens pas me rendre des comptes tu vas le regretter, hurla-t-il dans le téléphone.

Il mit fin à l'appel sans attendre de réponse.

Pendant qu'il attendait, il changea son vol de retour pour Riyadh. C'était décidé, il ne resterait pas plus longtemps à Sydney. Il repartirait le lendemain dans l'après-midi.

Alexandre boucla ses valises, encore sous le coup de la colère, il jetait ses affaires sans les organiser. Il descendit dans la rue pour se fumer quelques clopes avant de remonter dans sa chambre et défoncer les oreillers à coups de poing.

– Putain de mytho, hurla Alexandre en frappant les coussins.

Deux heures avaient passé et aucun signe de Blake, ni appel, ni message, rien. Alexandre posta la lettre.

– Tant pis pour toi, tu vas en chier maintenant.

Alexandre avait très mal dormi, il savait que ce courrier pouvait ruiner la vie de Blake. Les regrets et les doutes l'envahissaient alors qu'il avalait son café dans la salle bondée du petit déjeuner. Trop tard, il était impossible de récupérer la lettre.

Arrivé avec quatre heures d'avance à l'aéroport, Alexandre faisait les cent pas devant les baies vitrées du lounge donnant sur les pistes. Il essaya de se mettre à lire mais il ne put se concentrer que quelques minutes quand les vibrations de son téléphone dans poche le sortirent de sa lecture. Personne d'autre que Blake n'avait ce numéro.

– Espèce de fils de pute ! criait Blake.

– C'est comme ça que tu t'expliques, toi ?

– Où es-tu ?

– Je suis déjà à l'aéroport, je rentre à Riyadh.

– Attends-moi, je viens.

– Mais c'est déjà trop tard mon p'tit bonhomme ! J'ai passé la sécurité et je suis au lounge. Donc reste avec ta femme et ta petite famille. Sale menteur. Sale manipulateur.

- Qu'est-ce que tu as fait ? Pourquoi tu es allé voir mes parents ? Qu'est-ce que tu leur as dit ? Qu'est-ce ...

Alexandre raccrocha, il ne voulait plus entendre la voix de Blake et éteignit son téléphone.

Le vol avait été long, il n'avait pas pu fermer l'œil de tout le trajet de pourtant plus de quinze heures. L'escale à Doha, de trois heures ainsi que le vol suivant d'une heure, avaient fini d'épuiser Alexandre, qui une fois arrivé à Riyadh se jeta dans un taxi, rentra chez lui pour une nuit de sommeil bien méritée.

Il n'eut pas un sommeil totalement réparateur. Il avait tourné et tourné dans son lit, fait des rêves ou plutôt, des cauchemars où

Denise, la mère de Blake riait à gorge déployée quand son fils chéri avait poussé Alexandre du haut d'une falaise.

Il avait le cerveau tout embrumé à son réveil. Un café, une clope, la journée pouvait commencer. Mais que faire de ces dix jours de vacances restants et gâchés par Blake. Il n'en savait rien.

Alexandre passa la matinée à ranger son appartement, laissé en désordre par un départ précipité pour l'Australie et rempli de souvenirs des derniers mois écoulés avec celui qui faisait partie de sa vie. Il remplit un gros sac-poubelle de toutes les affaires de Blake tout comme ce qui le lui rappelait et les jeta à la benne en bas de son immeuble. Ses cadeaux dans un carton.

L'après-midi Alexandre se rendit dans l'appartement de Blake. En premier lieu, il mit dans un sac ses propres affaires. Et comme Blake lui avait demandé dans sa lettre, Alexandre allait prendre soin de son appart et de ses affaires.

Comme dans les films, il déchira à grands coups de cutter tous les vêtements de la penderie en poussant des cris de soulagement.

– Ah, tu te crois meilleur que moi, connard, fulmina Alexandre.

Il passa dans la cuisine où il s'acharnait à tout casser. Les assiettes, les bols, les verres, tout finissait sur le sol en mille morceaux dans des râles bestiaux de soulagement. Il avait rassemblé les cadeaux qu'il avait offerts à Blake lors de leur relation au milieu du salon.

– Et tu crois que tu peux jouer avec moi sans en payer le prix ? C'est ça Blake, fucking, Murphy ? C'est ça ? C'est ça ? Enculé !

Il y déposa le carton des siens. Blake avait une batte de baseball dans une de ses armoires, Alexandre s'en saisit et défonça toutes les affaires dans le salon. La colère et la haine qu'il ressentait au moment de quitter l'appartement de Blake n'avaient même pas été atténuées par son coup de rage.

Quand il ralluma son téléphone dans la soirée, il avait reçu de nombreux messages vocaux et SMS de Blake, tous plus insultants les uns que les autres. Un dernier qui disait à quel point il était heureux dans sa vie avec sa famille, lui avait quand même fait ressentir de la peine mais rien qui ne pourrait apaiser sa haine pour lui à présent.

Le jour suivant, Alexandre ne sortit pas de chez lui, il l'avait passé sur Netflix et à ruminer. Le soir venu, il prit une des bouteilles d'alcool qui lui restait et se servit verre après verre pour noyer et apaiser sa peine. Peu habitué à boire, Alexandre, éméché, laissa à son tour un message vocal à Blake.

– Blake le bon mari, le bon papa. Mon cul ! Le connard de menteur, de manipulateur. Je te hais pour ce que tu m'as fait. Je ne voulais pas de toi, pas de mec dans ma vie et tu le savais fils de pute. Non. Pas de pute, ta mère est sympa, elle. Mais toi... Va bien te faire enculer et ça je sais que tu aimes ! Salope !

Toujours sous les effets de l'alcool, il envoya un SMS à Mahmoud, lui proposant de passer le voir. Il répondit aussitôt et qu'il serait là d'ici peu.

Mahmoud savait qu'Alexandre devait passer deux semaines en Australie. Il l'appela pour en être sûr.

– Allo Mahmouuuuud ?

– Ouais, répondit avec surprise Mahmoud. Ça va toi ?

– Euh, voui voui super. Bien, bien, bieeeeen.

– Je passe te prendre un flat white chez Camel Step, ton préféré, et j'arrive.

Mahmoud avait cette qualité, si on peut appeler ça qualité, de retenir tout ce qu'Alexandre aimait ou pas. À la limite de l'obsession depuis le premier jour de leur rencontre à l'InterContinental sans jamais rien laisser paraitre.

Quand il arriva, il trouva Alexandre complètement alcoolisé, titubant après lui avoir ouvert la porte. Alexandre faillit s'étaler mais Mahmoud le rattrapa au vol.

– Qu'est-ce qui se passe Alex ? Tu es bourré ? demanda Mahmoud. Mais il t'arrive quoi ?

– Ouais... J'suis complètement pété, déchiré même.

– Ça s'est mal passé à Sydney ?

– Oh ouais, tu ne peux pas savoir. C'est un putain de connard manipulateur de merde, avança Alexandre, ayant perdu toute inhibition et limite à avoir avec Mahmoud.

Alexandre tituba et finit dans les bras de Mahmoud qui affichait un air satisfait et vicieux.

**Chapitre 6**

– Un putain d'hétéro, marié. Continuait Alexandre de plus belle. Et avec des enfants pour couronner le tout. Merde.

– Ah oui je suis désolé pour toi. Pose-toi, prends ce café et fini l'alcool.

Mahmoud s'assit auprès d'Alexandre, assez près pour sentir les effluves alcoolisés de sa respiration. Il profita de cette proximité pour poser sa main sur la cuisse d'Alexandre, qui ne portait qu'un short et un T-shirt. Celui-ci ne la retira pas. Il continuait à déblatérer sur Blake pendant que Mahmoud adhérait sans conviction à chacune de ses complaintes. Plus Alexandre parlait plus Mahmoud avait les mains baladeuses sur ses jambes, remontant doucement sous le short. Ses doigts se glissaient avec vigueur vers son sexe. Il l'effleura à plusieurs reprises sans réaction d'Alexandre, encore sous les effets des shots qu'il s'était enfilé toute la soirée. Il ne portait pas son habituel boxer sous ses vêtements laissant libre accès aux mains curieuses de son invité. À force de le toucher, Mahmoud pouvait sentir le sexe d'Alexandre en érection. Il lui caressait les testicules avec douceur pour atteindre sa verge chaude et demie molle.

Dans un mouvement de vas-et-viens, il tenait en main le sexe d'Alexandre. Il le fit sortir du short, assez court, que portait Alexandre et se mit à genou face à lui. Il avait enfin ce dont il fantasmait tant, le gros sexe blanc et gonflé de son collègue devant les yeux. Il approcha sa bouche, y déposa des baisers sur toute la longueur puis l'enfourna profondément dans sa bouche. Bien décidé à lui donner un plaisir inoubliable, il enfonça si fort qu'il en avait le gland au fond de la gorge. Alexandre avait la respiration rapide d'excitation.

Son souffle de plus en plus fort excitait Mahmoud qui retira ses vêtements pour être en boxer et le chevaucha pour se retrouver face à lui. Il le regardait dans ses yeux, mi-clos, bleus injectés de sang dû à l'excès d'alcool. Il embrassa à pleine bouche Alexandre, qui se laissait faire. Puis, venant de nulle part, il reprit conscience de la situation. Mahmoud, son employé et ami, presque nu, le chevauchant, sexe en main, l'embrassant sur la bouche. Alexandre le repoussa si violemment que Mahmoud finit sur le sol du salon, les jambes en l'air, son sexe et ses fesses nues à la vue d'Alexandre.

Alexandre voyait flou tout autour de lui.

– Mais qu'est-ce que tu fous Mahmoud ? Tu es mon ami, je ne veux pas de ça, non.

Mahmoud, ne se rhabilla même pas, il attrapa ses affaires à la volée et s'enfuit de l'appartement. Alexandre, seul, le sexe encore sorti ne réalisait pas encore l'erreur monumentale qu'il avait commise en l'invitant ce soir. Il alla se coucher et s'endormit comme une masse dans la position dans laquelle il était et se mit à ronfler.

Au petit matin, un mal de crâne à se frapper la tête contre le mur, Alexandre avala un paracétamol sans aucun souvenir de la soirée. Il enchaina avec un café pour se réveiller. Il se souvenait juste avoir reçu Mahmoud mais plus vraiment le déroulement des évènements. Il lui envoya un message qui n'eut aucune réponse.

Sa colère contre Blake ne diminuait pas. Il avait besoin de passer ses nerfs, déchainer sa colère. Alexandre n'avait jamais su régler ses problèmes de cœur autrement que par le sexe, des coups d'un soir. Une relation sexuelle sans lendemain, c'était sa façon à lui. Du sexe bestial et sans engagement pour combler le vide et la haine qu'avait laissée Blake dans sa vie.

Les applications de rencontres gays ou autres étaient toutes bloquées en Arabie Saoudite alors, Alexandre se baladait sur Twitter et Snapchat à la recherche d'un homme de passage pour se soulager le corps et l'esprit. En quelques heures, il planifiait un rendez-vous dans la soirée.

Aux environs de 21 h, prêt pour son rencard du soir, il prit sa voiture et sortit du parking.

Alexandre arriva au lieu de rendez-vous. C'était un immense terrain vague, désertique, dont la poussière s'envolait en nuage épais sous les roues des voitures. Situé à l'écart de la ville et de toute vie, sans aucune lumière, l'emplacement servait en général de spot pour faire des barbecues entre amis les weekends. Mais ce soir de semaine il n'y avait personne. Il n'éveillerait pas les soupçons en se stationnant à cet endroit. Il avait roulé encore quelques minutes suivant la localisation du point de contact. Il rejoignit une autre voiture, garée, seule à l'endroit précis. Alexandre envoya un SMS pour être sûr que c'était bien son rencard. Il se logea rapidement dans l'autre véhicule, dans le noir complet. Il y avait peu de place dans cette voiture de luxe.

Sans perdre de temps, comme prévu, Alexandre retira son t-shirt et son short en toute vitesse tout comme son amant Saoudien du jour, à demi nu, sexes sortis de leurs sous-vêtements, se caressaient mutuellement. Alexandre ne le laissa pas parler, il lui prit la tête en direction de son sexe et lui enfourna au fond de la gorge.

– Pas besoin de parler ! On va pas s'mettre en couple ni s'marier. Suce, salope ! grommela Alexandre en appuyant sur sa tête fortement.

Il lui prit les cheveux pour lui faire faire les vas-et-viens. Puis, à son tour, Alexandre se jeta sur le membre tendu de son compagnon de soirée pour lui avaler violemment jusqu'à la garde. Il y allait si fort que ça lui donnait des reflex nauséeux et des larmes lui coulèrent sur les joues mais il ne s'arrêta pas pour autant.

Les amants continuaient de se faire plaisir réciproquement quand, surgissant de nulle part, deux Dodge, dont les feux s'allumèrent et se mirent à pointer un spot surpuissant sur le véhicule des amants. Les gyrophares déchiraient la nuit noire de leur lumière bleue et rouge. La police. Armes braquées sur les deux hommes, toujours dénudés. Le sang d'Alexandre se glaça et ne fit qu'un tour. Ils se rhabillèrent en quatrième vitesse. Alexandre fut sorti de la voiture par un des agents en uniforme kaki puis trainé sans ménagement dans un de deux véhicules de Police.

Depuis sa place, à l'arrière de la voiture de police, Alexandre aperçut Mahmoud, le bras tendu dans la direction d'Alexandre, discuter avec l'un des agents.

La voiture de police démarra dans un nuage de poussière, sirène hurlante, en direction du commissariat centrale de Riyadh. Alexandre avait été menotté et attaché à une barre métallique qui traversait de part en part l'arrière de la Dodge noire. Il était balancé dans tous les sens avant de rejoindre la route principale.

Pendant les minutes qui le séparaient de l'hôtel de police, il vit sa vie défiler devant ses yeux. Un peu comme face à une mort imminente lorsqu'on voit le cours de son existence.

Les officiers le sortirent de la voiture avec toujours la même violence, pour le jeter ensuite dans une cellule au sous-sol du bâtiment. La cage de fer était bondée de monde qui s'entassait dans cet espace restreint. À première vue, il y avait des Indiens, des Pakistanais, des Philippins et autres, mais pas de Saoudiens. Certains avaient réussis à trouver le sommeil et dormaient à même le sol en béton. L'odeur âcre de la transpiration mêlée à celle d'une chambre humide non aérée lui remontait dans les narines et lui donnait la nausée.

Qu'allait-il advenir de lui ? Dans ce pays où l'homosexualité est considérée comme une déviance et est passible de peine de prison, de châtiments corporels ou même de mort ? Rien que d'y penser, il frissonna alors que la chaleur des lieux le faisait transpirer. Il observait chacun de ses codétenus, tous avaient l'air accablés. Qui ne le serait pas dans une cellule de prison, dans un pays aussi autoritaire que l'Arabie Saoudite. Lui qui n'avait jamais eu affaire à la justice de toute sa vie allait en avoir un exemple très rapidement.

La nuit fut longue, des cris et des pleurs, venant des cinq cellules blindées, pendant de longues heures empêchaient quiconque de dormir, dont Alexandre.

Il était 7 h 00 du matin, on appelait "el fransi", le français en arabe mais Alexandre ne réagit pas. Quand un garde armé hurla :

– French, french come !

Il se leva et le suivit, tous les regards des autres détenus tournés sur lui quittant cet enclos putride.

Les policiers ne parlaient pas anglais et encore moins français, ce qui n'aidait pas Alexandre à en savoir plus sur ce qui pourrait se passer dans les prochaines minutes, heures ou jours.

Son téléphone lui avait été confisqué, il ne pouvait s'en servir pour traduire les propos des agents de police.

Les pieds et mains attachés, reliés ensemble par une chaine, il était assis dans un petit couloir avec d'autres hommes, tous, aux regards perdus, têtes baissées fixant leurs chaussures. Alexandre et les autres était entassés à l'arrière d'une camionnette Toyota Hiace transformée en fourgon blindé aux vitres protégées par de petites grilles. Bien que de bon matin, il faisait une chaleur accablante qui avoisinait les 35 degrés et la climatisation n'avait pas été mise en route… Le trajet fut plutôt rapide, en moins d'un quart d'heure il était déchargé comme une bête qui va à l'abattoir, au tribunal. Effrayé et apeuré, Alexandre ne savait où et quoi regarder sans offenser personne. Ils furent tous séparés, pour passer devant différents juges. Alexandre se trouvait à attendre avec trois autres accusés. Personne ne se parlait ni n'osait se regarder, tous, le regard honteux et stressé. Au moins, ils étaient assis et au frais.

Alexandre s'étonnait d'être déjà prêt à passer devant un juge, sans avoir rencontré un avocat au préalable. Le royaume n'était pas réputé pour être l'exemple d'une justice impartiale. Bien au contraire. Tous le savaient, Alexandre le savait. Il sentait son cœur battre à rythme si irrégulier qu'il vérifia son pouls comptant dans sa tête pour en prendre une mesure aussi correcte que possible.

Le tribunal ne ressemblait en rien à ce qu'il imaginait ou avait vu dans les films et séries policières qu'il suivait assidûment depuis des années comme "New York Unité Spéciale". C'était un bâtiment tout en hauteur, massif, à peine égayé par une ligne de fenêtres verdâtres en son centre avaient de longs et massifs murs pour côtés.

Un garde l'emmena dans un bureau, qui ne devait pas faire plus de dix mètres carrés, lui ordonna de la main de s'asseoir, face à un bureau vide, le garde se posta dans son dos courbé par le poids de la culpabilité.

Un homme d'une cinquantaine d'années, vêtu du traditionnel *thobe* d'un blanc immaculé, le couvre-chef orné de son *shemagh*[13]rouge et blanc, fit son entrée, un dossier en main qu'il fit

---

13 Le shemagh est un foulard avec des motifs en damiers rouges et blancs que porte les habitants des pays du Golfe.

claquer sur le bureau. Alexandre relava la tête. Il comprit qu'il s'agissait du juge, qui, sans un regard, commença à lire en arabe lisant un document sorti de la pochette cartonnée avec laquelle il était arrivé. Il tapait du poing sur la table tout en énumérant ce qu'il lisait. Le juge s'arrêta et fit un signe de la tête à l'agent posté derrière Alexandre qui ne comprenait toujours rien à ce qui venait de se passer. Le garde attrapa Alexandre par le bras et le tira de sa chaise pour être sorti du bureau et remis à la place qu'il occupait dans le couloir. Toujours pieds et mains enchaînés ensemble.

Mais qu'est-ce que t'as fait encore ? T'aurais dû me méfier, tu le sais en plus. De toutes ces années passées au Moyen-Orient. Putain Alex, tu n'as jamais rien fait de con à ce point-là avant. T'as manqué de discernement sur ce coup-là mon gars. Tout ça pour un plan avec un mec même pas à ton goût. Vraiment n'importe quoi. Toi qui ne baises que dans le noir et tu te fais choper la bite dans la bouche d'un mec en public. Et maintenant il va se passer quoi ? C'est pas gay land ici, tu vas finir au bûcher comme Jeanne Darc.

Ce n'était qu'une fois dans le fourgon, en compagnie d'autres menottés, en pleurs pour certains et l'air abattu pour tous, qu'il comprit que son jugement avait eu lieu dans ce bureau froid et triste. Il ne connaissait même pas la peine qui venait de lui être infligée par le juge. À cette idée, tout le poids du monde pesait sur ses épaules et pressait sur son dos comme une masse insupportable. De grosses larmes coulaient sur son visage et venaient mourir sur le siège en faux cuir qui lui avait brulé les fesses quand il s'y était assis.

Le fourgon roulait depuis au moins trois quarts d'heure quand il s'arrêta devant l'entrée principale de la prison d'Haer au sud de Riyadh.

Alexandre et les autres furent débarqués rapidement et envoyés dans une grande salle aux murs peints en deux teintes de gris. Une bonne centaine de personnes s'y aggloméraient dans une odeur tout aussi immonde que celle de la cellule du commissariat. Les chaines avaient été retirées aux nouveaux arrivants. Ils pouvaient maintenant se frayer un chemin parmi les occupants de cette grande pièce, qui bien que très peuplée, était assez calme, et se trouver une place où s'assoir.

Il n'y avait ni siège, ni banquette, ni lit, ni aucun autre meuble. Juste des gens au sol, assis ou allongés à même le béton peint. Il n'y avait que des étrangers, des expatriés, aucun Saoudien. Principalement des Africains, des Népalais, un grand groupe d'Indiens et Pakistanais. Ils ne parlaient qu'entre personnes de même nationalité et à voix basse, très basse, à peine audible. Alexandre cherchait des yeux où il pourrait trouver une place et s'il y avait d'autres Occidentaux comme lui. Son regard se posa sur un jeune homme à l'opposé de la pièce, qui rassemblait à un Maghrébin. Il le rejoignit et se posa, autant bien que mal, sur le sol inconfortable près de lui.

Il était bien maghrébin, il lui avait dit être du sud du Maroc mais ne parlait pas un mot de français et son anglais d'un niveau suffisant pour communiquer un minimum.

– Qu'est-ce qu'on fait ici ? demanda Alexandre.

– Je ne sais pas. On attend. Tous.

– Depuis combien de temps tu es la ?

– Ça fait deux semaines. On ne se douche pas, il y a un chiotte c'est tout et il est dégueulasse.

Il fit une pause voyant les yeux écarquillés d'Alexandre. Puis il reprit :

– On mange trois fois. Le matin, le midi et le soir. Mais les blancs....

Il s'interrompit, regarda Alexandre dans les yeux.

– Les blancs, ils ne restent pas ici longtemps, ils vont venir te chercher.

Sur ces mots, Alexandre eut une lueur de soulagement, il n'allait pas rester longtemps dans cette jungle. Mais à peine sa pensée traversa son esprit, qu'il réalisa à quel point tout ça était injuste pour ces gens tout autour de lui, qui, à cause de leurs origines plus modestes, ils seraient traités avec moins de respect. Tout en espérant que son voisin avait raison et qu'on le sortirait de là au plus vite.

À l'heure du déjeuner, il leur fut servi un bol de riz, assez copieux, une soupe, trois dattes et une petite brique de lait. N'ayant pas dormi depuis plus de vingt-quatre heures, le repas assomma Alexandre qui tomba de fatigue et s'endormit. Sa tête, si lourde, penchait vers l'épaule de son voisin qui avait sombré lui aussi dans un sommeil profond.

Quand il se réveilla, adossé au mur, son acolyte avait, à son tour, la tête posée sur l'épaule d'Alexandre. Il ne bougeait pas pour ne pas le sortir de sa sieste improvisée et réparatrice mais les hurlements incessants avaient eu raison du repos de son voisin ; qui se réveilla dans un sursaut.

Cela faisait trois jours qu'Alexandre était arrivé dans ce capharnaüm inhumain, ces vêtements sentaient déjà mauvais et portaient les marques de crasse, il avait l'impression que de jour en jour, s'entassait de plus en plus de monde. Et ce n'était pas qu'une impression. L'immense pièce semblait rétrécir à vue d'œil. Certains étaient appelés, sortaient et ne revenaient pas. Où allaient-ils ? Alexandre se posait la question en boucle, inventant d'innombrables histoires, au destin tragique. Il avait toujours créé des histoires aux passants qu'il voyait de la fenêtre de chez sa grand-mère, lors des vacances qu'il passait chaque été avec elle.

Ça lui occupait l'esprit, tant bien que mal, il s'évadait dans ses pensées. Les longues heures, les très longues heures qui semblaient interminables, sans lumière du jour, juste rythmées pas la livraison des repas. Et de temps à autre par les appels des gardiens hurlants les noms à la volée de ceux qui devaient sortir. Mais sortir pour aller où ?

Le repas venait d'être servi un par un dans des barquettes en plastiques individuelles. Le silence lourd de ce soir la fut brisé par l'appel de son nom, craché par les haut-parleurs avec un fort accent :

– Alexandre Perret !

Il se leva et dirigea son corps endolori par les trois nuits de sommeil sur le sol en béton vers la grande porte grillagée. Sans un mot ni un regard, un gardien lui remit à nouveau les chaines aux pieds et aux mains sans ménagement et en lui pinçant la peau qui fit apparaître quelques gouttes de sang, puis lui ordonna de se placer dans la file où se trouvaient déjà une dizaine d'hommes, enchainés eux aussi.

L'attente était un supplice. Ne rien savoir, une torture. Les quelques minutes lui parurent une éternité quand le petit groupe fut amené dans un fourgon, le même que celui avec lequel il était arrivé trois jours auparavant.

Une fois assis, Alex réalisa qu'aucun de ces hommes n'avaient été dans la même pièce que lui ; tous Saoudiens, ils avaient dû être dans une autre partie de la prison. Mais pourquoi se retrouvait-il mêlé qu'avec des Saoudiens ? Toujours aussi perdu, sans avoir reçu aucune information concernant la peine à laquelle il avait été condamné, ni où il allait être enfermé.

Le fourgon roulait depuis deux heures quand il fit un arrêt à la station essence Aldress. Alexandre pouvait voir de sa place la boutique de la station essence et le fast-food. À la sortie de la station, une fumée se dispersait dans la nuit noire du début du désert. Des Bédouins vendaient du thé au *habac*, cette herbe voisine de la menthe typique de cette région du globe. Le chauffeur et un des deux gardiens s'éloignèrent du fourgon et y commandèrent et revinrent au fourgon les mains chargées de la boisson fumante et des gâteaux qu'ils distribuèrent à tous les occupants. Enfin un geste d'humanité. Les gardes avaient détaché une main de chacun de prisonniers, l'autre menottée au fourgon pour leur permettre de déguster le thé brulant.

Il réchauffa les corps, refroidis par la lourdeur de la situation et la climatisation, bien que la température extérieure atteignait les 40 degrés. Le véhicule de l'administration pénitentiaire reprit son chemin dans la nuit. Riyadh s'éloignait et les lumières de la ville aussi. Alexandre n'y voyait rien par les fenêtres aux treillis rouillés et ses yeux se perdaient dans le vide de l'obscurité du désert. Le détenu assis à ses côtés brisa le silence dans un anglais hasardeux :

– Tu es d'où ? lui chuchotait-il discrètement.

– Je suis français et toi ?

– Saoudien.

– Tu sais où on va ?

– Djeddah, à la prison de haute sécurité.

Les grands yeux bleus d'Alex se figèrent, décontenancés non pas par la destination mais par le fait que ce soit une prison de haute sécurité. Haute sécurité, pour une pipe dans une bagnole, c'était trop.

– Et il y a combien de temps de route ? reprit Alex.

– 9 heures.

Alexandre, abattu par la nouvelle, se répétait sans cesse, haute sécurité, moi, haute sécurité...

Malgré un confort minimal, les organismes fatigués, bercés par le ronronnement du moteur, s'endormirent pour quelques heures.

Le jour était levé depuis un bon moment quand le fourgon approcha de la maison d'arrêt, la prison centrale de Dahaban, au nord de Djeddah.

Sur la dernière partie de la route, l'humidité de Djeddah mêlée à la chaleur insoutenable faisaient tourner la tête d'Alexandre. Il vit la mer Rouge au loin. Ils arrivèrent les corps meurtris pas les longues heures de route. Courbaturés, pliés en deux.

Ils furent tous conduits au pas de course à l'entrée de la prison, tiré par l'un des gardiens du fourgon. Un maton leur retira les chaines qui serraient mains et pieds depuis de longues heures. Alexandre reçut un paquetage avec la tenue qu'il porterait lors de sa détention, d'un bleu détonnant pour un tel endroit, un savon, une paire de claquettes, une serviette de toilette. Il fut dirigé dans une pièce carrelée du sol au plafond, éclairée par de grands néons faisant le teint blafard. La porte claqua derrière lui.

– Déshabillez-vous ! brailla d'une grosse voix grave l'un des gardiens. Maintenant !

Alexandre s'exécutait, retirant chaussures, jean, t-shirt, chaussettes, il se retrouva vêtu de son simple boxer.

– Enlève tout ! *Munharif*[14] !

Il retira son boxer centimètre par centimètre, les mains tremblantes de peur et les garda devant lui couvrant son sexe. Un jet d'eau ultra puissant s'écrasa avec force sur sa peau, de haut en bas,

---

14 Munharif : déviant

de bas en haut, le dos, le ventre, les jambes, la nuque, les bras. La grosse voix grasse hurla à nouveau :

– Retire tes mains, tu es sale ! Retire tes mains !

Le jet fouettait violemment tout l'appareil génital d'Alexandre qui s'effondra, dans un râle venu des tripes, sous la douleur intense qui lui remontait jusqu'à la gorge.

Le supplice n'avait duré que quelques minutes. Alexandre avait eu à écarter ses fesses et laisser apparaitre les parties les plus intimes de son anatomie. Le gardien avait hurlé qu'ils n'étaient que des choses inutiles à Dahaban, qu'ici être un humain n'existait plus.

À présent, nu, sans défense, genoux à terre, il resta sur le sol d'interminables minutes avant que son paquetage dont il prit la serviette avec hâte ne lui soit jeté par un autre détenu. Il enfila la tenue bleue que tous mes prisonniers portaient. Grelotant de tout son corps, Alexandre avait les plus grandes difficultés à enfiler ces nouveaux habits dans le bon sens, le haut, le bas. Le tissu rêche grattait sur la peau fragilisée d'Alexandre.

– Dégage maintenant, sale merde !

La douche forcée terminée, il fut emmené dans sa cellule. Les grilles s'ouvrirent dans un bruit métallique strident. Sa geôle ne faisait que trois mètres carrés. Un lit fait d'une dalle en béton et d'un fin matelas, un oreiller hors d'âge sans plus aucune forme, une vieille couverte emballée dans un plastique, un WC et un lavabo pour tout équipement. La petite ouverture carrée, sur le mur opposé aux grilles de fer, laissait passer les rayons d'un soleil agressif, brulant et pourtant la seule chaleur dans cet enfer glacial où il faisait si chaud.

L'étrange silence dans cette partie de la prison fut brisé par les cliquetis des roues toutes tordues d'un chariot, c'était la distribution du petit-déjeuner. Alexandre avait le ventre vide depuis le déjeuner de la veille. Un autre détenu distribuait les repas, il reconnut le même uniforme bleu qu'il portait. Le plateau déposé, le préposé à la distribution demanda :

– Ah, c'est toi le français !

– Oui, je suis français, répondit Alexandre, de l'étonnement dans la voix. Et toi, tu es d'où ?

– Je suis Saoudien et tu es le seul occidental ici.

– Ah ok. Il y a des sorties de prévues dans la journée ?

– Non, tu es dans la section des arrivées, dit le prisonnier à voix basse.

Il regardait de tous les côtés qu'un gardien ne la grille pas.

– En quarantaine, reprit le saoudien. Tu vas rester un mois, ici, seul, avant d'être transféré dans un autre bâtiment.

– Silence ! Invectivait un gardien à l'autre bout du couloir.

Le prisonnier continua son chemin et délivrer les plateaux repas aux autres cellules.

Découvrant le contenu du petit déjeuner, Alexandre se parlait à lui-même :

Un mois, putain, un mois... Ça va être bien long. Tout seul. Sans pouvoir sortir ni marcher. Mais qu'est-ce que je fous dans ce merdier ? Et puis combien de temps je vais rester dans cette putain de taule ? Tout ça pour un coup d'un soir. Pfff. Non mais c'est pire que le moyen-âge.

L'occupant de la cellule voisine, intrigué de l'entendre parler dans une langue qu'il ne connaissait pas, l'interrompit dans ses divagations à voix basse pour ne pas se faire repérer par les gardiens.

Houari, un Égyptien de trente-deux ans, était arrivé dans cette geôle quatre jours auparavant. Il avait été arrêté pour avoir dénigré le gouvernement saoudien sur les réseaux sociaux. Son statut d'employé de l'ambassade d'Égypte, sans être diplomate, ne l'avait pas protégé contre une arrestation musclée qui l'avait conduit à se retrouver enfermé comme Alexandre dans cette prison de haute sécurité.

Les journées n'étaient rythmées que par les appels à la prière, cinq fois par jour et les distributions des repas et leurs conversations à demi-voix. Houari en connaissait un rayon sur les arrestations arbitraires dans le royaume et le système judiciaire despotique. Il avait assisté à la détention de nombreux amis, intellectuels ou journalistes saoudiens avec qui il partageait les mêmes idées de liberté d'expression tant réprimée dans ce pays. Lors de leurs échanges, Houari lui apprit que la prison de Dahaban était normalement réservée aux plus grands délinquants ou personnalités publiques ayant plus ou moins de l'influence. Ne souhaitant pas trop partager les raisons de son enfermement, Alexandre, n'avait rien divulgué de son homosexualité et de sa capture en plein ébat sexuel à son voisin de cellule bien qu'il insistait pour en savoir plus. Alexandre détournait le sujet autant qu'il le pouvait.

Dans l'atmosphère oppressante de l'incarcération, la voix de Houari était apaisante malgré son accent qui faisait parfois sourire Alexandre à la prononciation de certains mots. Ils avaient pris l'habitude de converser discrètement à travers les grilles. Les cellules n'avaient qu'un confort minimal, un lit en béton, construit en même temps que la pièce, surmonté d'un très fin matelas et une pauvre couverture hors d'âge. Cette odeur de poussière si caractéristique du pays imprégnait tous les tissus, des couvertures aux vêtements.

L'éducation et la culture de Houari impressionnaient Alexandre. Entre les avis tranchés sur les livres qu'ils avaient lus, sur les séries qu'ils avaient plus ou moins aimées, les films, ils arrivaient à faire passer le temps plus agréablement. Lors d'un échange sur Stephen King, dont Alexandre adorait les œuvres et que Houari détestait, le volume de leurs voix s'était intensifié. Les gardes de nuit s'étaient stoppés dans leur progression mais repartirent sans prêter attention à la conversation en cours.

Bien que l'univers carcéral et ses couleurs froides à gerber, déprimaient Alexandre, il n'en avait pas perdu son sens de l'humour et raconta une de ses blagues favorites. De l'humour noir, bien graveleux.

– Tu sais quelle est la pire combinaison de maladies ? demanda Alexandre en pouffant de rire.

– Non, vas-y…

– Alzheimer et la diarrhée. Vous courez, mais vous ne savez plus pourquoi.

Évidemment, Houari avait explosé de rire avant de se reprendre et de se cacher le visage dans un oreiller pour étouffer le son, mais trop tard, il avait été repéré par un des matons de garde. Quand celui-ci arriva à hauteur de la cellule de Houari, il lui ordonna de se mettre à genou, les poings dans le dos et de s'adosser à la grille, il l'attacha et ouvrit en un tour de clé. En un fragment de seconde Houari reçut un coup de poing et un coup de coude dans la face. Il lui assenait un dernier assaut du pied en plein ventre avant de refermer la grille et de se retirer dans un rire machiavélique.

Houari ne parlait plus pendant des jours, non pas qu'il ne voulait pas, mais il lui était physiquement impossible d'ouvrir la bouche tant la puissance du coup de coude dans la mâchoire l'avait paralysé. Alexandre s'en voulait tellement d'être la cause des malheurs de son voisin qu'il passait des journées entières à lui demander pardon.

Quelques jours après son agression brutale, il pouvait à nouveau parler, un peu. Houari, le cœur pur, dit à Alexandre qu'il n'avait nul besoin de se confondre en excuse, qu'il ne lui en voulait pas bien au contraire. S'il avait d'autres histoires aussi drôles que celle-là, Alexandre devait le prévenir qu'il ait le temps de se cacher dans les couvertures pour se marrer en toute discrétion.

Les journées interminables et monotones, s'écoulaient lentement dans cette prison lugubre et sombre. Chaque jour était identique au précédent, rythmé par les repas, les appels aux prières, les rondes des gardiens et pour seul rayon de soleil, les conversations animées avec Houari.

Cela faisait près de quatre semaines qu'Alexandre était emprisonné sans avoir eu de contact avec l'extérieur ou les détails de son jugement. Houari avait été transféré dans une autre partie de la maison d'arrêt depuis quelques jours et Alexandre subissait de plein fouet la solitude. Si volubile, lui qui aimait les longues conversations et débats d'idées, sentait que son cerveau se vidait de toute intelligence, de tout espoir, de vie. C'était une technique de torture mentale plutôt habituelle dans les prisons de ce pays, histoire de détruire toute envie de se rebeller.

Alexandre s'était dit de nombreuses fois que s'il avait été croyant, il aurait prié pour passer le temps et ergoté avec Dieu sur les conditions des hommes qu'il avait faits à son image. Que Dieu devait avoir de sacrées perversions pour laisser faire dans tous ces pays où la liberté d'être soi-même était condamnée, réprimée, violée. À chacune de ses pensées sa vision se brouillait de larmes. Il ne militait pas, ni pour les droits des LGBT ou quelconque politique, mais il avait toujours eu une ouverture d'esprit à accepter l'autre et ses différences d'opinion, de religion, d'origine et s'opposait à toute forme de répression.

Une chape de plomb pesait sur les épaules d'Alexandre, il ne se tenait plus très droit, courbé par les heures passées assis dos au mur. Les courtes nuits d'insomnies se suivaient et se ressemblaient toutes. Parfois réveillé par des cauchemars, parfois par les cris des autres détenus dont les murs se faisaient l'écho, Alexandre n'avait pas eu une nuit complète depuis son arrivée.

Il était 15 h, à peine réveillé de la sieste dans laquelle le déjeuner l'avait plongé, que les grilles de sa cellule s'ouvrirent dans le vacarme mécanique du métal qui frotte contre le métal.

Il avait face à lui, un gardien qu'il découvrait pour la première fois, qui devait avoir une trentaine d'années, assez grand, carré et massif. Dans son uniforme marron, arme accrochée à la ceinture noire qui entourait sa large taille, son visage patibulaire à la longue barbe, toute aussi noire, il jeta un regard haineux à Alexandre. Alexandre se blottit contre le mur, une coulée de sueur coula dans son dos longeant sa colonne le fit frissonner, il ne levait pas la tête quand il fut emmené dans une salle d'interrogatoire.

Il y faisait froid dans cette salle, la climatisation poussée au maximum. Les murs noirs, soit de peinture, soit de crasse, oppressaient les corps et l'esprit. À peine entrée, cette odeur, Alexandre la connaissait, celle que les poils ont quand ils brûlent, prenait au nez.

La peur et l'appréhension lui prenaient les tripes, il avait cette sensation de poivre qui lui piquait le nez comme lors d'une agression qu'il avait subie avec sa mère, petit, par la voisine, au gaz lacrymogène. Cette sensation qui le suivait toute sa vie chaque fois que la peur s'emparait de lui.

Assis et enchainé à la table, Alexandre respirait à fort débit. Le colossal maton lui tournait autour, le questionnait en arabe, et n'obtenant pas de réponse, il extériorisa son exaspération par un coup de poing sur la table, si fort, qu'Alexandre en eut des sueurs froides. L'absurde interrogatoire dans une langue qu'Alexandre ne parlait as, n'écrivait et ne comprenait pas, durait depuis de très longues minutes.

L'agacement du geôlier se fit plus grave et son poing lui atterrît en pleine face, avec une telle violence que le sang gicla de son nez. Alexandre laissa échapper un râle gras et éraillé du fond de sa gorge. Le second coup lui déchira l'arcade qui saigna à son tour. La tête d'Alexandre, sous la brutalité soudaine, tournoya pour s'effondrer. Il s'évanouit sur l'acier de la table.

Chapitre 7

Quand Alexandre reprit conscience il était allongé sur un lit, les yeux à peine entrouverts, il avait vu sur les lattes de métal de la couchette supérieure. Le sang ne coulait plus. Il passa ses mains sur son visage et découvrit du bout des doigts un pansement sur son arcade et les hématomes qui s'étaient formés autour de son œil. Ses joues avaient de nombreuses entailles, plus ou moins profondes dont le sang avait séché en petites croutes. Quand il toucha son large nez violacé il le fit bondir de souffrance.

Il tourna la tête et découvrit sa cellule, un autre lit superposé avec trois couchettes face au sien. Sa vision n'était pas complètement rétablie, il ne distinguait pas clairement qui était assis sur la banquette inférieure quand une voix familière, venue de celle du milieu le sortit du brouillard. C'était Houari, dont les jambes se balançaient nonchalamment dans le vide, qui le regardait avec empathie.

– Tu es enfin réveillé, comment tu te sens ? demanda Houari de sa voix douce et rassurante.

– Oh, je ne sais pas. J'ai mal. Ça fait combien de temps que je suis là ?

– Le *jalaad* t'a déposé il y a plus d'une heure. Il ne t'a pas raté ce salaud.

– C'est quoi *jalaad* ?

– Le bourreau...

– Putain, j'sais pas pourquoi, aie, dit Alexandre qui grimaçait de douleur.

– Ne parle pas trop, repose-toi mon ami. C'est Houari au fait.

– J'avais reconnu ta voix.

Dans cette nouvelle cellule, les murs peints d'un jaune pisseux faisaient ressortir le gris des armatures métalliques des lits superposés aux matelas tout aussi fins que dans la précédente geôle. Celle-ci avait une porte, une vraie porte fermée avec une ouverture à hauteur des yeux pour permettre aux gardiens d'observer ce qui se passait dans la cellule sans l'ouvrir. Une douche, dans le recoin de la pièce toujours à vue pour ne pas s'y cacher, déversait son eau en pluie fine sur un grand gaillard, assis sur la cuvette des toilettes situées juste sous le pommeau. Sous la petite fenêtre blindée, une planche d'acier solidement incrustée dans le mur servait de table avec une petite cafetière cabossée. Bien trop petite pour six.

Les six places de ce nouveau cachot n'étaient occupées que par trois autres locataires en plus d'Alexandre. Houari, fit la présentation de chacun d'entre eux.

Il y avait Amir, un autre égyptien, qui ne parlait pas un mot d'anglais, arrêté pour une agression sur un policier sur la corniche de Djeddah ; Emad, un entraîneur sportif originaire de Libye dont l'anglais était aussi mauvais que celui d'Amir. Accusé d'agression sexuelle sur un de ses clients, un haut gradé de l'armée, dans la salle de sport où il travaillait, et Houari. Alexandre les salua de la main, toujours allongé, utilisant le peu d'énergie qui lui restait pour faire preuve de politesse. Alors que la présence d'Amir n'était pas très claire.

– Il y a ton repas sur la table, si tu as faim. Mais c'est là depuis longtemps, ça doit être froid, dit Houari en pointant la table près du lit d'Alexandre.

Alexandre posa son regard sur une barquette, en plastique noir, garnie de riz et de légumes.

– Ça fera l'affaire. Je n'ai pas tellement d'appétit.

– Tu dois manger quand même et prendre des forces pour nous faire tes blagues.

Alexandre lui adressa un petit sourire mais il ne mangea que quelques bouchées pour reprendre des forces. Le riz, trop cuit et fade, les légumes flasques sans sel ne l'avaient pas convaincu. Il laissa le reste sur la table puis reprit la position horizontale, se recouvrit de la fine couverture et enfouit sa tête au plus profond de l'oreiller. Il tournait le dos aux autres qui avaient repris leur conversation en arabe.

Alors qu'il dormait, des rires le sortirent de son sommeil. Ouvrant ses yeux endoloris et revenant à lui lentement, les garçons jouaient aux dés.

– Pas mal les dés que j'ai achetés à un gardien, lança Emad pour se faire mousser.

Emad s'aperçut que son codétenu était de retour parmi les vivants, il l'invita à se joindre à eux pour la partie suivante. Ils jouèrent ainsi, remontant le moral d'Alexandre et lui firent oublier ses fraiches blessures, jusqu'au diner qui se composait comme toujours d'une soupe, de riz et de morceaux de viande en ragout trop cuit et baigné dans des nombreuses épices. Bien que cuisinier, Alexandre n'en reconnaissait pas toujours l'origine. Un film plastique posé sur le sol, le repas était pris comme ça, assis en rond autour du plat. Comme à chaque fois lors des repas il régnait un silence de mort dans les couloirs. La nourriture engloutie chacun retourna sur son lit pour digérer. Des ronflements se firent rapidement entendre.

Emad descendit de son lit par les barreaux de l'échelle pour profiter du petit espace au sol entre les lits et faire des pompes. Alexandre l'avait suivi des yeux et jetait, par intermittence des regards sur le corps taillé en V d'Emad, concentré sur son activité, ne remarqua pas les yeux braqués sur lui. Il ne portait qu'un short laissant apparaître son torse nu, ses muscles dessinés et sa peau couleur café au lait. Il faisait bien 1m90 ou 2 m, la barbe noire taillée et son short moulait son fessier plus que galbé. Tout à fait aux goûts d'Alexandre.

Malgré l'enfermement, Emad ne s'arrêtait jamais de s'entrainer. Il pouvait y passer plus de trois heures par jour, tous les jours, sans exception. Il sentit le regard d'Alexandre sur lui mais au lieu de s'en offusquer, habitué des salles de sport où les corps comme le sien étaient toujours observés et enviés, il fit un signe de la tête pour inviter Alexandre à pratiquer le même exercice. Toujours mal-en-point il refusa de la main.

De toute façon, Alexandre n'avait jamais aimé faire du sport. Déjà petit, il s'était fait dispenser des cours d'éducation physique au collège et séchait les séances de volley-ball que ses parents le forçaient à suivre.

Emad transpirait à grosses gouttes quand Houari le rejoignit. Ils enchaînèrent les mouvements de musculation et les expressions de leurs visages en plein effort firent sourire Alexandre. La séance dura près d'une heure, Houari prit sa douche en premier et laissa sa place à Emad, pour venir vers Alexandre qui l'invita à s'assoir sur son lit.

– Tu devrais t'entrainer avec nous, Alex. Ça fait du bien au corps et à l'esprit.

– C'est pas mon truc et ça ne l'a jamais été, répondit Alexandre en faisant, "non" de la tête. Et le dernier qui m'a vu courir… est pas encore né.

Houari pouffa de rire et reprit :

– Tu n'en rates pas une toi, ah ah ah. Alors, ils sont sympas les autres ?

– Ouais, mais personne ne parle anglais, donc je vais avoir du mal à communiquer avec eux.

– Je serai ton traducteur si tu as besoin.

– Merci. C'est cool et ça pourrait être utile.

– Bon, quand on se parlait en quarantaine, je t'ai raconté pourquoi je suis là, mais pas toi. Tu ne veux toujours rien me dire ?

– Je t'en parlerai un jour, dit Alexandre la main sur le cœur.

– Promis ?

– Promis, oui.

Alexandre avait esquivé à chaque fois les questions sur les raisons de sa présence ici, mais en face à face, il ne le pourrait plus pour très longtemps. Deux options lui vinrent à l'esprit, soit il s'inventait une histoire au risque de se faire démasquer, soit il la jouait franc-jeu pour dire la vérité. Rien que d'y penser il en avait des maux de ventre.

– Je vais prendre une douche aussi, dit Alexandre, pour couper court à la discussion.

– Bonne douche, mon ami, je vais dormir moi.

Tous s'étaient endormis, quand il quitta la douche pour aller rejoindre les bras de Morphée. Sauf Amir, qu'Alexandre aperçut le regarder en coin tel un pigeon, qui se retourna aussitôt.

Les lumières venaient juste de se rallumer, quand Alexandre sorti de son sommeil. Il était le premier debout, il alla préparer le café pour tout le monde. Cette petite cafetière à filtre, hors d'âge et encrassée par les bien trop nombreuses utilisations, était un luxe ici. Ça l'était encore plus d'acheter du café de qualité. C'était Amir qui l'avait négociée. Son frère lui rendait visite chaque semaine et en profitait pour lui apporter tout un tas de petits extras non disponibles dans la prison comme du chocolat, du café, des gâteaux et autres gourmandises mais aussi tout le nécessaire de toilette. Gel douche et shampoing, si communs dans la vie de tous les jours étaient dans cet univers des biens précieux. Il les partageait ses camarades de cellule sans jamais rien demander en retour.

Les effluves caféinés réveillèrent un à un les occupants de la pièce, encore dans la pénombre. Une serviette bleue servait de rideau de fortune pour couvrir la fenêtre. Emad la retira pour faire jaillir l'aveuglant soleil dans la cellule et faire plisser tous les yeux encore à moitié fermés de sommeil. Il ingurgita son café d'un trait suivi d'un grand verre d'eau. Dans le calme tout relatif de la matinée, il fit une séance d'étirements, histoire de réveiller son corps. Alexandre, installé sur son lit, contempla la scène de cet éphèbe au corps si bien dessiné. Son regard quasi turquoise fixait le sportif en pleine action. Alexandre vit Houari qui n'était pas encore descendu de sa couchette avoir une vue plongeante sur lui et constata, son sourire en coin et son regard attendri. Alexandre détourna les yeux, embarrassé.

L'activité matinale fut interrompue par le petit déjeuner apporté par un des autres prisonniers affectés à la distribution des repas.

Houari s'installa aux côtés d'Alexandre face à Emad et Amir, assis sur le lit opposé. Ingérés à toute vitesse le plat de *foul*[15] et le [16]*laban*, avaient remplis les estomacs. Tour à tour les quatre hommes passèrent sous la douche. Alors qu'Amir et Emad s'allongeaient sur leur lit respectif, Houari s'assit de nouveau auprès d'Alexandre.

– Comment vont tes blessures, ton visage te fait moins souffrir ? demanda Houari en brisant le silence.

– Ça fait encore un mal de chien, mais ça va passer.

---

15 Foul : plat de fèves longuement mijoté typique du Moyen-Orient servi au petit déjeuner

16 Laban : lait fermenté concentré

Houari avait le regard fuyant, il fixait tour à tour le mur, la table, la fenêtre mais évitait les yeux d'Alexandre.

– Alex, je ne sais pas comment tu vas le prendre, mais je pense savoir pourquoi tu es là.

Alexandre regarda Houari, complètement éberlué, les yeux grands écarquillés ne sachant à quoi s'attendre après cette affirmation.

– Je ne vais pas te juger, reprit Houari, je sais que c'est intime et personnel.

– ...

– J'ai vu ce matin comment tu regardais Emad pendant sa séance de sport.

Alexandre s'abstint de répondre, baissa les yeux vers le sol en guise de réponse. Houari déposa sa main réconfortante sur celle d'Alexandre qui la retira d'un coup. Puis Houari reprit à voix basse, histoire de ne pas révéler aux autres les raisons de l'incarcération d'Alexandre.

– Je ne suis pas gay mais ton secret est à l'abri avec moi, ne t'inquiète pas.

– Merci. Merci.

Non mais sérieusement, c'était écrit sur ma tête que je suis gay ou quoi ? Je fais tout pour l'éviter mais à croire que je suis suivi d'un drapeau arc-en-ciel.

Alexandre mit quelques secondes avant de reprendre :

– Tu as visé juste, je le suis et je me suis fait arrêter dans la voiture d'un autre mec... Tu vois ce que je veux dire ?

– Ouais je vois, je vois. Pas besoin de détails, dit Houari inclinant la tête, un sourire lumineux sur le visage, empli d'empathie. Mais je ne comprends pas ce que tu fais ici, tu devrais être dans un autre centre en attente de déportation.

– Houari, je ne sais même pas à quoi j'ai été condamné, tu te rends compte ? Je n'ai ni les raisons, ni la durée, rien ! Je me suis retrouvé face à un juge sans comprendre un seul mot de ce qu'il disait. Il ne parlait pas anglais et personne ne m'assistait non plus. J'étais là comme une merde en short, t-shirt et claquettes, dit Alexandre en se prenant la tête dans les mains.

– Ah oui, c'est bizarre ça.

Alors qu'Amir approchait, leur conversation bifurqua, comme ils en avaient pris l'habitude lors de la quarantaine, sur un sujet plus littéraire. Une lecture qu'ils avaient eue en commun et les avaient marqué. Le Petit Prince de Saint-Exupéry. Houari en appréciait le mélange de clairvoyance et d'ignorance de ce Petit Prince à la fois candide et d'une profonde sagesse. Quant à Alexandre, il aimait les valeurs universelles et intemporelles que le parcours initiatique du Petit Prince transmettait. Il ouvrait les yeux sur les travers de l'être humain, sur la vie, l'enfance, le désir, l'amitié, l'amour et la mort, et cela le touchait tout particulièrement.

L'amour des livres et des beaux mots les rapprochait intellectuellement. Leur échange plein de philosophie s'interrompit par la descente d'Emad de son lit qui entreprit ses exercices sportifs quotidiens. Emad força Houari à se rallier à lui et invita Alexandre à faire de même. Il eut beau refuser, Emad insista et le tira de son lit alors qu'Alexandre tentait de résister balançant son corps en arrière mais en vain. Pour la première fois de sa vie, Alexandre fit des pompes, des abdos, coaché et encouragé par Emad et Houari. Sous le poids de son corps, les bras d'Alexandre n'étaient pas assez musclés et il s'écrasa au sol à chaque tentative de pompe. Ce qui faisait bien rire ses camarades de cellule, sauf Amir qui lui jetait des regards noirs qu'Alexandre aperçut. Il ne tint pas longtemps avant de s'effondrer de toute sa masse par les efforts qu'il venait de fournir. Emad lui tapota l'épaule de sa main puissante en signe de félicitation.

Emad se retrouvait en caleçon, tout transpirant, avant de retourner se laver.

Ses muscles saillants luisaient sous la sueur et marqués par les rayons du soleil qui lui caressaient la peau. Les jambes musclées d'Emad semblaient interminables, alors qu'il enlevait son t-shirt lissant apparaître un corps taillé au burin tel un Dieu grec. Son short vert faisait ressortir sa peau halée et laissait deviner une forme bombée et prometteuse.

Une fois Emad disparu sous l'eau, Houari demanda à Alexandre :

– Alors il te plait ? Tu mates bien, je vois.

– Heu… Non, non, répondit Alexandre qui voyait Amir les paupières fermées et vibrantes faisant semblant de dormir et l'oreille tendue.

– Allez ! Vous seriez seuls dans la pièce pendant des mois tu ne tenterais bien quelque chose ?

– Oh non. Pourquoi tu sors des conneries toi, interrompit Alexandre lui montrant des yeux Amir.

Houari ouvrit grand les yeux et les lèvres en cul de poule :

– Oups, chuchota Houari.

Sur cette dernière phrase, le déjeuner arriva. Les appels à la prière, cinq fois par jour, et la livraison des repas rythmaient les journées des prisonniers. Pour son second jour dans cette nouvelle cellule Alexandre allait aussi avoir le droit à une sortie en extérieur, mais personne ne s'aventurait à accepter, vu les chaleurs intenses et l'humidité de la région. Ils restèrent donc tous dans l'espace clos de leurs dix mètres carrés et prirent leur repas assis en rond au sol comme à chaque fois.

Les codétenus d'Alexandre avaient pris l'habitude de faire la sieste après manger et ils n'y dérogèrent pas cette fois-ci encore. Seul Houari resta éveillé, proposant un thé à Alexandre qui l'accepta bien volontiers. Houari se posta dans la même configuration qu'avant déjeuner, sur le lit d'Alexandre, plus près du sol et donc plus confortable pour s'adonner à une conversation en tête à tête.

Houari, dont l'intérêt pour l'histoire d'Alexandre n'était que grandissant, le questionna sur son passé, sa vie en France, qu'il n'avait pas encore eu la chance de visiter, pourquoi il était venu au Moyen-Orient...

Alexandre répondait avec enthousiasme aux questions de Houari. À chacune de ses questions, le visage d'Alexandre s'illuminait de joie et ses yeux remplis d'étincelles le fixait avec intensité. Alexandre lui raconta la relation qu'il avait eue en France pendant plusieurs années, comment celle-ci, toxique, l'avait rendu imperméable à quelconque nouvelle histoire d'amour. Passé par Dubaï et jusqu'à son arrivée à Riyadh, son nouveau boulot, la rencontre avec Blake et la découverte, à Sydney, de toutes ses manipulations. Houari, lui, était marié depuis une dizaine d'années et avait deux enfants restés en Égypte, pour parfaire leur éducation à moindres frais, comparé avec l'Arabie Saoudite.

Tous deux continuaient à profiter du calme de la cellule pendant le repos des autres quand le *jalaad*, du nom de Mohammed, arriva. Cet homme colossal, d'au moins un mètre quatre-vingt-dix ou peut-être dans les deux mètres passait à peine la porte tellement il était large. Les bras du *jalaad* étaient si imposants, qu'ils faisaient la taille des cuisses d'Emad, prêts à craquer les manches de sa chemise d'uniforme. Son œil droit toujours à demi fermé et ses multiples cicatrices sur le visage le rendaient encore plus impressionnant.

Il attrapa Houari par le bras qui tenta de se détacher de son emprise en reculant mais sans succès. Le gardien hurlait des ordres en arabe à Houari qui enfonça sa tête dans ses épaules comprenant tout de suite ce qui lui avait dit. Il l'embarqua en tirant sur sa tunique bleue. Le gardien avait laissé une odeur d'œuf pourri derrière lui et qui empestait la cellule. Emad, Alexandre et Amir en avait des nausées. Si fortes, qu'Amir se pencha sur les toilettes pour vomir. Alexandre s'empressa de rejoindre Amir.

– Ça va aller Amir ? demanda Alexandre.

- Dégage pédale ! insulta Amir, ne me touche jamais.

Alexandre se recula d'un bond, choqué par cette insulte gratuite. Il n'avait jamais fait d'allusion face à lui mais maintenant Alexandre comprit qu'Amir les épiait lors de ses conversations avec Houari. Alexandre profita pour rejoindre son lit alors qu'Emad passait entre eux pour ouvrir la fenêtre. Un silence électrique s'installa dans la pièce.

Houari ne revint que deux heures plus tard. À son retour, il boitait, le visage ensanglanté, il était amorphe et méconnaissable. Il avait été emmené dans la pièce de torture de l'étage et, littéralement, fracassé par ce gardien. Alexandre laissa le gardien refermer la porte et se rua sur son ami pour le soutenir. Les jambes de Houari ne le supportaient plus, les coups violents qu'il avait subis avaient aspiré toute son énergie. Alexandre l'assit sur sa couchette et prit une serviette humide pour lui nettoyer le sang qui recouvrait son visage. Houari ne pouvant bouger, Alexandre, tel un frère aux petits soins, lui ôta sa tenue bleue imprégnée du liquide rouge et visqueux, le vêtit d'un t-shirt blanc et lui laissa la jouissance de son lit pour s'allonger. Il était impossible à Houari de monter les quelques barreaux de l'échelle pour rejoindre son propre lit. Alexandre veilla sur son ami de longues heures, s'assurant qu'il était toujours en vie.

Ébranlé par la férocité et le déchainement de brutalité, Alexandre rejoignit le lit de Houari pour se reposer à son tour, le laissant aux bons soins d'Emad qui le relaya à son chevet. Alexandre le regardait avec empathie depuis son lit.

Les gémissements de douleur de Houari déchiraient le silence de la nuit. Il souffrait dans son sommeil tout relatif. Alexandre n'en ferma pas les yeux de la nuit, posant régulièrement ses yeux sur Houari pour s'assurer de son état.

Vers cinq heures du matin, les enceintes chantèrent l'appel du *Sobh*[17] personne n'avait vraiment dormi dans cette geôle. Amir préparait le café ; Emad faisait ses étirements matinaux et Alexandre descendit du premier niveau du lit superposé pour se pencher sur Houari, qui ouvrait difficilement les yeux. Il l'aida à se lever pour se diriger vers la douche à quelques pas. Ils s'arrêtèrent tous deux face au miroir.

– On n'a pas fière allure tous les deux, disait, dans la douleur Houari en regardant le reflet de deux visages abimés par les coups.

Heureusement que la douche était juste au-dessus de la cuvette des toilettes, d'ordinaire c'était plus ennuyant qu'autre chose, mais à cet instant, ça permettait à Houari de pouvoir se laver en restant assis et sans puiser dans le peu d'énergie qui lui restait pour rester debout.

La suite de la journée se déroula dans le silence, pas de rire, pas de jeu, pas d'activité, rien que les repas et les chants des appels à la prière.

---

17 Sobh : c'est la prière du matin qui a lieu à l'aube avant que le soleil ne se lève.

**Chapitre 8**

Cela faisait trois semaines qu'Alexandre avait rejoint sa nouvelle chambrée. Les traces de coups qu'il avait reçus au visage s'étaient atténuées mais avaient laissées de fines cicatrices. Juste après le déjeuner, un gardien vint le chercher. D'un coup, son nez le piqua comme s'il reniflait du poivre, cette peur intense était de retour.

Pour la première fois en près de deux mois dans la prison de Dahaban, il était escorté vers une salle pour recevoir des visites. Le parloir était divisé en petits box de deux mètres carrés, par des parois basses qui laissaient dépasser les têtes de ses occupants, permettant aux geôliers de garder une vue dégagée sur ce qui s'y passait.

- Alexander Perret, box trois, indiqua le gardien présent à l'entrée de la salle.

Un petit homme aux cheveux grisonnants d'une bonne cinquantaine d'années l'y attendait, assis sur une des quatre chaises du box. Il se leva à l'arrivée d'Alexandre. Il avait l'air d'un comptable avec son pantalon en velours et sa chemise trop grande à carreaux bleus et blancs. Il avait le visage bonhomme surmonté de petites lunettes rondes.

- Monsieur Perret, je suis André Priest, attaché au Consulat de France à Djeddah, lui dit le cinquantenaire en tendant la main pour saluer Alexandre.

- Bonjour, Monsieur Priest.

- Appelez-moi André et permettez-moi de vous appeler Alex.

- Ça me va, fit Alexandre, soulagé qu'enfin un représentant de son pays s'occupe de lui.

- Est-ce que vous avez besoin de quelque chose ?

- Évidemment que j'ai besoin de quelque chose. J'sais même pas pourquoi je suis dans cette merde. Ni la condamnation, ni la durée, que dalle. Faut m'aider là !

Alexandre se leva de sa chaise d'un coup.

– Assis ! Box 3, assis ! hurlait le garde.

– Ok, ok boss, pardon, dit Alexandre au gardien

- On ne vous a pas informé ? demanda, très étonné, l'employé consulaire.

- Mais non, mais rien du tout. Bon, j'ai été arrêté à Riyadh. J'ai vu un juge et j'me retrouve ici. Et ça fait presque deux mois. J'ai pas eu d'avocat en plus. Je ne sais rien, merde, reprit Alexandre avec la voix montant dans les aigus et grésillante.

André fouilla dans sa sacoche et prit une pochette cartonnée dont il sortit les documents du tribunal.

- Vous avez été arrêté pour comportement portant atteinte à la bienséance et aux bonnes mœurs en public, pour apologie de l'homosexualité et incitation à la perversité sur les réseaux sociaux. Votre condamnation est de dix ans à ce que je vois dans votre dossier.

À cette annonce, Alexandre s'effondra au sol, il tremblait de tout son corps et des larmes d'incompréhension recouvraient son visage rond.

- Dix ans !? Comment ça, dix ans ? Vous allez m'aider à sortir d'ici n'est-ce pas ? demanda Alexandre.

André l'aida à se relever et s'assoir sur la chaise.

- Malheureusement, je ne suis pas là pour ça Alex, la France respecte la souveraineté du royaume et n'intervient pas dans les décisions de justice. J'ai été contacté par monsieur Serge Bruvois, qui vous a embauché. Il s'inquiétait de ne pas vous voir revenir au travail et ni répondre au téléphone.

Il marqua une pause regardant Alexandre le front sur la table et les bras pendant vers le sol.

– Monsieur Bruvois a contacté l'ambassade et le consulat de France pour en savoir plus. Il a fait des pieds et des mains pour vous.

– Au moins quelqu'un qui se soucie de moi. Et vous allez faire quoi pour me sortir d'ici ?

– Mais n'espérez pas une sortie de prison avant la fin de votre peine. Il est rare que l'Arabie Saoudite accorde aux Français d'effectuer leur peine en France. La seule chose que je peux faire pour vous Alex, c'est de vous apporter des affaires de toilette ou autres petits besoins du même genre ainsi que faire le lien entre vous et la France. Croyez-moi, Alexandre, Alex, j'aimerai tellement vous aider. Mais nos mains sont liées au consulat.

– Mais je ne suis pas coupable.

Alexandre tapa du poing sur la table.

– Ces accusations sont infondées, reprit-il. Le seul fait qu'on peut me reprocher, c'est d'avoir été arrêté avec un autre mec. Mais rien d'autre. Enfin …

– Enfin quoi ? interrogea André, quoi d'autre ?

– Rien, juste sa bi…

Alexandre s'interrompit

– Je peux avoir un avocat ?

– Le jugement a été rendu, vous n'aurez plus accès à un avocat maintenant.

Alexandre regardait André, les pupilles dilatées, les rides du front plissées, le souffle rapide, son visage devenait de plus en plus rouge. Prêt à exploser comme une cocotte-minute.

– Vous savez que j'ai été battu par les gardiens ?

– Je ne peux rien pour ça non plus, répondit André d'un ton désolé et embarrassé. Souhaitez-vous contacter quelqu'un en France ?

Évidemment, Alexandre lui fournit le contact de sa sœur et demanda de l'informer de sa situation. Ne pouvant apporter plus, l'employé du consulat quitta la prison avec la demande d'Alexandre.

Alexandre retourna dans sa cellule, il s'allongea sur sa couchette et s'enroula dans sa couverture, la tête sous l'oreiller. Il hurla dans le matelas, frappa du poing encore et encore sur son lit. Au moins il connaissait les accusations et la peine qu'il devait faire. Il raconta à Houari la visite de l'employé consulaire et des informations qu'il venait d'obtenir. Tout aussi décontenancé, Houari ne sut quoi dire à Alexandre pour lui remonter le moral. L'annonce de la sentence l'avait complètement abattu, comment allait-il rester enfermé les dix prochaines années, pour une raison obscure ? Une relation sexuelle, il l'admettait mais en aucun cas les autres chefs d'accusation, inventés et arbitraires. Quelle influence, Alexandre pouvait-il avoir eue avec ces post sur Twitter et même pas cent followers ? Rien ne faisait l'éloge ou ne ressemblait à de l'incitation de ses pratiques homosexuelles. Le fait de juste retwitter des vidéos ne faisait pas de lui un coupable au point d'être considéré comme un ennemi du pays. Mais apparemment, si.

Houari lui expliqua qu'il connaissait ce genre de manipulations de la part du gouvernement Saoudien, ils voulaient faire d'Alexandre un exemple, sans concession et montrer à la fois aux homosexuels, homme comme femme, étrangers comme locaux, que le royaume ne les accepterait jamais, les combattrait dès que possible. Le visage d'Alexandre avait les traits tirés à l'extrême et ses paupières sursautaient. La peur aussi. Il passa les heures suivantes, perdu dans ses pensées. L'appétit coupé d'avoir appris la durée de son incarcération. Pendant que ses codétenus s'occupaient, il resta allongé, les yeux dans le vague à ressasser sans cesse la terrible nouvelle. En pensant à ce qu'il avait déjà subi depuis son transfert de Riyadh à Djeddah. Devrait-il subir les assauts de violence de la part des gardiens pendant de longues années ? Comment allait-il survivre à dix ans de privation de liberté ? Surtout sans raison valable.

La journée avait été maussade tout comme son moral. Une tempête de sable s'était abattue sur la prison donnant une atmosphère apocalyptique. Le ciel devenu orange, de ces envolées de poussières bloquant l'entrée de la lumière dans la petite cellule.

Emad, accompagné de Houari comme traducteur, vint parler à Alexandre. Il lui proposa de se défouler et d'évacuer ses idées négatives en faisant du sport avec eux mais il refusa poliment. Emad insista encore plus pour le sortir de son lit, le prit par le bras avec force et détermination. Alexandre n'avait plus le choix que de se joindre à son coach improvisé et de suivre ses instructions. Ils passèrent au moins une heure d'efforts et à transpirer. Contre toute attente, Alexandre poussa sur ses bras à un rythme soutenu, fit des abdos. L'intensité qu'il mettait à se défouler le fit transpirer à grosses gouttes qui coulèrent de son front dans ses yeux. Il fut exténué par l'intensité de l'entrainement qu'il venait de subir. Son esprit avait été libre de toute pensée. Il se sentait physiquement épuisé mais mentalement reposé de n'avoir pensé à rien pendant cette dernière heure d'activité.

Alexandre fut réveillé à l'aube. Le vacarme de la fermeture de la lourde porte en métal quand le *jalaad* était venu chercher Houari avait sorti tout le monde du sommeil. Ce n'était pas dans ses habitudes de procéder aux tortures si tôt le matin. Houari avait dit à Alexandre qu'il ne lâchait aucune information et serait à nouveau interrogé.

La distribution du petit déjeuner n'avait pas encore eu lieu, chacun restait dans son lit en attendant le retour de Houari. Le silence matinal, dans la prison encore endormie, était lourd et pesant. Alexandre ne le supportait pas en temps normal, mais depuis qu'il était incarcéré, il l'appréciait par moment. Dans cet univers bruyant, les hurlements de certains détenus, les bruits de portes qui s'ouvrent et se ferment sans cesse, les sonneries des alarmes et les appels à la prière cadraient les journées.

Il y avait bien pire que le bruit incessant. Les cris d'une partie des détenus, venaient de partout et nulle part diffusés par les murs comme des hauts parleurs. Les visites du gardien en chef, le *jalaad*, étaient bien plus redoutables pour le moral et les corps. Ses passages n'étaient que de mauvais présages, de violence et de torture, physique et mentale. Le *jalaad* était un homme grand et large, ses épaules carrées et sa musculature imposante remplissaient son uniforme presque trop petit pour lui. Son visage patibulaire à la barbe épaisse ne laissait transparaitre que du noir.

Avant même les premiers coups il en imposait, de grandes mains puissantes, de son regard noir de haine qui ne le quittait jamais et ses bras gonflés de muscles sous stéroïdes. Quand Alexandre avait affaire à lui, il ne lui parlait quasiment pas. Son anglais exécrable ne lui permettait pas de faire un interrogatoire donc il ne se contentait que d'utiliser ses poings en place et lieu de sa bouche.

Une fois le déjeuner avalé, Emad se préparait pour sa séance de sport quotidienne, tout comme Alexandre, à qui il ne laissait plus le choix. Les semaines passées à faire du sport, associées aux mauvais repas qu'il ne finissait jamais, donnaient des résultats visibles sur son corps. Alexandre avait perdu du poids, son visage s'affinait, il flottait dans ses vêtements. Bien qu'il se forçait à chaque séance de sport, il en appréciait les bénéfices sur son anatomie.

L'activité physique et la douche terminées, il n'y avait rien de plus à faire que de rester allonger sur les lits à attendre que le temps passe. Son compagnon de discussion n'étant toujours pas revenu en cellule, Alexandre comptait et recomptait le nombre de fissures dans le mur d'en face. Soixante-trois. Il en avait compté soixante-trois.

Houari avait déjà subi les accès de violence du gardien en chef et était revenu à plusieurs reprises le visage défiguré par les coups. Jamais les séances de tortures ne duraient si longtemps. La nuit pointait le bout de son nez et Houari n'était toujours pas de retour. Amir observait du haut de son lit Emad et Alexandre qui s'échangeaient des regards inquiets, comprenant sans parler que la situation n'annonçait rien de bon. Ça faisait trop longtemps que Houari était parti. Amir descendit de son lit. Il proposa à Emad de jouer aux cartes dédaignant Alexandre, lui passant devant comme s'il n'était pas là.

Emad lui parla en arabe. À l'intonation de sa voix, Alexandre perçut qu'il lui faisait des remontrances en le pointant du doigt. Amir tendit sa main vers Alexandre mais le regard noir qu'il lui lançait contredisait ce que sa main tendue voulait dire.

Ils jouèrent malgré tout, tous les trois. Les parties s'enchaînèrent pendant de longues heures, sans autre bruit que celui des cartes sur le sol, contrairement aux habituels éclats de voix. Même les victoires ne les faisaient pas réagir.

Le diner donna le ton de la fin de soirée, il n'y avait que trois portions. Celle qui manquait annonçait le départ définitif de Houari. Ils avalèrent leur repas, qu'ils ne finirent pas, dans un silence de mort.

Un jour, deux jours, trois, cinq, dix, treize jours que Houari n'était plus là. Ces jours avaient passé au rythme habituel, repas, prières, sport…

Depuis le départ de Houari, Alexandre ne mangeait presque plus, ses périodes de sommeil étaient de plus en plus courtes. Il ne répondait qu'avec nervosité aux autres détenus de sa cellule, s'excusant juste après à chaque fois. Dès qu'il pensait à son ami, il ressentait un pincement intense dans sa poitrine.

Sa morphologie avait bien évolué, ses joues dodues devenaient, jour après jour, plus émaciées. Même sa peau se ternissait par le manque de bons apports nutritionnels. Avec pour seul exutoire les séances de sport menées par Emad. Alexandre passait le reste de ses journées le regard creux et dans le vide.

Il avait compté encore et encore, les craquelures de peintures. Soixante-trois, toujours soixante-trois.

Amir avait changé lui aussi. Il était devenu plus avenant avec Alexandre. Il s'était même arrangé avec un de ses contacts dans la prison, pour se procurer, deux livres en français de John Grisham. Un bon choix. Alexandre les avait déjà lu trois fois, il n'arrivait pas à s'occuper l'esprit. Les sujets de ces livres n'étaient pas pour aider son moral à se remettre en ordre. Ils ne parlaient que de prison, de justice, du couloir de la mort dans lequel il avait la sensation d'être enfermé lui aussi.

Les séances d'Alexandre avec le *jalaad* n'avaient pas cessées, il revenait à chaque fois plus amoché que la fois précédente et avec de nouvelles cicatrices qui jalonnaient son visage, mais les entraînements d'Emad l'aidaient à tenir un peu plus, à encaisser les coups. Si le physique encaissait, le moral, lui, subissait la destruction à petit feu. Lors de la dernière visite du chef, Alexandre était revenu en cellule avec les pommettes brisées et ensanglantées tout comme doigt cassé.

Alexandre ne communiquait plus depuis des semaines, Emad tentait de temps en temps de le comprendre mais Amir, lui ne faisait aucun effort, il ne parlait pas anglais et ne le souhaitait pas non plus. Alexandre fixait Amir de dos dans son lit et se mit à parler tout seul.

– Emad, Houari et moi, on se fait démonter la gueule tous les quatre matins, mais toi là-haut, avec tes airs de cons, tu n'as jamais rien eu avec le *jalaad*. Tu es toujours entier. Tu arrives à dégoter une cafetière, du café, des livres, … j'voudrai bien savoir le secret que tu caches.

Si le but de son geôlier était de l'abattre psychologiquement il avait réussi. Les idées noires avaient même éradiqué le plaisir de la vue du corps d'Emad. Il perdait le cours du temps. Il ne savait plus quel était le jour, le mois ou l'année. Perdu dans l'espace-temps, dans la noirceur et la douleur de l'enfermement forcé.

Les semaines sans Houari, qui le maintenait à flot avec ses conversations pleines de philosophie et de culture, passaient si lentement.

Ce matin-là, alors que l'humidité était moins pesante, son bourreau vint le chercher pour la séance d'interrogatoire musclé, qui ne menait à rien et l'amena dans une nouvelle salle de torture. À peine le *jalaad* passait la porte qu'il se prit les pieds dans un bout de métal qui dépassait du sol. Il se rattrapa in-extremis à la chaise devant lui.

Cette pièce était bien plus grande que la précédente, plus noire aussi. Il y avait un grand miroir qu'il imaginait sans teint comme dans les films policiers américains, où il envisageait que quelqu'un scrutait les élans de violence du *jalaad* au travers. Les lumières éclairaient si peu qu'Alexandre ne pouvait à peine voir le pauvre mobilier d'acier dans la pièce. Mais cette odeur étrange d'oud et de fleur perturbait les sens d'Alexandre. Il fut balancé avec force sur la chaise, puis attaché à nouveau les bras dans le dos sur l'assise glaciale, bien harnachée au sol en béton. Il y resta seul pendant de longues, interminables minutes attendant les coups.

Il était sûr que les frappes allaient arriver comme d'habitude. Alexandre gardait la tête baissée, abattu, avant même la première baffe. Il entendait chanter derrière la porte avant le retour du bourreau. Le *jalaad* réapparut sans un bruit et le premier coup vint briser ses côtes. Un cri de douleur sortit des entrailles d'Alexandre. Des larmes incontrôlables jaillirent de ses yeux bleu clair. Son corps se plia de souffrance et sa tête vint claquer la table devant lui. Puis un second poing se fracassa sur son visage le faisant basculer de l'autre côté, le liquide rouge et chaud s'écoula de son nez. Son arcade sourcilière céda de nouveau et saigna tout autant. Les coups s'enchaînèrent, toujours dans le silence. Le bourreau s'était résigné à poser des questions en arabe qui de toute façon restaient sans réponse.

Le tortionnaire d'Alexandre prit une pause. Il sortit de la pièce en sifflotant et alla se chercher un café. Alexandre aperçût une ombre étrange dans le coin de la pièce. L'ombre d'un homme, de taille et de corpulence moyenne, qui se tenait droit, adossé au mur. Seul un léger éclat de lumière, qui se reflétait dans les pupilles de cet inconnu, permettait de distinguer que c'était un humain. Il venait de bouger, un pas en avant, alors qu'il était resté immobile tout le temps ou le *jalaad* était là. Alexandre l'appela d'un regard suppliant, mimant du bout des lèvres : aidez-moi, aidez-moi. Son visage se figea dans une expression de douleur, le menton tremblant, le coin des lèvres abaissées.

Aucun son ni même une respiration ou signe de vie n'émanait plus de l'ombre. Ils restèrent tous deux inactifs mais Alexandre sentait le regard fixé sur lui. Il tremblait de souffrance tout son corps quand le *jalaad* fit son retour, le détacha pour le ramener en cellule.

Son visage plein de sang partiellement séché, il entra dans sa geôle où l'attendaient Amir, Emad et un inconnu. C'était Amir, qui l'aida à se défaire des marques de sang en lui passant une serviette humide et chaude sur le visage. Grimaçant de douleur, Alexandre se laissait faire puis tomba sur la cuvette des toilettes. Assis bien malgré lui sous la douche qu'alluma Amir après lui avoir retiré son pantalon et sa tunique bleus pour le laisser en sous-vêtement et t-shirt. L'eau s'écoulait sur son corps meurtri et emportait dans l'évacuation le reste de sang et de son âme.

Séché et allongé sur son lit, le nouveau locataire de la cellule se présenta face à lui.

– Je suis Djilali, je vuni de Tounisie. Ici, ils m'ont dit, tu es la fronci, comme je pu parle avec toi.

Alexandre lui tapota la main sans dire un mot, il n'en avait pas les forces.

Ce Djilali, encore un autre étranger enfermé dans des conditions arbitraires. Il avait un grand sourire dont les dents blanches ressortaient de son visage bronzé. Il se dégageait de la douceur et de la grâce de Djilali malgré son corps svelte, à la limite du frêle.

Djilali occupait le lit de Houari. Ce qui confirmait qu'il ne reviendrait jamais. Qu'avait-il pu advenir de lui ? Était-il encore en vie ? Que faisait-il ?

*Tu ne reviendras jamais. Houari, tu me manques. J'ai peur aussi de disparaitre comme toi.*

Le jeune tunisien de 24 ans se tenait toujours debout faisant face à Alexandre. Comme s'il attendait quelque chose. La séance de torture l'avait exténué et il ne se sentait pas d'entamer une quelconque conversation. Il tourna son corps, difficilement et dans la douleur vers le mur, laissant ce nouveau voisin reprendre place dans son lit.

Alexandre ne fermait pas les yeux, fixant le mur, et pleurant toutes les larmes qu'il lui restait. Ses yeux rouges et brûlants se fermèrent puis il s'endormit. À son réveil, les trois autres hommes de la cellule étaient assis au sol sirotant un thé, fumaient des cigarettes et jouaient aux dés.

Ça faisait des mois qu'Alexandre n'avait pas tiré sur une clope. Alexandre fixa le paquet de Marlboro avec de grands yeux. Djilali remarqua qu'Alexandre sortait de sa léthargie et lui tendit une petite tasse de thé fumant. Assis sur sa couche, les jambes au sol, il les regarda jouer tout en buvant à petites lampées sa boisson chaude.

Il interpella ses camarades en plein jeu, demanda à Djilali, en français, de traduire pour lui :

– Il y avait quelqu'un dans la pièce de torture aujourd'hui. Est-ce que vous l'avez vu vous aussi ?
Bien que tous étaient passés par les poings du gardien en chef, ils ne savaient rien de cet inconnu.

Personne ne l'avait vu.

## Chapitre 9

Déjà plus de six mois qu'Alexandre était incarcéré et attendait un signe du consulat ou de l'ambassade. Mais pas de nouvelle, pas une visite. Ils l'avaient tous abandonné à son triste sort dans l'enfer carcéral de Dahaban. Alexandre avait bien changé depuis ces derniers mois. Il ne manquait pas une séance de sport avec Emad. Il avait perdu au moins 20 kilos et commençait à se muscler légèrement. Son reflet dans le miroir le satisfaisait de jour en jour, bien que son visage gardait les traces des passages à tabac répétés qu'il avait subi depuis son arrivée. De fines cicatrices un peu partout sur les joues et l'arcade sourcilière. Il avait même dû échanger sa tenue de détenu pour une plus petite, en perdant plus de trois tailles.

Son mental se durcissait au fil des semaines. L'arrivée de Djilali dans leur environnement l'aidait aussi à supporter l'enfermement. Ils arrivaient à communiquer en français. Même si leurs conversations n'étaient pas aussi profondes et cultivées qu'avec Houari, ça lui permettait aussi de partager avec Amir et Emad faisant du Tunisien son traducteur officiel.

Les entrevues avec son tortionnaire étaient toujours aussi brutales mais plus espacées. L'ombre observait toujours en silence dans le recoin de la salle de torture depuis des mois sans montrer signe de vie. Alexandre n'avait toujours pas réussi à déceler les traits du visage de cet observateur inconnu. Ni même ses codétenus qui l'avaient, eux aussi, remarqué dans la pénombre. Jusqu'au jour où Emad, qui revenait de son interrogatoire, avait enfin eu affaire à ce nouveau gardien.

– Je l'ai vu, dit Emad, dès son entrée dans la cellule. Je l'ai senti aussi, il a un parfum qui sent fort, l'oud et les fleurs. Il est le nouveau gardien chef. C'est lui qui m'a questionné aujourd'hui.

– Bah il ne t'a pas loupé lui non plus, lui rétorqua Alexandre énervé. Tu as l'arcade en sang. Et ton poignet …

– Cassé. Le coupa aussi sec Emad gémissant de douleur en montrant les bandages qu'on lui avait fait à l'infirmerie.

– Il a beau être moins fort et plus petit que le précédent chef, il frappe aussi dur, voire pire, reprit Emad. Il est plus vicieux, sournois et violent.

Le silence qui s'ensuivit laissait les esprits pensants et glaçait le sang de chacun. L'appréhension générale se faisait ressentir sur les visages. Comment ce nouveau gardien en chef pouvait être pire que celui qui les torturait depuis des mois ? Personne ne voulait y penser, ils y seraient confrontés bien assez tôt.

Alors que chacun avait regagné son lit et que le calme était revenu dans la cellule, un soupçon de bonne humeur revint avec Djilali qui se mit à chanter. Ce n'était pas particulièrement un bon chanteur mais il se plaisait à le croire et à partager ses vocalises désastreuses avec ses camarades de chambrée.

Encore une fois, l'apparente bonne humeur fut brisée par le son de la clé dans la porte de la cellule. À ce bruit, devenu signe de douleur, tous les occupants se figèrent telles des statues de cire du musée Grévin, les traits tiraillés par la peur d'être l'appelé. Le maton fit signe de la tête à Djilali pour qu'il présente son dos et se faire menotter. Alexandre le regarda s'éloigner et être conduit à l'interrogatoire. Un soulagement néanmoins plein de culpabilité se lisait sur les faces blêmes des autres détenus. Ils arrêtèrent toute activité pour se perdre dans des pensées, parfois plus noires que la nuit, posés chacun sur sa couchette.

Le passage de Djilali fut bref, en moins de dix minutes il était de retour. Sans aucune trace de violence, ce qui les étonna tous. Il leur expliqua qu'ils s'étaient surement trompés de prisonnier, mais sans vraiment les convaincre, que le nouveau chef l'avait interrogé rapidement parce qu'il fut interrompu par le directeur de la prison, puis ramené ici. Amir le questionnait, en arabe, ce qui échappait toujours à Alexandre, sur sa visite éclair. Amir commençait à s'emporter nerveusement et Emad le calma pour ne pas se faire punir par un gardien qui aurait entendu.

Cherchant une oreille amicale pour s'expliquer, il se pencha vers Alexandre.

– Pourquoi ils en veulent à moi les autres ? demanda Djilali, la voix pleine d'inquiétude.

– Personne ne revient du *jalaad* sans blessure, c'est pour ça. Il t'a demandé quoi pour que tu reviennes aussi vite ?

– Si je connais des choses de toi. Mais je dis rien, je rien dire.

La réponse de Djilali assomma Alexandre. Qu'est-ce qui poussait ce nouveau chef à tant vouloir en savoir sur lui ? Ce nouveau tortionnaire lui préparait-il un traitement spécial ? Le faire souffrir en utilisant des informations glanées à la volée ? Serait-il questionné par les deux en même temps, la *jalaad* et le nouveau chef ? Celui-là, parlerait-il anglais ? Mais finalement, qu'est-ce que Djilali pouvait savoir de lui, il n'avait parlé des raisons de sa détention qu'à Houari, qui n'était plus là depuis.

Tant de questions qu'Alexandre se posait sans en trouver une bribe de réponse et qui avaient pour seul résultat de lui créer encore plus d'angoisse. Les violentes brimades qu'il avait déjà reçues ces derniers mois l'avaient, certes, endurci, mais il en restait néanmoins apeuré au vu du mal que le nouveau tortionnaire avait fait, au fort et musclé Emad. Bien que ses muscles et sa force ne servaient à rien dans cet enfer, où, la moindre tentative de montrer son mécontentement était étouffée dans l'œuf et se finissait en une pluie de coups, de tortures encore plus violentes.

La température extérieure avoisinait les 45 degrés et la climatisation du bâtiment était tombée en panne depuis des heures. Associée à l'humidité, la chaleur assommait.

Si le calme bien relatif avait repris place dans les couloirs et les cellules, les corps s'échauffaient tout comme les esprits dans celle voisine d'Alexandre, occupée, semblait-il, que par des Saoudiens. Les voisins de geôle frappaient de toute leur force sur la porte blindée, attirant en quelques secondes les surveillants de garde munis de matraques, prêts à en découdre avec eux. La porte de la cellule voisine, ouverte, les matons cognaient leurs bâtons sur le métal pour calmer les contestataires. Rien n'y faisait, la chaleur les avaient rendus plus agressifs que jamais et les détenus se jetèrent sur les gardiens faisant fi de leurs armes de main. S'ensuivirent des coups dans tous les sens, de deux côtés, jusqu'à l'arrivée de renforts.

Dans un chaos se mêlaient hurlements, claquements des matraques sur la peau, fracas de têtes sur le sol, craquements des os. Le son des corps trainés sur le béton résonnait dans les murs. Puis le silence, lourd, pesant, déchirant, angoissant.

**Chapitre 10**

Alexandre s'était endormi tardivement, les échauffourées de la soirée l'avaient empêché de trouver le sommeil aussi vite qu'il l'aurait souhaité.

À 4 h 00 du matin, il ne s'était assoupi que depuis deux heures quand la porte de sa cellule s'ouvrit, presque en silence, presque pour ne réveiller personne, presque pour ne pas déranger, presque … Sans un bruit, une main attrapa Alexandre, le tira de sa somnolence avec force, une autre main caleuse sur sa bouche pour le maintenir silencieux. Il ouvrit ses paupières, toutes collées, en sursaut. Le *jalaad* l'arracha de son lit sans que ses pieds ne touchent le sol.

En chemin, le *jalaad* chantonnait entre ses dents, cette chanson d'amour, *Entha Eih* de Nancy Ajram en dodelinant de la tête.

Alexandre se retrouva en sous-vêtements dans la salle d'interrogatoire en pleine nuit, seul, le *jalaad* l'y avait déposé comme un paquet livré par la poste, ou plus simplement jeté à l'intérieur sans ménagement, après avoir ouvert la porte. Pour la première fois, il n'était pas attaché à la chaise, il en profita pour faire quelques pas et se dégourdir les jambes. L'espace restreint de la cellule ne lui permettait pas vraiment de marcher. Encore endormi, il faisait les cent pas, les yeux quasi clos, comme un robot.

La quiétude du moment s'interrompit par le retour du *jalaad,* cette fois-ci, accompagné d'un collègue qu'Alexandre n'avait jamais vu avant et il prit place sur la chaise sans en attendre l'ordre, machinalement. Il baissa la tête comme à son habitude. Les deux le regardaient sans dire un mot. Des sueurs froides couraient le long de la colonne vertébrale d'Alexandre, des perles de sudation s'écoulaient sur ses joues et venaient atterrir en petites traces foncées sur le béton gris à ses pieds. Le binôme du *jalaad* prit la parole, dans un anglais parfait.

– Je suis Atif Alsaimani, je vais remplacer Mohammed comme gardien en chef.

Alexandre hocha la tête en guise de réponse. Puis Atif se posta, adossé au mur, dans l'ombre au coin de la pièce. En un fragment de seconde, Alexandre reconnu ce parfum étrange qu'il sentait depuis des mois et réalisa que c'était l'ombre qui l'avait observé depuis des semaines. Il n'avait pas l'air aussi terrible que la description qu'en avait fait son camarade de cellule. Mais il avait ce regard fermé et froid.

Sans crier gare, le *jalaad* envoya une baffe en pleine gueule d'Alexandre, qui se renversa sur le sol n'étant pas attaché comme d'accoutumé puis le releva d'un bras pour le rassoir d'un geste. Atif qui ne bougeait pas de sa position fixait Alexandre sans ciller. Alexandre pouvait juste apercevoir son visage, illuminé, par un des spots du plafond, comme l'éclairage d'une photo Harcourt[18]. Et le *jalaad* de reprendre ce qu'il avait commencé en lui lançant son poing dans les côtes. L'intensité soudaine le plia en deux. Puis un autre dans le dos, laissant la vue dégagée sur le reste de la pièce. Le nouveau chef Atif détournait le regard, comme révulsé par le virulent spectacle. S'ensuivit une autre salve de coups s'abattant

---

18 Harcourt : studio photo célèbre pour ses clichés de stars

sur lui. Il essayait, tant bien que mal, de garder la tête relevée et à chaque coup porté. Atif, lui, plissait très légèrement les yeux comme s'il ressentait la douleur. De nouveau le visage ensanglanté, l'anatomie contusionnée et cabossée, Alexandre s'évanouit, et tomba de tout son poids sur le sol. Le *jalaad* déserta la salle de torture.

Ce ne fût qu'au bout de quelques heures qu'Alexandre reprit connaissance sur l'un des lits de l'infirmerie. Il se palpa le front, entouré d'un bandage ; découvrit au touché son nez gonflé d'un œdème ; la lèvre inférieure tailladée. Son visage au complet était boursouflé, ses yeux s'ouvraient dans la douleur de l'ecchymose à ses paupières. L'infirmier de garde se présenta à lui avec, ce qui était une denrée rare dans ces lieux, un sourire franc et compatissant. Il lui inspecta ses plaies à la tête.

– D'ici quelques jours, ça devrait aller, dit l'infirmier avec une voix d'une douceur qui détonnait avec le cadre carcéral.

Il posa une soupe de lentilles sur la table de chevet près du lit, sortit une paille de son fourreau de papier et les tendit à Alexandre qui essayait de s'adosser pour être dans la bonne position. Dans un râle de douleur, il réussit à se caler sur le dossier du lit médicalisé, légèrement relevé. Il tenta d'aspirer la soupe mais, trop épaisse pour la petite paille en plastique, il se résigna et la redéposa sur la table. Il ne but que de l'eau ce soir-là. Rien de plus. Rien qui pouvait lui redonner des forces et le faire guérir de ce dernier accès de violence plus fort, plus intense, plus brutale que les précédents. Comme si, le bourreau qui le fracassait depuis des mois, voulait laisser de nouvelles marques indélébiles avant de passer la main. Ses premières cicatrices ne s'étaient pas encore refermées que de nouvelles venaient à compléter sa triste collection.

Les murs de l'infirmerie étaient d'un blanc impeccable, des rideaux tout aussi propres recouvraient les fenêtres. Même la climatisation était silencieuse. Sur le bureau du personnel médical, une petite enceinte Bose, connectée au téléphone de l'infirmier de garde, diffusait de la musique arabe. Même l'odeur d'hôpital reposait les sens d'Alexandre, contrairement aux émanations de mâles enfermés entre quatre murs. Une énorme déflagration vint briser la sérénité de l'endroit. L'infirmier se rua à la fenêtre pour apercevoir les alentours.

– Ça doit être une attaque à la bombe ou un missile du Yémen. L'entrée du site est complètement explosée, expliqua d'un ton stressé, le soignant à Alexandre tout en gardant les yeux rivés vers l'extérieur.

– Il y a des blessés ? demanda Alexandre qui ne pouvait se retourner, attaché au lit et bloqué par les douleurs.

– Je n'en sais rien pour le moment, je ne vois rien avec toute la poussière dans l'air.

La quiétude lassa place au chaos. On entendait tout le personnel s'activer et courir dans tous les sens. Les sirènes hurlaient dans chaque recoin des bâtiments. Depuis son lit, Alexandre pouvait voir dans les reflets d'une fenêtre laissée ouverte que les vitres de l'entrée principale, par laquelle Alexandre était arrivé le premier jour, avaient volé en éclats. Des annonces passaient dans les hauts parleurs, dont il ne comprenait toujours pas le contenu en arabe.

– Tout le personnel doit se rassembler, je dois partir, dit à la hâte l'infirmier, en préparent ses affaires pour rejoindre les autres.

Il n'y avait pas d'autre patient, il restait donc seul, sanglé à son lit.

– Hey, Infirmier ! l'interpela-t-il avant qu'il ne passe la porte. Vous allez me laisser attacher comme ça ? S'il y a une bombe je fais comment ?

Il n'eut aucune réponse. Attaché ou non, ses blessures l'empêchaient de faire le moindre mouvement. Il pouvait profiter de la tranquillité, loin de l'agitation. Sous l'effet des puissants antalgiques qui lui avaient été administrés et qui coulaient toujours dans ses veines par la perfusion plantée à son bras, il somnolait dans un état vaseux, les yeux à peine entrouverts. Il ne pensait à rien, pour une fois, dans le calme et enfin seul, il jouissait de ce repos forcé. Son lit était au milieu de la pièce, la vue dégagée sur la gauche mais bloquée sur la droite par un de ces rideaux bleutés si particulier au milieu hospitalier. De sa place il voyait le bureau, l'enceinte jouait toujours de la musique. Alexandre se demandait comment c'était possible puisque l'infirmier était parti et que le Bluetooth ne portait pas si loin. Soit il était toujours suffisamment proche, soit il avait laissé son téléphone.

Si je pouvais l'attraper, j'appellerais la famille.

Il chercha du regard le combiné tant convoité. Scrutant chaque centimètre du bureau, la LED de la batterie attira son attention, il l'avait trouvé. Là, posé seul sur un tas de papiers.

Il se tordit dans tous les sens afin de s'échapper au mieux de son lit, seules ses mains étaient libres de tous mouvements. Ses jambes, sanglées fermement aux barreaux du lit, ne pouvaient quitter sa couche. Bien que les douleurs le foudroyaient toujours, il trouva la force de se mettre en position assise. Le bureau se situait au moins à deux mètres de lui et même allongé de tous son long il ne l'atteindrait pas si facilement. En se penchant sur le côté, il étudiait les possibilités qui s'offraient à lui. Alexandre faisait ses calculs, le lit était à soixante centimètres du sol, son corps 1 m 75, et avec ses bras il s'étendait à 2 m 10. Donnée qu'il avait retenue lors de ses entrainements de volley-ball dans sa jeunesse en arrivant à toucher le haut du filet.

Tout en observant les alentours, il calculait les probabilités de réussite de son plan et de ne pas se faire prendre... Le risque en valait-il la chandelle ? Peut-être pas, mais il le prendrait. La tête dans le vide, il vit les pieds du lit avec des roues mais elles étaient bloquées. Il lui fallait les atteindre pour rouler le lit de quelques centimètres et atteindre son but. Alors que son corps se contorsionnait dans la souffrance, les bras tendus au maximum, il touchait du bout des doigts le frein de la petite roue. Encore un effort, une poussée miraculeuse, et il avait réussi, le frein s'était levé. Il se releva pour vérifier qu'on ne le voyait toujours pas. Rien en vue. Il faisait des mouvements du bassin pour faire bouger le lit, bien trop lourd étant donné sa structure et de son propre poids. Il n'avançait pas. Alexandre se balançait de plus en plus intensément, dégoulinant de sueur et grimaçant sous la douleur de ses blessures.

Qu'importe, le Graal n'était pas si loin. Alexandre entendait les bruits venus de l'extérieur et les reflets dans la vitre montraient que ça courait toujours dans tous les sens et lui donnait un peu de temps pour y parvenir. Dans des mouvements encore plus amples, le lit bougea légèrement. Il se mit sur les genoux au bord du matelas, s'élança d'un coup. Il toucha le bord du bureau puis son corps pendit dans le vide. Les pieds attachés, il était bloqué. Dans un ultime effort, il se tendit de tout son long, força sur ses abdos et son dos, les bras déployés au maximum, il attrapa de justesse le bord du bureau, tira d'un coup sec, faisant bouger le lit des derniers centimètres nécessaires afin d'atteindre l'objet de sa convoitise. Il le tenait du bout des doigts, enfin, après une lutte acharnée, ce téléphone. À peine l'eut-il en mains que l'infirmier rentra dans la pièce, le surprenant en flagrant délit, étendu de tout son long, les pieds toujours attachés à l'armature du lit. En moins de temps qu'il n'en fallait pour le dire, ce dernier s'empressa de rattraper Alexandre pour le remettre en place et retirer de ces mains l'iPhone dont il venait de s'emparer.

Au regard de l'infirmier, Alexandre comprit qu'il venait de commettre une très grave erreur. Les conséquences de cette tentative de vol seraient terribles, il le devinait. Le soignant, en blouse blanche, le regardait en hochant la tête de droite à gauche en signe de réprobation.

– Vous savez que je vais être obligé de faire un rapport pour ça ? Mais qu'est-ce qui vous a pris ? demandait-il, d'un ton agacé à Alexandre.

Pour seule réponse, Alexandre baissa les yeux réalisant sa bêtise. Sous le coup de l'adrénaline et du besoin pressant de récupérer le téléphone, il n'avait pas senti que ses blessures s'étaient ouvertes, que les points de suture avaient sauté et que les bandages se remplirent de sang.

– Regardez-vous, vos plaies se sont rouvertes et vous saignez de partout.

Il le laissa remplacer ses pansements et bandages dont l'infirmier prit le plus grand soin pour ne pas aggraver les lésions de son désobéissant de patient.

L'infirmier qui suivait les procédures passa un coup de fil depuis le téléphone fixe du bureau tout en fixant Alexandre dans les yeux.

*Oh putain je suis mal, je suis super mal, là. Ça va chier pour ma gueule.*

**Chapitre 11**

La semaine de convalescence terminée, Alexandre avait retrouvé ses camarades de cellule plus souriants qu'à son départ. Comme à son habitude ; Emad s'entrainait, forçant sur ses membres pour faire bander ses muscles. Alexandre avait fondu lors de son passage à l'infirmerie, il s'amincissait de jour en jour. Il devenait méconnaissable. Ses grosses joues, son corps aux nombreux bourrelets et ses énormes fesses, tout ça laissait place à un physique un peu plus banal. Des excès de peau pendaient sur le ventre et les bras dus à la perte rapide de poids. Il trouvait son visage plus agréable, malgré ses traits fatigués, mais le reste de son corps à la peau pendante le dégoutait. Posé sur son lit, il passait ses mains sur son ventre, il percevait du bout des doigts des muscles sous sa peau distendue. Ça lui procurait une esquisse de satisfaction.

D'un bond, il sortit de sa couchette pour rejoindre son entraîneur attitré, au plus grand plaisir d'Emad. Les deux autres n'étaient guère intéressés par le sport. Alexandre se forçait à suivre le rythme imposé par son entraîneur. Abdos, squat, tractions, étirements, la séance de remise en forme était complète et intense. Une douche rapide et chacun retrouva sa place pour un repos mérité en attendant l'arrivée du repas.

Quand le son de clé retentit dans la serrure de la porte blindée, tous les détenus de la cellule se rassemblèrent au centre de la pièce. À la surprise générale, ce n'était pas la livraison des plateaux-repas, mais un gardien venu chercher Alexandre. Le visage d'Alexandre devint blême et les muscles de sa mâchoire se tendirent. Le fait d'à nouveau être confronté à la violence du bourreau, car c'était bien ce qu'il imaginait, sa respiration et son rythme cardiaque accélérèrent mais il se força à garder un visage impassible. Ne pouvant évidemment protester ou faire part d'un quelconque mécontentement il suivit le maton sans broncher.

Dans la salle d'interrogatoire attendait, toute lumière allumée, le nouveau gardien en chef, Atif Alsaimani, comme indiqué en lettres capitales noires sur son uniforme impeccablement ajusté. Le parfum d'oud aux notes fleuries s'engouffra dans les narines d'Alexandre et le fit frissonner. Pour la première fois, Alexandre pouvait examiner en détail la morphologie, les traits du visage, la carrure, la taille de ce nouveau chef, debout face à la porte, les mains croisées dans le dos, qui serait son bourreau. Il n'était pas beaucoup plus grand qu'Alexandre, peut-être 1 m 80. Ses yeux noisette le regardèrent arriver et s'assoir. D'un signe de tête, Atif fit comprendre au gardien qui accompagnait Alexandre qu'il n'était pas nécessaire de l'attacher à la chaise et d'un autre mouvement de tête, qu'il pouvait les laisser seuls. Le gardien s'exécuta et quitta la pièce, refermant la lourde porte derrière lui.

Atif observait Alexandre en silence, marchant de long en large devant la table. Il ne le quittait pas du regard alors qu'Alexandre avait le sien baissé vers le sol dans l'attente des habituels coups.

– Désormais Monsieur Perret, je serai le seul à vous interroger ici, dit Atif en brisant le silence.

Seule la respiration saccadée d'Alexandre se faisait entendre.

– Alors ? insista Atif.

Atif faisait de grands pas tel un militaire nazi. À chacun de ces pas allongés dont les bottes claquaient au sol Alexandre sursautait.

– Alors ? répéta Atif.

– D'accord chef, répondit Alexandre sans relever la tête, la gorge sèche.

– J'ai bien étudié votre dossier. Il y a des choses qui m'échappent. Qu'avez-vous dit au juge pour qu'il vous condamne à dix ans de réclusion quand la plupart des étrangers sont simplement déportés dans leur pays d'origine ?

Alexandre haussa les épaules pour toute réponse alors qu'Atif faisait glisser ses chaussures sur le sol.

– Répondez Monsieur Perret !

Atif se figea et posa ses poings sur la table, il avait sa tête presque au même niveau que celle d'Alexandre.

– Je ne sais pas, je n'ai rien dit, rien, fit Alexandre en trifouillant ses doigts.

– Comment ça, vous n'avez rien dit ?

– Non, rien, je n'ai pas eu de question à laquelle répondre. Il ne m'a rien demandé du tout.

Atif fronça les sourcils et reprit.

– Dans l'acte d'accusation il est mentionné que vous avez été arrêté en flagrant délit de perversité. Ça je vois tout à fait. Il est aussi indiqué que vous avez posté sur les réseaux sociaux des messages portant atteinte à la sécurité du pays. Dites-m'en plus.

– Je ne comprends pas de quoi on m'accuse, vraiment. Rien.

– Vous n'êtes pas un imbécile Monsieur Perret, vous comprenez bien l'accusation ?

– Je veux dire que, oui. Je ne publie jamais rien sur les réseaux de toute façon et j'ai été arrêté dans une situation embarrassante.

– Embarrassante, embarrassante, répétait Atif.

Il s'assit face à Alexandre qui releva la tête au changement de position de son interrogateur.

Le regard d'un bleu profond et intense d'Alexandre croisa celui d'Atif qui resta fixé dans le sien puis détourna la tête, visiblement gêné. S'ensuivit un silence.

Alexandre avait des questions qui lui brulaient les lèvres mais depuis qu'il était enfermé à Dahaban, il n'avait jamais pu s'exprimer sur son propre dossier.

– Vous souhaitez ajouter quelque chose ? L'interrogea Atif.

– Je... Heu... Je...

– Allez-y, je vous écoute.

Alexandre prit une grande inspiration et se lança à nouveau.

– Vous m'avez dit que ce n'est pas normal que je sois condamné à dix ans...

– Non, le coupa Atif. Je ne vous ai pas dit ça, mais que les étrangers, pour les mêmes accusations, ne sont pas condamnés de la sorte ici à Dahaban.

– Je ne suis coupable que d'une chose...

– Monsieur Perret ...

– Oui ?

Atif se tut, s'appuya au dossier de sa chaise et regarda son détenu avec hésitation, qui attendait la suite de la question, le nez vers ses chaussures. Mais Atif ne parlait plus, cherchant dans le vide de la pièce une réponse à ses propres questions. Les mains posées sur la table, son alliance en or scintillait à la lumière blanchâtre du néon qui éclairait la pièce. Alexandre redressa sa tête et, à nouveau, croisa le regard du gardien en chef qui, lui, se leva d'un bond. Sa chaise se retourna sur le béton à cause de la vitesse à laquelle il s'était relevé. Il la remit en place d'une main.

– Monsieur Perret, reprit-il, avec un ton bien plus dur et froid. Je ne comprendrais jamais les gens comme vous. Je suis marié à une femme extraordinaire qui m'a fait le privilège de devenir père. Vous, vous n'êtes que perversion. Votre choix de vie de débauche vous trainera comme le peuple de Loth vers l'enfer.

Les pas d'Atif l'amenèrent derrière Alexandre, vers la porte de la salle d'interrogatoire. Il posa sa main sur son épaule. À travers la blouse bleue qu'Alexandre portait, il ressentit la chaleur de son corps. Atif prit une longue et silencieuse inspiration, les yeux fermés, puis retira sa main. Il frappa à la porte pour ordonner au gardien de lui ouvrir. Il quitta la pièce lançant un dernier regard à Alexandre qui avait tourné la tête dans sa direction. Posté derrière le gardien qui entrait pour raccompagner Alexandre à sa cellule, il le regarda les lèvres pincées, les sourcils froncés et cet air de dégoût et un sourire forcé mais qu'il fit disparaitre aussi vite quand le gardien se retourna.

De retour dans sa cellule, Alexandre avala le déjeuner que ses codétenus, en pleine sieste digestive, lui avaient mis de côté. Puis, tout comme eux, il se posa sur son lit. Alexandre ne comprenait pas ce qui venait de se passer avec le nouveau gardien en chef. Il avait bien remarqué son regard fuyant le sien, la main d'Atif sur son épaule et la respiration profonde mais aussi l'expression de son dégoût. Additionné à ça, c'était la première fois qu'il n'avait pas été amoché par des coups.

L'après-midi touchait à sa fin. La tranquillité des occupants fut interrompue par le grincement de la porte métallique. Le même gardien venait chercher Alexandre, encore une fois. Il se leva à l'appel de son nom, questionnant ses codétenus du regard, mais cette fois-ci, il était conduit au parloir. Il en reconnaissait le trajet pour s'y être rendu quelques mois auparavant.

Franchissant la porte, Alexandre se retrouva dans une salle, complètement vide, mis à part un box d'où dépassait une tête aux cheveux bruns. Il se dirigea vers le seul bureau occupé. À son approche, l'homme qui patientait se leva de sa chaise et se retourna vers Alexandre. Vêtu d'un costume trois pièces gris foncé, il devait avoir quarante ou quarante-cinq ans, les cheveux mi-courts, mi-longs, blond cendré avec la raie au milieu. Un peu hors du temps comme look. Le visage souriant, l'homme tendit la main et la lui serra avec assurance.

– Bonjour Monsieur Perret, Éric De Lafage, Ambassadeur de France, se présenta le visiteur du jour.

– Bonjour Monsieur l'Ambassadeur, répondit Alexandre dans un souffle de soulagement tout en prenant place sur la chaise libre.

– Comment allez-vous ?

– Je ne peux pas dire que je vais bien. Condamné à dix ans, pour ... Je ne peux pas aller bien.

– Je comprends Monsieur Perret, dit l'Ambassadeur droit comme un I. Dans votre cas, l'Ambassade n'a pas un grand champ d'action, mais je suis porteur de bonnes nouvelles malgré tout. J'ai été contacté par votre ami Serge Bruvois qui s'inquiétait pour vous, et qui, je dois dire, a énormément insisté auprès de mes services. J'ai une lettre de sa part.

– Au moins je ne suis pas oublié de tous.

– Et ce n'est pas tout, gardez-le comme ami, il a contacté les médias en France, et votre histoire passe en boucle sur les chaines d'informations en continu.

Alexandre se redressa sur sa chaise, le dos droit et la tête haute. Son étonnement mêlé à une certaine excitation se lisait sur son visage.

– Votre famille aussi, Alexandre, s'est jointe à lui pour prendre de vos nouvelles. Je vous ai mis leur courrier avec celui de Monsieur Bruvois.

– Merci. Même si ça ne va pas me faire sortir d'ici, c'est déjà ça.

La tête d'Alexandre qui s'était redressée par l'espoir de cette visite, retomba dans ses mains, les pouces sur les tempes et les doigts dans les cheveux, souffla, les lèvres vibrantes au bord de l'explosion.

L'Ambassadeur hochait la tête en signe d'approbation.

– Je sors un peu de ma réserve, mais l'Arabie Saoudite ne prête que peu attention aux revendications extérieures et encore moins à la pression médiatique. Je vais tenter tout ce qu'il est possible de faire de mon côté pour vous aider. Je ne vous garantis rien, il y a très peu de chance que vous soyez gracié mais vous aurez tout mon support matériel. Du mieux que je puisse faire.

Ils conversèrent une bonne demi-heure, des maigres moyens que l'Ambassade pouvait mettre à sa disposition, des échanges de courriers entre Alexandre et la France, des visites qu'il pourrait recevoir. Lui ayant remis l'enveloppe contenant les lettres, inspectées par les services pénitentiaires, l'Ambassadeur prit congé, lui souhaitant bon courage.

Alexandre retourna dans la cellule, le cœur un peu plus léger que quand il l'avait quittée. Il n'attendit même pas que la porte se referme derrière lui pour ouvrir l'enveloppe et attaquer la lecture. D'abord celle de Dariane, sa sœur, qui prenait de ses nouvelles. Elle lui écrivait que des journalistes l'avaient interviewée mais qu'elle n'avait pas trop su quoi leur dire. Serge avait réussi à la contacter aussi, d'ailleurs c'était lui qui avait informé tout le monde. À travers sa lettre, elle racontait des anecdotes sur les bêtises des neveux d'Alexandre. Elle lui disait qu'elle l'aimait plus que tout. Et Tony aussi.

Ces mots chaleureux lui firent monter et couler les larmes. La seconde lettre, celle de Serge, était plus courte mais non sans émotion. Il lui faisait part des actions qu'il avait entreprises pour faire parler de son histoire et apporter son aide autant qu'il le pouvait. Il avait aussi appris pour sa situation avec Blake, il regrettait le dénouement désastreux que ça avait eu sur sa vie. À la vue du nom de Blake, les yeux d'Alexandre se révulsèrent.

Il rangea les feuilles soigneusement dans l'enveloppe et la plaça sous son oreiller. Il les relirait plus tard.

Alexandre s'allongea sur son lit alors que Djilali s'approchait pour prendre les nouvelles.

– Alors la visite c'est bien ? demanda Djilali.

– Merci pour le thé. Wow, wow il est très chaud, souffla Alexandre.

Alexandre se tapotait les doigts sur la tasse de thé fumante pour ne pas se brûler, puis reprit :

– J'ai eu la visite de l'Ambassadeur…

– Oh, si bon comme nouvelle, le coupa Djilali.

– J'ai eu du courrier et ça fait plaisir ouais. Mais j'en attendais tellement, tellement, plus de cette visite.

– Il va aider pour que tu sortir d'ici ?

– Justement, non.

Alexandre regardait dans le vide tel un chien battu et les bras croisés.

– Il ne fera rien, ils ne peuvent rien faire pour m'aider à l'Ambassade.

– Allez, c'est rien, mon ami. Il va aider quand même. Déjà, il venu, alors que moi personne est venir.

Djilali marqua une pause regardant avec compassion son compagnon de cellule.

– Tu connais La Marsa ? Il a plein de français là-bas.

– Oh oui, c'est vrai. Quand j'ai visité Tunis, j'ai passé beaucoup de temps à La Marsa. J'aimais bien me balader sur la corniche ou me poser sur un banc. Regarder la mer et écrire.

– Tu écris ?

– Oui j'ai déjà plusieurs romans, dont un que j'ai totalement écrit en Tunisie.

– Tu aimer la Tunisie ?

– Oh oui, souriait Alexandre, détendu. Les ruines à Carthage, le café à Sidi Bou Said, les plages et l'eau limpide à Nabeul, et… les tunsi aussi, tellement accueillants. Tu sais, j'y ai passé de très bons moments et je me suis aussi fait de nombreux amis.

À l'évocation de tous ces souvenirs, Djilali serra amicalement la main d'Alexandre, lui fit un clin d'œil et retourna sur sa couchette.

Le soleil était couché. La lumière froide des néons avaient remplacé les rayons chaleureux qui transperçaient la petite lucarne carrée qui servait de fenêtre. Les plateaux s'étaient vidés de toute nourriture. Estomacs pleins, allongés sur leurs lits respectifs, les détenus digéraient tranquillement. Emad se mit à siffloter du nez, tombant dans le sommeil. Amir et Djilali le suivirent de près et rejoignirent les bras de Morphée aussi vite. Seul Alexandre ne dormait pas, il relisait en boucle les lettres reçues plus tôt dans la journée.

C'était le moment de la journée où il arriva à se relâcher, où la prison se retrouvait un peu plus calme et moins bruyante après le diner. Pendant que les corps subissaient les effets de la digestion et avant que les cris nocturnes des cellules voisines ne crèvent à nouveau le silence et ne fassent hurler les murs.

Ce ne fut ni les hurlements, ni les ronflements de ses colocataires de cellule qui perturba cette nuit mais une visite inattendue pour l'heure tardive. La porte s'ouvrit si doucement, sans bruit, contrairement à d'habitude, qu'Alexandre ne remarqua même pas l'entrée d'Atif, le chef, qui restait planté dans l'embrasure durant quelques secondes avant que son prisonnier ne lève la tête. Alexandre sursauta sur son matelas, se mit debout les bras ballants puis emboîta le pas d'Atif à son signe de tête lui ordonnant de le suivre. Il le menotta rapidement. Rien n'était normal dans cette situation, l'heure avancée de la nuit à laquelle il devait subir un interrogatoire, suivre le maton en chef sans être escorté par un autre gardien toutefois menotté. Alexandre marchait derrière Atif. Ils prenaient la direction de la salle d'interrogatoire, dans les couloirs, une lumière sur deux étaient éteintes. Il n'y avait aucun surveillant sur le chemin.

– Entrez, Alex, dit Atif en ouvrant la porte.

Alexandre marqua une pause, médusé par la manière dont Atif s'adressait à lui. Par son prénom, son surnom même, et d'une voix adoucie comparée à celle employée pour les questions l'après-midi même.

Non mais il se passait quoi là ? Il l'appelait Alex comme s'ils avaient élevé les cochons ensemble. Enfin… les cochons peut-être pas, les moutons dirons-nous.

Il marcha et prit place sur la chaise en acier. Elle lui paressait si glacée à travers son léger pantalon de coton qu'il s'y reprit à deux fois avant de s'assoir. Son petit sursaut fit sourire Atif du coin de la bouche.

– Tu as… Vous avez eu de la visite ? demanda Atif qui s'était assis face à Alexandre, le regard fuyant.

– Oui, oui, répondit-il, hochant la tête et cherchant à agripper son regard et comprendre ce changement d'attitude, aux antipodes de celle qu'il avait connue jusque-là.

– Votre Ambassadeur est bien impliqué dans les conditions de votre détention. Mais il faut savoir que ça ne changera rien. Il n'a aucun pouvoir ici et il n'en aura jamais que ça soit bien clair.

– Je ne m'attends pas à ce que ça change, ça fait des mois que je suis ici et ça va de mal en pis.

Alexandre employait un ton plus désinvolte qu'à l'accoutumée, profitant de l'apparente gentillesse de son geôlier. Celui-ci n'y porta pas attention. Alexandre découvrait une peau bronzée par le soleil du désert, des cheveux noirs, bien qu'impeccablement coiffés, et en ordre, ils laissaient apparaitre de petites mèches rebelles qui dansaient au gré de ses mouvements. Cette barbe bien taillée soulignait les formes de son visage et accentuait la virilité de son apparence. Il avait de grands yeux et les néons de l'éclairage se reflétaient dans la couleur noisette de ses iris. Il était charmant, Atif.

Atif passa sa main dans les cheveux sans réussir à replacer ses épis récalcitrants. Alors que sa tête reprenait sa position initiale, il fixa le tatouage sur l'avant-bras d'Alexandre, qui en avait une quinzaine sur tout le corps.

– Qu'est-ce qu'il signifie ce tatouage ?

– C'est le Petit Prince.

– ...

– De Saint-Exupéry.

– ...

– C'est tiré d'un des livres les plus traduits et vendus au monde, ironisait Alexandre comme pour lancer une pique et étaler sa culture pour l'impressionner.

– Et de quoi ça parle ?

– La rencontre entre un aviateur en panne dans le désert du Sahara et un enfant qui lui apparaît soudainement. Le Petit Prince fait des rencontres et c'est à chaque fois l'occasion de mettre en avant le comportement absurde des adultes, qu'ont oublié qu'ils avaient été des enfants.

– Très philosophique tout ça.

– Mais c'est écrit de façon simple, un livre pour enfant écrit pour les adultes. Il s'adresse à tous les âges. Il est même traduit en arabe.

Atif s'approcha pendant qu'Alexandre expliquait toutes les bonnes raisons de lire ce manuscrit et comment il lui tenait à cœur.

– Je peux vous poser une question, chef ?

– Oui répondit Atif les yeux plissés et un court geste de tête vers l'avant.

– Pourquoi cette visite nocturne, chef ? questionna Alexandre le fixant du regard.

– Je devais… savoir… enfin être sûr...

Atif s'interrompit, scruta le visage d'Alexandre et se leva. Il faisait de petits pas, les mains dans le dos. Alexandre suivait chacun de ses mouvements.

– En tout cas ça change...

– Il n'y a aucun changement, coupa Atif, les traits de son visage tirés. Ne prenez pas mon calme pour de la sympathie. Ou pour un relâchement de ma part. Je sais ce que vous êtes et ça me répugne. Ça me…

Atif lâcha un très long souffle. Ses épaules s'affaissèrent et sa nuque molle laissa pencher sa tête sur le côté.

Alexandre qui se tordait le cou et la nuque dans des tentatives d'étirements s'arrêta net, alors qu'Atif lui tournait le dos, fixant le mur, bras croisés sur la ceinture couvrant son postérieur bien galbé dans son uniforme. Alexandre releva sa tête et ses yeux s'arrêtèrent sur les doigts gigotants d'Atif. Celui-ci les pinçait nerveusement entre eux puis reprit :

– Je suis le chef et quand je travaille je suis sous surveillance. Je dois être fort. Je suis le chef à présent. Comme un bon chef de gardiens de prison, je dois être dur et respecté.

En laissant sortir ces mots, Atif s'était redressé quelques secondes avant de se relâcher à nouveau et de reprendre :

– Mon oncle qui me teste...

– …

Alexandre avait les yeux écarquillés fixés sur Atif qui marqua une pause dans son monologue de chef de prison. Quelques pas de côtés et Atif se retrouva derrière lui et surplomba Alexandre. Atif approchait ses mains, les rapatriait vers lui pour les tendre encore dans une hésitation tangible.

– Je vais vous détacher les mains pas de bêtise pas de geste inconsidéré d'accord monsieur Per…, d'accord Alex ?

Alexandre acquiesça alors qu'Atif sortait la clé de sa poche et lui prit les mains pour lui retirer les menottes. Ses doigts qui frôlèrent la peau d'Alexandre le fit trembler telle une feuille d'automne quittant sa branche. L'effleurement d'Atif avait mis la chair de poule à Alexandre. Atif fit glisser ses doigts jusqu'aux menottes, dessinant les contours du tatouage. Les poils châtains de l'avant-bras d'Alexandre se dressaient, il frissonnait dans tout son corps, envahit par un éclair de la tête aux pieds.

Les doigts fins d'Atif aux ongles courts et à la peau parfaitement hydratée prenaient en étau ceux d'Alexandre. Leurs phalanges s'entrelacèrent. Atif se trouvait dans le dos de son prisonnier, il regardait fixement la peau de son encolure, sa tête presque posée sur l'épaule d'Alexandre penchait dangereusement vers sa joue. Le temps semblait s'être arrêté, comme suspendu dans un autre univers. Atif se reprit et détourna les yeux puis détacha Alexandre qui secoua ses mains pour évacuer la douleur de l'éteinte métallique. Atif fit quelques pas et se retrouva devant la table et lui tournait le dos de nouveau et, sans se retourner, il s'adressa à Alexandre d'une voix tremblante.

– Je … Je suis désolé. Je ne suis pas comme ça, se chuchota-t-il à lui-même, mais suffisamment fort pour qu'Alexandre puisse l'entendre.

– Pas comme quoi ? demanda Alexandre d'un ton assez neutre.

La question resta sans réponse. Il ne valait peut-être mieux ne pas en avoir. Il n'insista pas mais optait pour l'empathie

– Je sais ce que ça fait. Il n'y a rien de mal à ça. Même si je me retrouve ici pour …

Alexandre ne termina pas sa phrase et Atif ne répondit pas. Il se retourna pour plonger à nouveau dans l'océan bleu des yeux qui le fixaient. Il s'approcha, contournant la table, suivi du regard par Alexandre, il leva la main et dans un réflexe d'autoprotection Alexandre baissa la tête de peur de recevoir un coup. Au lieu de ça, Atif passa la main sur sa joue arborant une barbe de quelques jours. Ses doigts insistèrent avec douceur sur les cicatrices, glissant hasardeusement vers sa bouche. Alexandre était pétrifié sur sa chaise, le corps paralysé par la peur. La peur profonde de la violence extrême déjà tellement subie.

Atif faisait de petits pas se grattant le cuir chevelu.

Quel était le jeu d'Atif avec Alexandre dont tout le corps se mettait à trembler ?

Les doigts d'Atif arrivèrent sur ses lèvres tremblantes, jusqu'aux commissures humides de cette bouche. Il se recula d'un pas.

La tête toujours baissée des souvenirs des souffrances et brutalités qu'il avait subies depuis son arrivée en prison, Alexandre ne bougeait plus. Sa respiration se faisait haletante.

Atif prit la main d'Alexandre, puis l'autre, avec la délicatesse qu'on donnerait à un nouveau-né, les joignit dans le dos d'Alexandre. Atif était presqu'à genoux derrière lui, il prenait de grandes inspirations, s'enivrant de l'odeur corporelle de son prisonnier et lui repassa les menottes. Atif le leva de sa chaise tout en conservant ses mains dans les siennes et le dirigea ainsi jusque dans sa cellule. Il ne relâcha son étreinte qu'à l'ouverture de la porte blindée.

Alexandre resta posé sur la petite partie du mur qui séparait la porte des toilettes.

Atif rouvrit la porte d'un coup faisant sursauter Alexandre qui s'était mis en sous-vêtement et s'apprêtait à rejoindre son lit. D'un mouvement de tête Atif lui ordonna de sortir. Alexandre lui montra des mains qu'il n'était pas habillé, Atif réitéra son geste de tête pour qu'il le rejoigne. Alexandre s'exécuta et se mit les mains croisées dans le dos, prêt à être menotté mais Atif les lui prit dans les siennes.

Atif jeta un regard furtif autour de lui, s'assurant que personne ne les observait, puis saisit Alexandre par le bras. Alexandre retira son bras de l'étreinte mais Atif le reprit aussi vite qu'il l'avait lâché. Ils s'engagèrent alors dans les sombres couloirs de la prison, le cœur battant. Au détour d'un couloir ils prirent à droite, Atif vit un collègue de dos et s'arrêta. Il plaqua Alexandre derrière lui, s'appuya contre lui pour le cacher. Alexandre, les mains moites, ne pouvait s'empêcher de jeter des regards anxieux par-dessus l'épaule d'Atif. Alexandre, sentait l'angoisse et l'excitation monter en lui. Ils devaient à tout prix éviter les caméras et les autres gardiens. Chaque pas était calculé, chaque souffle retenu. Atif scrutait à nouveau le passage pour s'assurer qu'il était libre et attira Alexandre dans une course effrénée et arriver devant une porte, toute simple.

Alexandre pouvait entendre les battements de son propre cœur résonner dans ses oreilles. Il se demandait ce que le gardien en chef avait bien pu découvrir, et pourquoi il l'avait entraîné ici. Il était sur ses gardes, ne sachant pas à quoi s'attendre.

D'un coup de carte il ouvrit un placard où se trouvaient des équipements de nettoyage. Dans la pénombre, Alexandre observa les murs de la pièce, cherchant un indice, un quelconque signe qui pourrait lui révéler la raison de cette escapade. Il observa Atif, il paraissait concentré, déterminé, mais le stress faisait trembler imperceptiblement ses mains.

À la porte refermée sur eux, Atif plaqua Alexandre contre le mur, le souffle rapide et profond, tout son corps vibrait. Il le fixa, les yeux dans les yeux, lui tenant toujours les deux mains collées au mur.

Atif approcha lentement son visage de celui d'Alexandre, le regard toujours ancré sur lui. Alexandre pouvait sentir le souffle rapide d'Atif, voir ses lèvres charnues s'entrouvrir et ses yeux se fermer. Ses mains trahissaient son stress et son excitation, serrant les mains moites d'Alexandre, qui ressentait chaque battement intense du cœur d'Atif. Les yeux clos, Atif avançait au ralenti sa bouche vers celle d'Alexandre, près du but, sa respiration se stoppa. Il se stoppa net, recula d'une dizaine de centimètres et regarda Alexandre dans la profondeur de ses yeux, questionnant, cherchant l'accord. Alexandre acquiesça quasi imperceptiblement. Leurs lèvres se frôlèrent, s'entremêlèrent, s'embrasèrent. Leurs langues se mêlèrent, explorant chaque centimètre de leur bouche, se découvrant l'un l'autre.

Atif l'embrassa intensément puis relâcha son étreinte pour se laisser tomber sur le sol.

À la suite d'une longue minute immobile, Alexandre, étourdi et effrayé par le baiser fougueux d'Atif, vint s'assoir près de lui.

– Qu'est-ce que j'ai fait ? répétait sans cesse Atif, la tête dans les mains. Mais qu'est-ce que j'ai fait. C'est pas normal... Pas normal.

Il marque une pause le regard dans le vide.

– Mais qu'est-ce qui m'arrive ? répétait Atif en se chuchotant à lui-même. Je dois me reprendre, c'est un homme, tu es marié, Atif, tu… as une vie normale. Et lui, là, c'est… le mal. Je ne peux pas, je ne dois pas. Mais c'est plus fort que moi.

Alexandre lui passait les mains dans le dos pour l'apaiser et balbutia :

– Ce n'est rien Monsieur. Je n'en parlerai pas, faut pas vous inquiéter pour ça.

– C'est pas ça Monsieur Perr... Alex, disait Atif en relevant la tête les yeux humides. C'est pas ... pas… pas que ça.

– Et donc c'est quoi ? demanda Alexandre les jambes repliées sur lui et les mains jointes entre les genoux.

– Je ne sais même pas. Je me sens totalement perdu. Des choses en moi se bousculent et ces émotions... ces émotions qui chambardent mon esprit.

Alexandre faisait mine de rien mais il comprenait ce qu'Atif tentait de lui dire. Il n'osait lui prendre la main ni rien dire. Premièrement il ne connaissait pas bien ce nouveau gardien chef et deuxièmement il ne lui faisait pas confiance, bien qu'Atif agissait avec lui avec bienveillance et gentillesse ; et troisièmement il ne se voyait surement pas engager une relation dans ces conditions. Alexandre, la tête penchée sur le côté, dévisageait Atif le regard attendri.

– Depuis des semaines, continua Atif, je suis bouleversé. Je n'ai jamais été comme ça mais dès que je te vois, je ne contrôle plus rien, je ne suis plus moi-même.

Alexandre le regardait les yeux grands ouverts, l'air ébahi ne sachant toujours pas comment réagir, il se leva lentement. Par crainte de mouvement brusque, Atif tendit le bras pour le stopper dans son élan et le retenir près de lui. Il ne mit pas assez de force et ne l'arrêta pas pour autant. Alexandre lui attrapa le bras au vol et l'aida à se relever. Ils étaient debout, face à face, les yeux dans les yeux. Alexandre s'approcha de lui un peu plus, il pouvait sentir sa respiration se faire plus rapide. Il passa ses bras autour de sa taille. Il le serra contre lui et, à son tour, Atif l'enlaça. Les deux hommes sentaient leur cœur respectif battre à tout rompre dans leur poitrine.

Du bruit dans le couloir mit fin à leur étreinte et les ramena à la réalité. Atif posa deux doigts sur la bouche d'Alexandre.

– Pas un mot de tout ça sinon je ferai de ta vie un enfer. C'est compris Alex ?

– Compris, chef. Compris.

– Atif…

– Quoi ?

– Appelle-moi Atif, mais si et seulement si, on est seul.

Alexandre lui caressa les mains du bout de ses doigts.

– D'accord Atif. Tu n'as rien à craindre, répondit Alexandre avec un sourire détendu. Il m'a plu ce baiser.

Atif lui passa à nouveau les menottes pour le ramener dans sa cellule. Avant de quitter la buanderie, Atif respirait l'odeur d'Alexandre pour s'enivrer encore des effluves pleins de testostérone et lui caressa le dos de la main. Devant la porte de la cellule, et avant d'y entrer, ils prirent de longues secondes pour plonger dans les yeux l'un de l'autre. Il y avait une tension presque palpable entre eux. Atif lui glissa à l'oreille en soupirant :

– Je dois y aller, ma femme m'attend. À demain.

De retour sur son lit, au milieu de la nuit, alors que tout le monde dormait à poings fermés, Alexandre ne trouva pas le sommeil, revivant chaque instant de cette soirée dans sa tête. Encore enivré du câlin partagé, de l'échange d'énergie de cette nuit, il se méfiait malgré tout. Il avait bien remarqué le regard si bienveillant qu'Atif portait sur lui à chacune de leurs rencontres loin, très loin de celui du *jalaad* ou même celui d'Atif à sa première rencontre mais il était prisonnier.

Était-ce un piège pour le faire souffrir encore plus ? Pour l'atteindre psychologiquement plus profondément ? Pourtant cette dernière phrase d'Atif, lui promettait de le revoir le lendemain le refroidissait, sachant que sa femme, …, sa femme l'attendait. En même temps, que pouvait-il espérer ? Il était prisonnier pour être homosexuel et Atif son geôlier. L'un enfermé, l'autre libre. L'un gay, l'autre marié avec un enfant. Rien de tout ça n'annonçait quoique ce soit de positif.

\*\*\*

De son côté, Atif restait assis au volant de sa voiture dans la pénombre du parking des employés. Le moteur tournait pour faire ronronner la climatisation. Il aurait dû rejoindre le foyer conjugal depuis plusieurs heures et son téléphone avait reçu des dizaines de notifications. Des messages et appels manqués de son épouse qui s'inquiétait de ne pas le voir rentrer. Il n'osait même pas regarder son téléphone. Il lui fallait trouver une raison pour son retour tardif. Il le ferait sur le chemin du retour. Et en travaillant dans une prison, il y'en avait des centaines qui lui vinrent à l'esprit.

Au volant de son énorme Ford Raptor il roulait bien en dessous de la limite de vitesse, ce qui n'était pas dans ses habitudes.

Le pick-up traversait la ville et arriva le long de la corniche de Djeddah. Sans s'en rendre compte, Atif avait conduit bien plus loin que son domicile. Beaucoup trop loin. Ce ne fut qu'en arrivant devant le panneau d'une route barrée face à la mer qu'il en prit conscience. Son esprit était embrouillé par ces nouvelles émotions inconnues pour lui, et par cet instant hors du temps avec Alexandre.

Il devait reprendre ses esprits et retrouver sa femme qui l'attendait depuis des heures. Quand il entra dans la grande villa, toutes les lumières étaient éteintes. Aucun signe de vie non plus. Il se débarrassa de son uniforme, le jeta avec désinvolture sur un des fauteuils du salon. Il ne prit même pas la peine de se doucher comme il le faisait à chaque retour de Dahaban, pour retirer cette odeur si spécifique à la prison. Non, ce soir-là, il garda sur lui tous les parfums accumulés dans la journée. Il rejoignit sa femme et s'allongea près d'elle dans le grand lit. Il ne la toucha pas, ne la regarda pas non plus. Par honte de ses ressentiments ou pour ne pas briser son émoi ? Il ne dormait pas, tournait et se retournait sous la couette. Il quitta le lit. Il marchait sans but dans le grand salon. Il repensait à tous les détails de cette soirée.

Alexandre, ses yeux, son aura, ses tatouages, son odeur et sa peau, sa peau...

**Chapitre 12**

Dans la cellule, Alexandre attendait avec impatience la livraison du petit-déjeuner. Ses colocataires s'éveillèrent à leur tour. Emad et Alexandre se motivaient l'un l'autre pendant la séance de pompes matinale. Pendant une longue période, il ne pouvait pas s'activer le ventre vide mais depuis, il avait pris l'habitude et en appréciait les sensations, l'énergie que ça lui procurait pour toute la journée. Amir et Djilali ne participaient jamais, ils se contentaient juste de les regarder.

L'arrêt du chariot devant leur porte marqua la fin de la séance. Une douche rapide et ils étaient prêts pour attaquer le repas avec les autres.

Adossé à son oreiller, Alexandre relisait la lettre de sa sœur encore et encore. C'était le seul lien qui le reliait à sa vie passée. Les larmes ne coulaient plus depuis longtemps, comme s'il s'était fait une raison ; il devrait aller au bout de sa détention. La prison brisait les hommes, même les plus forts. Et Alexandre n'y échappait pas. Les longs mois passés à Dahaban et les tortures dont il était la victime impuissante l'avaient, endurci dans une certaine mesure.

Physiquement il s'était considérablement affiné et même musclé, quant à son mental, il avait encore des passages à vide. Oscillant entre des périodes de grande déprime et des moments où son esprit était plus tranquille surtout lorsqu'aucun gardien ne l'emmenait à l'interrogatoire. Bien que le dernier en date, il ne le regrettait pas, au contraire. Au souvenir de ce dernier, il esquissa un sourire. Il avait encore fraichement en mémoire la chaleur du moment qu'il avait passé pendant la soirée avec Atif. Ses rêveries furent instantanément interrompues par l'arrivée du préposé à la distribution des repas venu récupérer les plateaux. D'ordinaire il le faisait seul cependant, cette fois il était accompagné. Atif supervisait l'employé pénitentiaire lui montrant comment faire passer les plateaux par les portes de cellules. Ne voulant se faire remarquer ni par le gardien ni pas ses camarades de chambrée, Alexandre ne réagit pas, ne le regardait pas, ne bougeait pas.

Atif laissa repartir le chariot et son employé, donnant des indications pour accéder au prochain niveau de cellules et se présenta dans l'ouverture de la porte de celle d'Alexandre. Tous les détenus se levèrent au quasi-garde-à-vous.

– Ale... Monsieur Perret, venez ! se reprit Atif.

Alexandre le suivit sans broncher après avoir été menotté selon les procédures en vigueur et baissa la tête pour donner le change à ses codétenus. Ils n'échangèrent pas un mot ni un contact visuel sur le chemin. Dans cette pièce pourtant empreinte de violence et de brutalité, Alexandre se sentait moins stressé que lors des précédentes visites. Atif lui tenait la main. Ce dernier examinait le couloir derrière eux, personne en vue, il entra à son tour, fermant la porte à clé. Il s'était assuré qu'aucun employé de la prison ne puisse entrer et les observer de l'autre côté de la glace sans tain après avoir changé les emplois du temps des gardiens. Ils se retrouvaient seuls comme la veille, le risque en plus, qu'un visiteur les dérange.

Atif détacha Alexandre et au contact de leur peau, la même montée de chaleur que le jour précédent les envahit. Atif retira sa main brusquement puis rechercha le contact de nouveau. Il entrelaça ses doigts avec ceux d'Alexandre, plongeant son regard dans l'intensité de ses yeux bleus. Tout son corps vibrait sous les pulsations de son cœur.

Atif l'attirera vers lui mais se ravisa et le guida vers le siège d'acier et s'installa face à lui, le dos légèrement courbé, coudes sur la table. Alexandre s'aventura à briser le silence.

– Bien dormi ?

Alexandre le cherchait du regard

– Non, pas vraiment, je ne sais pas ce qui m'arrive. Bredouillait Atif. Je n'ai pas dormi. J'ai passé la nuit … éveillé, à tourner en rond.

– Qu'est-ce qui t'en a empêché ?

– Toi.

Alexandre les yeux plissés et amusés reprit :

– Je ne vois pas pourquoi. Perso, j'n'ai rien fait moi. Je suis juste prisonnier, rien de plus, si ça n'a pas changé, évidemment.

– Ne te fais pas plus bête que tu ne l'es.

Atif se leva, resta une seconde, appuyé sur le dossier de la chaise. Il souriait à Alexandre en faisant non de la tête puis s'approcha de lui.

– Tu as très bien compris ! reprit Atif en posant sa main sur l'épaule d'Alexandre.

– Non, honnêtement. C'est bien pour ça que je demande.

– Bon arrête, je suis fatigué je n'ai pas l'énergie de parlementer. Surtout après cette nuit blanche.

– Ok et donc si tu n'as pas dormi, tu as fait quoi ? Tu as repensé à ce baiser volé ?

– Heu… non, non ! J'vois pas pourquoi, répondit tout gêné Atif.

Alexandre le regardait un brin amusé, sourire en coin, il avait touché le point sensible.

- J'en ai profité pour lire le Petit Prince.

- Quoi ? Tu l'avais déjà dans ta bibliothèque ?

- Pas du tout, je l'ai téléchargé sur mon Kindle et fini d'un trait.

- Ah, je suis impressionné ! Et ça t'a plu ? demanda Alexandre avec à la fois étonnement et satisfaction.

Atif revint derrière sa chaise, face à Alexandre. Il se tenait droit, les épaules en arrière, fier.

- Beaucoup, je comprends pourquoi tu l'as dans la peau, répondit Atif sourire aux lèvres et faisant glisser ses doigts sur le tatouage dudit prince.

Il se rassit, posa ses doigts et caressa le dessus de la main d'Alexandre en petits cercles.

- Ça n'a pas dérangé ta femme que tu ne dormes pas ? se renseigna Alexandre sarcastiquement.

Les caresses s'arrêtèrent Sans pour autant retirer ses doigts Atif continua :

- Elle était, heu, … elle dormait quand je suis rentré, je ne pense pas qu'elle s'en soit rendu compte.

Le visage d'Atif se ferma, plus sérieux, plus anxieux. Alexandre y décela de la tristesse. L'appel à la prière le fit sursauter et lâcher sa prise, il se redressa comme un "I" sur sa chaise.

- Je peux vraiment parler ici ? s'assura Alexandre en pointant du menton la grande vitre.

- Oui, il n'y a personne derrière la vitre sans tain et j'ai fermé la porte d'accès.

- Ce que je veux dire, c'est, est-ce-que je peux te demander ce que je veux ?

- Oui, et j'y répondrai.

Alexandre le regardait faisant de petites grimaces avec sa bouche. Il pianotait sur la table puis enchaina :

– Je voulais savoir… Pourquoi je suis là ?

– Comment ça, en prison ?

– Non, ça je sais malheureusement. À quoi tu joues avec moi ? Pourquoi m'emmener ici au milieu de la nuit ? Est-ce que c'est pour mieux me torturer plus tard ? Me faire du mal ? Me rabaiss...

– Non, non ! le coupa Atif. Je ne sais pas moi-même. Mais surement pas pour te faire de mal.

Après une courte pause, tout gêné, Atif s'épancha sur sa vie et partagea avec Alexandre. Il apprit qu'il avait 29 ans. Qu'il avait étudié les sciences mais n'avait pas le niveau, ni la motivation, pour faire médecine, au grand désarroi de ses parents. Il était le deuxième d'une fratrie de huit enfants, deux frères et cinq sœurs. Il était passionné d'art, de culture et de voyages. Il avait vécu bien sagement et sans faire de vague jusqu'à son mariage dans la maison familiale. La rencontre avec sa femme avait été orchestrée par une de ses tantes et il ne l'avait vu que peu de fois avant la noce.

Atif se détendait au fur et à mesure de la conversation, il se livrait sur sa vie, sa jeunesse très entourée de sa famille. Il n'avait pas pris conscience que le temps filait à toute vitesse. Alors qu'Atif se confiait pudiquement, son téléphone sonna. Il y répondit mais Alexandre n'en comprenait pas le sujet.

– C'est mon oncle, soufflait Atif, c'est le directeur aussi, il me cherche. Mais quelle heure il est ?

Atif regarda sa montre, ils avaient passé des heures, enfermés tous les deux.

Avant de menotter Alexandre, il lui prit les mains, les dorlotait avec soin, il l'attira vers lui pour sentir son corps. À peine le torse d'Alexandre se cala devant lui qu'il le fixa du regard. Atif, envouté par la profondeur de ses yeux lui prit la tête entre ses mains et déposa un baiser sur sa bouche, furtif mais bien réel. Alexandre, qui ne s'y attendait pas, recula d'un pas, sa main sur la poitrine d'Atif pour maintenir à distance. Atif lui attrapa la main pour la mener à sa bouche et déposer un baiser sur sa paume. Alexandre lui rendit son baiser et l'embrassa à pleine bouche, caressant les cheveux d'Atif.

Du contact de leurs lèvres naissait malgré tout un brasier en eux mais Atif devait le reconduire, à regret, vers sa cellule.

– Ça c'est un vrai baiser, partagé et consenti, glissa Alexandre.

De retour sur son lit, Alexandre tournait et tournait, sans réussir à trouver une position qui lui convienne. Atif était-il ce genre de mâle hétérosexuel qui ne s'était jamais confronté à ce genre de questions sur son orientation sexuelle ? Est-ce que je suis juste le jouet pour assouvir sa curiosité ? Suis-je juste une expérience peut-être ? Qu'importaient les réelles raisons ou buts d'Atif, Alexandre n'en prendrait que les bons moments étant enfermé pour des années.

Les dernières semaines, Atif avait "interrogé" Alexandre tous les jours, sauf lors de ses jours de repos. Ils discutaient ensemble de tout et de rien, lors de moments hors du temps pour l'un comme pour l'autre. Alexandre se satisfaisait des histoires de famille d'Atif, il n'attendait rien de cette relation de toute façon et ça comblait aussi le vide de ses journées.

Depuis leur premier vrai baiser, ils ne s'étaient contentés que du seul contact de leurs mains. Alexandre y puisait le peu d'affection qui lui manquait tant et Atif restait, lui, sur la réserve, sa position ne lui permettait pas d'écart. Alexandre ne souhaitait ni faire le pas vers lui malgré son attirance, ni se mettre en danger. Il ne savait pas si on pouvait les observer derrière la vitre sans tain, et puis, il n'était que prisonnier et Atif un gardien, en chef peut-être, mais gardien tout de même.

Lors de leurs échanges Atif lui promit que plus jamais il ne subirait de violence dans cette prison, qu'il le protégerait autant qu'il le pourrait. Alexandre l'avait supplié de faire de même pour ses compagnons de cellule. Il ne fallait pas éveiller de soupçons avec eux non plus. Les passages aux interrogatoires étaient réputés pour être violents, brutaux, sanglants même parfois. Revenir sans aucune trace de ce passage aiguiserait la curiosité des autres. Ils s'étaient entendus là-dessus, Atif ne les toucherait plus eux non plus. Ses codétenus seraient protégés, eux aussi.

Atif tiendrait sa promesse. Plus aucun des détenus de la cellule d'Alexandre ne subirait de violence. Alexandre en remerciait Atif chaque fois qu'ils se voyaient. Et il le referait encore ce jour. Alexandre ressentait une certaine aisance avec lui et un sentiment de sécurité s'était installé entre eux. Il ne s'était pas senti aussi léger depuis son arrivée à Dahaban. Atif lui avait détaché ses menottes et allait prendre place sur une de chaises en inox. Alexandre le dévisageait de haut en bas. Sa démarche assurée, ses fesses galbées dans son pantalon d'uniforme marron, son dos bien taillé, sa nuque. Plus son regard remontait le corps d'Atif, plus il sentait une boule dans son ventre. Atif se retourna, offrant à Alexandre un large sourire. Il remarqua qu'Atif était passé chez le barbier, sa coupe de cheveux était impeccable, sa barbe taillée de près. Il le trouvait extrêmement beau. Il lui rendit son sourire et prit les devants. Il s'approcha à pas de velours d'Atif qui le dévisageait. À peine trente centimètres les séparaient, Alexandre se posta devant lui, tendit les bras, caressa ses joues à la barbe fraîchement taillée. Il agrippa fermement la tête d'Atif qui ne détournait pas ses yeux de l'océan bleu qui le fixait. Alexandre ramena le visage d'Atif à son niveau, ferma les yeux, prit une grande inspiration et apposa sa bouche sur la sienne.

Il fit glisser sa langue sur les lèvres d'Atif qui se retira instinctivement. Laissant Alexandre dans le doute, il alla vérifier que la porte était bien fermée. Atif se planta devant Alexandre qui n'avait pas bougé. Il le plaqua avec force contre le mur et écrasa sa bouche contre la sienne dans un baiser passionné. Leurs lèvres fougueusement actives, les langues se mêlaient l'une à l'autre dans un excès de salive. Alexandre passa ses mains dans le dos d'Atif et les dirigea vers ses fesses qu'il empoigna, pressant son corps contre le sien. Il ressentait l'excitation d'Atif, son sexe en érection contre le sien, tout aussi dur à travers les vêtements. À ce contact, Atif le repoussa, c'en était trop pour lui à ce moment. Ces nouvelles sensations, ce désir qui le consumait de l'intérieur, il ne savait comment le dompter ou l'apaiser.

– Désolé Alex, c'est trop, trop d'émotion pour moi.

– J'ai bien senti… ton émotion, lui répondit Alexandre, le regard espiègle. Mais ne t'inquiète pas, je te comprends. Pour une première fois, ça ne va pas se faire comme ça.

Ils se rassirent en silence, se regardant dans le blanc des yeux.

– Comment tu as su ? questionna Atif.

– Que j'ai su quoi ? interrogea Alexandre.

– Que tu aimais… enfin que tu es différent ?

– Que je suis gay tu veux dire ?

Atif hocha de la tête, honteux de n'avoir la force ou le courage de prononcer le mot.

– Oui c'est ça, reprit Atif.

Alexandre serra la main d'Atif entre les siennes.

– J'ai eu de la chance, continua Alexandre d'une voix détendue. Je m'en suis rendu compte assez jeune. Je devais avoir douze ou treize ans quand j'ai su que j'étais différent. Quand, dans les vestiaires du gymnase du collège, je ressentais de l'attirance pour les autres garçons autours de moi. J'en avais des érections de temps en temps et j'ai même dû me faire dispenser de sport pour ne pas avoir à y faire face à nouveau.

Il marqua une pause alors qu'Atif buvait ses paroles, concentré sur chaque mot qu'Alexandre prononçait. Toujours main dans la main.

– Je ne savais pas vraiment ce que c'était. Il n'y avait pas internet à l'époque. Je savais que je n'étais pas comme les autres sans être capable de mettre des mots sur mes maux. Je pense que les autres élèves du collège savaient bien mieux que moi. Je me faisais insulter de pédale ou pédé à tout va.

Atif se leva de sa chaise, tendit le bras pour essuyer la petite larme naissante au coin de l'œil d'Alexandre alors qu'il avait baissé la tête.

– Je suis désolé, ça ne devait pas être facile.

– Non c'est vrai, reprit Alexandre en relavant la tête. Je n'ai pas du tout aimé cette période de ma vie, comme beaucoup d'adolescents. Quelques années plus tard, alors que je commençais mon apprentissage en cuisine dans un hôtel, je suis tombé sur un magazine qu'un client avait jeté. Têtu, le magazine gay de référence en France. Avec particulièrement le courrier des lecteurs.

Dans la voix d'Alexandre se mêlaient des tremblements d'émotion et le plaisir de partager ça avec Atif.

– Ce fut une révélation pour moi. Je n'étais pas le seul, d'autres hommes ressentaient les mêmes choses que moi. Et puis il y avait de belles photos, des hommes presque nus.

Cela fit sourire Atif qui le coupa.

– Et tes parents, Alex, ils en pensaient quoi ?

– Mes parents... Y'a rien à dire, dit d'un ton très froid Alexandre.

– Pardon, Alex, je ne voulais pas te blesser. Continue...

– Voilà, c'est comme ça que j'ai su. Je voyais les garçons au sport et ça me faisait de l'effet, et puis ce magazine qui a, comme on dit, confirmé et mis des mots sur qui j'étais.

– Tu n'en avais parlé à personne ?

– La première fois que j'en ai parlé, je devais avoir quinze ou seize ans. À mes cousines pendant les vacances d'été. Mais avant ça, il a fallu que je m'accepte moi-même comme étant différent. Et, étonnamment, ça a été plutôt rapide. J'étais conscient de faire avec qui je suis.

Atif regardait Alexandre avec admiration.

– D'accord. Je vois. Pas comme …

– Pas comme … toi ? dit Alexandre lèvres pincées d'un sourire.

– Honnêtement, je n'ai jamais ressenti ça avant toi. Donc non je ne me suis même pas posé la question, encore moins l'idée de parler de quelque chose qui n'existait pas.

Atif ne s'était pas rendu compte qu'il tenait encore en main celles d'Alexandre, et lui caressait la peau du bout des doigts tout au long de leur conversation. Alexandre s'arrêta de parler et le contempla. Ce dernier soutenait son regard. La chaleur se propageait d'un corps à l'autre, le brasier de leur feu intérieur leur faisait rougir la peau, les respirations s'accéléraient, ils avaient les oreilles rouges, brûlantes.

– Je peux te demander… ?

– Vas-y Atif, pose tes questions.

– Qu'est-ce qui t'attire… enfin quel type de mec… enfin je ne sais pas comment dire…

– Ce qui m'attire chez un mec ? Son charme. Quel type de mec me plait ? Eh bien les mecs bruns, typés méditerranéens à la peau mate, comme toi en fait.

Atif ne savait plus où regarder tellement il se sentait gêné. Il en rougissait.

– Je suis désolé, dit Atif.

– Pour ?

– Le baiser volé comme tu as dit. J'aurai du te demander avant.

– Ça m'a surpris mais... J'ai adoré.

Une sonnerie dans le couloir interrompît leur conversation.

\*\*\*

Atif ne le raccompagna pas à sa cellule cette fois.

– Gardien, gardien ! appela Atif, raccompagnez-le en cellule, je suis attendu immédiatement chez le directeur.

Quand il arriva au bureau, son oncle était au téléphone, il lui fit un signe de la tête pour qu'il s'assoie. Atif patienta en consultant son mobile.

– T'es en retard Atif, maugréa son oncle. Je t'ai fait embaucher je peux te faire virer tu le sais.

– Oui mon oncle, désolé, je faisais le tour des installations.

– Je ne t'avais rien demandé, à ce que je sache ? Non ?

– Non…

– Bon, prends l'ordre du jour, on a du boulot ! Asséna sèchement le directeur.

Ils passèrent en revue les dossiers des nouveaux arrivants prévus pour le lendemain. Il y avait aussi une séance de formation des gardiens débutants à organiser et, comme chaque semaine, la mise en place du tribunal de la prison. Une parodie de justice où les détenus qui avaient enfreint les règles du centre de détention se faisaient juger à la discrétion du directeur, et ses décisions étaient irrévocables. Atif prit le dossier sur le bureau et consulta la liste des accusés de la semaine et les raisons pour lesquelles ils passeraient devant cette cour de justice improvisée l'après-midi même. Il lisait sans grande attention quand un nom lui sauta au visage tel un éclair. Consterné, il resta pantois quelques secondes au nom d'Alexandre Perret, détenu FR170159, écrit noir sur blanc dans la liste. Accusé d'avoir volé le bien d'un gardien et tenté de prendre contact avec l'extérieur. L'affaire du téléphone n'avait pas encore été jugée.

Atif savait très bien que le jugement serait brutal et lourd, connaissant l'intransigeance de son oncle. Les bras lui en tombèrent. Le dossier lui échappa des mains pour se répandre en un vol de feuilles sur le sol du bureau. Il se rua pour tout ramasser sous le regard réprobateur du directeur.

Ils finirent de planifier les tâches de la semaine puis Atif quitta le bureau. Il se prit la tête dans les mains avec nervosité, stressé de devoir apprendre à Alexandre qu'il allait passer en jugement. Atif fut pris de tremblements, sa respiration se faisait incertaine, son rythme cardiaque accéléra. Au bord de l'évanouissement, il sortit du bâtiment pour se poser dans sa voiture quelques minutes, la climatisation à fond, et reprendre ses esprits.

Il ne voulait pas avoir à l'annoncer à Alexandre. Il ne voulait pas participer au simulacre de procès. Il ne voulait pas faire face à la décision qui serait prise mais il n'avait ni le pouvoir de changer les choses ni la capacité de persuader son oncle de prendre telle ou telle décision.

Alexandre n'avait aucune chance de s'en sortir.

**Chapitre 13**

Revenu dans sa cellule depuis une heure ou deux, Alexandre était posé sur son lit ; il rêvassait. Surtout au baiser enflammé avec Atif. Ce petit moment de bonheur s'interrompit lorsqu'un gardien vint le chercher. Alexandre arborait toujours un large sourire pensant retrouver Atif à nouveau, mais quand le maton ne prit ni la direction de la salle d'interrogatoire ni le parloir, il le perdit instantanément.

Dans la salle d'attente du bureau du directeur, une odeur acide de sueur prenait aux tripes. D'autres détenus patientaient déjà, assis sur des bancs en métal et tous menottés aux anneaux le long du mur. Alexandre vit ressortir un, deux, trois, puis quatre personnes complètement déboussolées, du bureau. La tension monta d'un cran quand il entendit son nom.

Alexandre entra dans le bureau au décor minimaliste et fut stoppé par le gardien qui l'escortait, face au large bureau de bois. Le directeur ne l'invita pas à s'assoir et avec un dédain non dissimulé annonça :

– Alexandre Perret, vous êtes accusé d'avoir dérobé le téléphone de l'infirmier, pour ces accusations vous êtes condamné à dix jours au quartier disciplinaire. Vous êtes également accusé d'avoir pris contact avec l'extérieur. Pour cela, votre peine sera rallongée de cinq ans.

Ce n'était pas un coup de massue que reçut Alexandre, mais un uppercut en pleine face. Cette annonce le fit vaciller. Le gardien à son côté le prit par le bras à la volée pour l'empêcher de tomber.

– Cette décision est irrévocable et sera ajoutée à votre dossier, reprit le directeur, sans un regard. Gardien, emmenez-le directement en isolement.

Les jambes d'Alexandre le supportaient à peine qu'un hurlement sortit de ses tripes :

– Nooooooooooooooon !

Ils mirent une dizaine de minutes pour rejoindre les cellules d'isolement.

Le mitard était composé d'une dizaine de cellules au confort très sommaire, un lavabo, un toilette, un lit, pas de fenêtre et fermée par une grille ne laissant aucune intimité. Cela ressemblait à la première cellule dans laquelle il avait été en quarantaine. À la différence que cette fois, la lumière serait allumée toute la journée et toute la nuit.

Quand la lourde grille métallique se referma sur lui, il s'effondra sur la petite banquette et se mit à sangloter. De dix ans, sa peine de prison venait de passer à quinze ans totalement arbitrairement. Après avoir essuyé ses dernières larmes, il frappa de toutes ses forces sur le mur. Il ne ressentait pas la douleur de ses os qui s'écrasaient contre le béton. Le sang coulait le long de ses bras. L'adrénaline redescendue, il s'évanouît sous la douleur.

À son réveil, il avait des bandes autour des mains, et une attelle au majeur de la main gauche. Les traces de sang séché sur le mur comme témoin de son emportement, bien que justifié, très douloureux finalement. Le mur avait gagné. Un petit plateau, avec un plat de riz et de légumes, avait été déposé pendant sa perte de connaissance.

Une odeur immonde, un mélange âcre et acide qui lui remontait dans les narines et lui donna instantanément la nausée. Cela venait des toilettes situées à moins d'un mètre de la tête de lit qui devaient être bouchées depuis des lustres par un amas indescriptible.

Dans cette partie de la prison, l'état des infrastructures se dégradait de jour en jour. La peinture craquait sur les murs, les plafonds, les grilles ; le sol collait sous les pieds. Le manque d'entretien flagrant était fait pour empêcher les récidives et faire passer l'envie d'y revenir, additionné aux violences, ça fonctionnait puisqu'Alexandre était le seul à l'isolement. Seul dans la crasse, dans le silence étourdissant à peine dérangé par la vibration de l'air conditionné. Il faisait froid au mitard. Alexandre se couvrit de la fine couverture sans âge. Assis en tailleur sur le coin du lit de fortune. Il resta dans le vague pendant de longues heures. Les douleurs lancinantes dans ses mains s'intensifiaient. Il n'avait aucune notion de l'heure qu'il était ou même du temps, la pièce n'ayant aucune ouverture vers l'extérieur.

Toutes les émotions de la journée avaient eu raison de son combat pour rester éveillé et il s'endormit comme une masse en position fœtale.

Son sommeil fut perturbé par de nombreux cauchemars. Il était abandonné dans une ville désertée, totalement en ruine où seule la végétation subsistait. Il y régnait le silence, à peine dérangé par le son du vent, et la désolation. Le second cauchemar, celui qui le hantait presque toutes les nuits était terrifiant. Peu importe où il se trouvait, peu importe ce qu'il buvait, le *jalaad* sortait toujours de sa boisson, comme le génie sortait de sa lampe, pour lui couper le cou à la hache. À chaque fois il se réveillait en sueur.

Il avait bien mal dormi. Il était dans la position opposée de laquelle il s'était endormi, démontrant un sommeil plus qu'agité. Des yeux le fixaient dans l'ombre, il se réveilla et se blotti contre le mur, effrayé par la présence de cet observateur.

– N'aie pas peur, c'est moi. C'est Atif, chuchotait le chef en se rapprochant de la grille pour montrer son visage.

Alexandre se sentit un peu apaisé par sa présence et s'adressa à lui :

– Ça fait longtemps que tu es là ?

– Non, enfin, oui, depuis une demi-heure à peu près. Je suis venu dès que j'ai pu.

Il prit une pause et reprit, poussant le plateau-repas dans la fente de la grille, contenant un pain mifa immense qui débordait des côtés du plat, du humus, un petit concombre, un yaourt nature et un plat foul.

– Tu devrais manger un peu.

Alexandre se leva pour attraper son repas.

– Mais qu'est-ce que tu as aux mains ? Approche-toi que je vois ça.

Atif lui prit les mains à travers les barreaux, il passa ses doigts sur les bandages. Alexandre sentit une douleur et retira ses mains d'un coup.

– Je suis désolé, je t'ai fait mal. Pardon.

Il caressa de sa main le genou d'Alexandre.

– C'est rien mais oui ça me fait mal.

– Comment tu t'es fait ça ?

– Je ne sais pas, j'étais tellement énervé après cette putain de nouvelle condamnation, que j'ai défoncé le mur.

– Apparemment il a remporté la victoire.

Ce petit trait d'humour fit sourire Alexandre. D'un signe de la tête, Atif montrait le petit déjeuner.

– Mange un peu Alexandre, il te faut de l'énergie pour que tes blessures se soignent. Je t'ai ajouté du paracétamol et un petit cake à la banane que ma f...

Sentant que c'était déplacé, il s'arrêta net.

– Merci Atif. Et tu remercieras ta femme aussi, lui répondit Alexandre avec sarcasme.

Atif ne lui en tint pas rigueur, il savait qu'il ne pouvait pas lui en vouloir.

– Je dois te laisser. Je reviendrai plus tard dans la journée.

– Atif, attends.

– Oui ?

– Vraiment merci.

Alexandre lui prit la main qu'il baisa du bout des lèvres.

– Merci de ne pas me laisser tout seul. Juste merci Atif.

– Je ....

– Ne réponds pas, le coupa Alexandre d'une voix détendue. Vas-y, va t'occuper de ce que tu dois faire. À tout à l'heure.

La visite d'Atif lui remit un petit d'espoir dans le regard. Il prit avec difficulté de petits morceaux de cake et les porta à sa bouche. Ses phalanges meurtries lui faisaient bien trop mal pour manger normalement. Il déglutissait lentement, à la fois parce qu'il ne pouvait pas le faire plus vite et à la fois pour faire durer ce moment le plus longtemps possible.

Il était installé sur la banquette, dos au mur, les pieds contre les fesses et le menton sur les genoux. Il attendait qu'Atif le gratifie de sa présence comme il lui avait promis quelques heures auparavant. Impossible de savoir les minutes ou les heures qui passaient. Le seul point de repère auquel se fier, les appels à la prière et la distribution du repas, et il digérait déjà le déjeuner depuis bien longtemps. Il devait être quatorze ou quinze heures et toujours pas d'Atif à l'horizon.

Il pensa à sa famille, surtout à sa sœur Dariane qui l'avait toujours supporté dans tous ses choix, même les pires.

– Dariane, tu me manques, tu sais. Les enfants aussi. Je suis là et j'ai envie que tu me fasses un câlin. Je rêve de me poser sur la terrasse et de refaire le monde en sirotant un rosé bien frais.

À l'évocation de sœur, sa gorge se noua et il ne put continuer à parler. Il somnola quelques heures.

Les longues heures et les longues journées de solitude le rendaient fou. Il se grattait le crâne sans cesse, tirait sur ses cheveux.

Alexandre fixait le mur d'en face dont il connaissait tous les détails. Vingt-et-un petits trous, quatorze gros, soixante-quinze tâches d'origines douteuses, quatre-vingt-seize craquelures.

– Bon salut toi, le mur. Ouais, tu ne vas pas me répondre mais bon. Faut bien que je parle, et même si tu n'es qu'un mur, bah ça fera l'affaire.

– ...

– Tu sais, je me demande tous les jours, ce que je fous là. J'ai fait des conneries dans ma vie, d'accord. C'est sûr, une petite pipe dans une voiture en pleine nature en Arabie Saoudite c'était pas la meilleure idée. Mais je ne mérite vraiment pas ça. L'isolement, la violence gratuite des autres gardiens, la solitude...

–...

– Regarde mon visage, les cicatrices, elles sont toutes d'ici.

– ...

– T'as raison. Je sais. C'est pas ton problème. Mais si tu pouvais me faire un signe, juste un petit signe. N'importe quoi pour me dire que je ne suis pas seul...

– ...

– Bon, ouais je sais tu ne vas pas bouger mais je suis sûr que t'as vu des choses, toi. Des prisonniers qui sont passés ici et qui t'ont parlé eux aussi. Va pas me dire que je suis le premier et me faire passer pour un fou.

– ...

– Et je ne serai pas le dernier mais bon, j'aimerais bien savoir quand même, qu'est-ce que tu penses de tout ça ?

– ...

– Rien. Tu ne me jugeras pas non plus pour la suite, dit Alexandre en se touchant le cœur.

– ...

– Je dois te dire un truc, mais c'est un secret. Tu sais garder les secrets toi ? Parce que moi je le garde depuis trop longtemps déjà. Je suis... Je crois que j'ai des sentiments. Pour Atif, le gardien en chef.

– ...

– Je sais, c'est complètement fou. Mais je ne peux pas m'en empêcher, il est tellement beau et charmant, j'essaie de résister chaque fois que je le vois, chaque fois qu'il est près de moi mais je me sens vulnérable avec lui.

–.

– Je crois qu'il m'aime bien aussi. Il m'a embrassé le premier quand même, tu vois, mur, c'est pas rien ça ! Hein ?

– ...

– Il a cette candeur mais il est l'autorité qui est là pour me surveiller, pour m'empêcher de m'évader. Je ne vois pas comment on pourrait s'aimer.

– ...

– Si seulement on s'était rencontré en dehors, si seulement je pouvais sortir d'ici. Putain.

– ...

– Pourquoi la vie est-elle si cruelle avec moi ? Pourquoi m'a-t-elle enfermée en prison ? Pourquoi m'a-t-elle mise sur la route d'Atif ? Aide-moi à y voir plus clair.

– ...

– Bon, j'imagine que c'est peine perdue, tu ne répondras pas. Merci quand même de m'avoir écouté. Je suppose que c'est déjà mieux que rien.

Le diner passé, il était toujours sans nouvelle d'Atif. En son for intérieur, il se disait qu'Atif ne lui devait rien et que rien ne l'obligeait à venir le voir, sauf peut-être les baisers qu'ils avaient échangés. Il sentait à nouveau la fatigue l'assommer mais se refusa de dormir pour ne pas rater une visite, si visite il y avait. Il luttait en vain.

Ses yeux se fermèrent sans qu'il ne puisse les garder ne serait-ce qu'entrouverts.

Il dormait à poings fermés quand Atif débarqua au beau milieu de la nuit, planté devant la grille fixant Alexandre endormi.

À son réveil, tournant sur lui-même, il tomba nez à nez avec ce petit bout de papier roulé en boule. Il prit le temps d'ouvrir les yeux lentement, de se débarbouiller le visage, puis il déplia la boule de papier avec les lèvres, ses doigts encore trop endoloris pour le faire. Il n'y avait rien d'intéressant à première vue, un reçu de paiement de carte bancaire. Il se disait que celui qui avait déposé son repas plus tôt dans la journée avait dû le perdre de sa poche et le jeter au sol.

Alexandre avait le spleen ce matin, il ne bougeait pas de sa couchette, ne changea pas ses vêtements et resta sous la couverture. Il était dans un cachot à l'isolement, personne à qui parler, seul... Et même Atif n'était pas venu malgré sa promesse de la veille.

Comme seul et unique point de repère du déroulement de ses journées, la distribution des plateaux-repas, toujours à la même heure. Justement le premier du jour fut déposé au pied de la grille d'entrée. Déposé sans interaction, pas un geste, pas un mot, pas un regard, le laissant bien esseulé face à cette bouffe de piètre qualité et à sa solitude grandissante.

Avalé sans plaisir, il redéposa le plateau au sol, il fut attiré de nouveau par le morceau de papier. N'ayant rien d'autre à faire, il le reprit pour l'inspecter plus en détail.

Station essence SASCO, Petrol 95, 53 litres, 123.49 SAR, payé par carte numéro 4299\*\*\*\*\*\*44, Client : Atif M. Alsaimani ...

Ses yeux s'écarquillèrent devant le nom complet d'Atif. Il avait tenu sa promesse, il était passé le voir, surement pendant son sommeil, mais il était venu malgré tout. Il répétait en boucle, Atif M. Alsaimani, Atif M. Alsaimani, Atif M. Alsaimani ...

Il trouvait que son nom sonnait bien, qu'il avait de la musicalité. Il serra contre lui l'imprimé et ferma les yeux pour retrouver le visage d'Atif, comme incrusté dans ses paupières. Sourire béat aux lèvres. Il quitta son air bête, s'insultant intérieurement de réagir comme une midinette le temps de ses premiers amours. Alors que rien, sur les rives du Styx qu'était cette prison, ne permettait un quelconque sentiment, mais il se raccrochait à la moindre lueur d'humanité pour ne pas sombrer dans le trou béant et obscur de la dépression carcérale.

– Hey le mur, t'as vu il est venu et tu ne m'as rien dit.

– ...

– Ouais bien sûr, je comprends. Je comprends, tu gardes les secrets.

– ...

– Parfois je me demande depuis combien de temps je suis là, dans ce trou à rat, je perds la notion du temps depuis que je suis enfermé. Les jours semblent des années des années. Mais toi, tu es là depuis bien plus longtemps.

– ...

– Tu as dû en voir passer du monde. Des innocents, des vrais, des moins innocents. Des coupables... Mais coupables de quoi ? Tu pourrais en raconter des histoires.

– ...

– Bon c'est inutile de te demander, tu ne me diras rien sur les centaines de passages que tu as eus entre toi et tes ... frères de béton.

– ...

– Mais quand même t'es là sans l'avoir choisi, tout comme moi. Tout comme les autres détenus, personne ne choisit de son plein gré de finir en prison. Coupable ou innocent.

– …

Alexandre se leva et s'appuya au mur, comme pour lui parler à l'oreille. S'il en avait.

– Tu as vu Atif, pendant que je dormais ? Comment tu le trouves ? Il est beau, non ?

– ...

– Tu ne dis rien, haussait le ton Alexandre, c'est pas grave, ton avis je m'en balance de toute façon.

– ...

Des bruits de pas le sortirent de ses élucubrations. Midi, surement, un autre repas pour ponctuer les longues journées. Il ne faisait rien d'autre que de se perdre dans ses pensées, plus ou moins positives, et manger cette becquetance infâme.

La pitance de ce déjeuner lui tombait lourdement sur l'estomac et le fit sombrer pour un court sommeil.

Alexandre entendit un cliquetis métallique et une voix dans son rêve, surpris, bondit de son lit, s'apaisa en un fragment de seconde à la vue d'Atif.

– Hey, tu es venu, s'enthousiasma Alexandre encore endormi.

– Oui, et hier aussi, mais tu dormais profondément. Tu ne t'es pas réveillé.

– J'ai eu la preuve de ton passage, répliqua Alexandre en montrant le reçu papier sorti de sa poche. Atif Alsaimani...

Atif lui souriait et reprit :

– J'aime l'entendre de ta bouche, très… agréable.

Alexandre répéta encore :

– Atif… Al... Sa…i…ma…ni… Aïe, ça fait mal.

Alexandre venait de se cogner la main sur le bord du mur sans y faire attention.

– Je suis désolé de ce qui t'arrive. Je ne pensais pas que la sentence serait si lourde.

Alexandre tournait en rond à toute vitesse, il claquait les murs entre chaque tour.

– C'est complètement dingue, cinq ans de plus pour une connerie. C'est pas juste. C'est inouï, dégueulasse.

– Attention à tes mains Alex.

– Tu savais ?

– Je savais quoi ?

– Tu savais que j'allais passer devant le directeur, que j'allais être jugé coupable et que j'allais me prendre cinq ans de plus ?

Atif restait muet face aux interrogations d'Alexandre. Les yeux dans les chaussures, sa tête dodelinait malgré lui. Il sentit la honte l'envahir.

– Tu savais, et tu ne m'as rien dit. Tu ne m'as même pas prévenu du sort qui m'attendait, fulminait Alexandre.

– Tu sais, ça n'aurait rien changé, je n'ai aucun pouvoir sur les décisions de mon oncle.

– J'm'en tape ! Tu aurais dû me prévenir. T'es aussi pourri que tout le système. Et toi, tranquille, tu profites que je sois sans défense, tu me touches, tu m'embrasses.

Alexandre avait les yeux révulsés et rouge de haine.

– Et après c'est comme ça que tu m'traites. Tu m'dégoûtes Atif, ragea Alexandre en frappant dans le vide.

– Je t'en prie Alex, calme-toi. On va se faire repérer.

– Ahhhh ! Je m'en balance. Ils vont faire quoi de plus ? Hein ? Me frapper ? Ça, c'est déjà fait. Rallonger ma condamnation ? Déjà fait aussi. Me briser ? Ça fait des mois que je ne suis plus moi, alors je m'en fou...

– Arrête, s'il te plait. Comprends-moi.

– Y'a rien à comprendre. Mais en même temps c'est évident, je suis le prisonnier, enfermé, sans aucun droit. Toi tu as tous les pouvoirs. Tu peux abuser de moi, de mon corps, mon esprit… ouais j'suis à ta merci. Et merde ! Casse-toi, je ne veux pas te voir !

– Mais… Alex…

– Vas-y, casse-toi ! Tire-toi ! Tire-toi ! Tire-toiiiiiiii ! Dégage ! Laisse-moi ! hurla Alexandre, en fusillant du regard Atif. De toute façon on n'est rien l'un pour l'autre. Rien. J't'ai rien promis, j'te promettrais rien. Et vice versa. Merci, au revoir.

Alexandre lui tourna le dos et alla s'assoir sur le coin opposé de son lit pour être au plus loin de lui. Il se boucha les oreilles pour ne plus l'entendre. Atif restait coi devant tant d'exaspération. Il ne savait que dire pour panser les plaies d'Alexandre. Il se sentait à la fois coupable et démuni.

– Il vaut mieux que je te laisse seul pour le moment Alex, bafouilla Atif, je reviendrais.

Il tourna les talons à regret.

Devant la porte qui séparait les cellules d'isolement du reste de la prison, il se ravisa, rebroussa chemin pour se planter à nouveau face à la cellule d'Alexandre.

– Alex, tu as raison d'être en colère, je ne sais pas moi-même si je serai aussi fort que toi dans ta situation. Sache que je ne joue pas avec toi. Je...

Alexandre lui offrait toujours son dos et son silence. Atif s'adossa à la grille, même si Alexandre se retournait, il ne le verrait pas, puis reprit, avec des trémolos dans la voix :

– Tu ne réponds pas et c'est peut-être mieux ainsi. Je n'ai jamais été très bon pour communiquer en tête-à-tête, particulièrement de sujets aussi profonds et personnels. Je ressentais comme un poids, comme un autre moi à l'intérieur sans savoir ce qu'il en était et sans jamais me poser la question. Comme si je n'étais que le spectateur du film de ma vie. J'occultai toute singularité, par peur de ce que je ne connaissais pas, ne pas être différent. Et comment faire quand vivre dans un pays comme le mien, où tout est cadré, organisé par la famille et que tout écart, si insignifiant soit-il, est considéré comme une déviance. Entre la pression de ma culture, de ma religion, bien que je ne la pratique pas, ni n'adhère à ces préceptes, j'en ressens la pression quotidiennement. Depuis ma naissance, je suis enfermé dans ce que ma famille décide pour moi. Les études que j'ai suivies, je ne les ai pas choisies, c'était la décision de mon papa. Je voulais partir vivre à Riyadh mais mes parents s'y sont opposés et je ne suis jamais parti de Djeddah. Ma femme, pour qui je pensais éprouver de l'amour, ce sont aussi mes parents qui me l'ont imposée. Je ne peux pas dire que je suis malheureux avec elle tout comme je ne peux pas dire que je le suis non plus. Je lui ai toujours été fidèle et nous avons eu une fille que j'aime de tout mon cœur.

Atif marqua une pause, prit une profonde inspiration, expira lentement, très lentement, ferma les yeux et deux petites billes d'eau salée tombèrent au sol. Sa bouche vibrait à chaque mot, son visage fixait tantôt à gauche, tantôt à droite sans réussir à se fixer. Le son de sa voix s'enlisait dans sa gorge serrée. Il se livrait pour la première fois, il partageait ses ressentiments comme jamais auparavant. Alexandre n'avait pas bougé mais écoutait attentivement sans interrompre le monologue d'Atif qui reprit :

– Jusqu'à ta rencontre, je ne m'étais jamais posé aucune question sur l'attirance que je pouvais avoir pour un autre homme. Même aujourd'hui, je n'en ai pas. Je ne ressens aucune attraction physique pour un autre homme. Ça fait des jours, enfin plutôt des nuits que je ne dors pas, que je me rejoue sans cesse, nos conversations et ce... Ce baiser. Tes bras qui me serrent. Tes yeux, si beaux, que je pourrais me noyer dans leur profondeur. Alors pourquoi est-ce que je me sens envahi, dévasté, face à toi ? Est-ce parce que je me suis imposé une vie et une sexualité d'hétéro bien rangé ? D'être comme tout le monde ?

Atif marqua à nouveau une pause puis reprit à voix basse :

– J'ai même regardé du porno gay pour voir si j'aimais ça. Mon corps n'a eu aucune réaction sauf quand… je pense à toi, là, ça marche, et très bien même.

Les joues d'Atif rougirent sous sa peau dorée. Il était toujours assis dos à la cellule, alors qu'Alexandre, lui, avait retourné sa tête pour l'apercevoir.

– Je n'ai pas le souvenir de mes premiers émois de l'adolescence. Continuait Atif. En ai-je déjà eu ? Je ne sais pas. Depuis notre premier baiser, je n'arrête pas d'y penser, tout le temps. Comme si c'était le premier de ma vie. Tu sais Alex, je ne suis pas capable de mettre des mots sur ce que je ressens. J'en ai la tête qui tourne à trop penser, le ventre qui tourbillonne sans cesse. Mais je me sens vivant quand je te vois et mort à la fois. Ça va surement te faire sourire, il m'est arrivé de rêver de toi aussi bizarrement que ça puisse paraitre… Ma femme a remarqué que depuis quelque temps je ne suis plus tout à fait moi. Elle a bien tenté de me questionner, sans que je ne lui apporte aucune réponse. J'ai peur de tout, de moi, de ne pas être celui que tout le monde veut que je sois. Dois-je en parler ? Lui en parler ? Je suis perdu. Mais je me retrouve avec toi. Et je sais aussi ce que tu as vécu dans ton passé, tes histoires d'amour ratées et gâchées. Je ne veux pas être un de plus sur ta liste, je veux être celui qui la clôturera, le dernier qui séchera tes larmes et bercera ton cœur. Je suis tellement submergé par mes sentiments.

Atif s'interrompit, seules les respirations brisaient le silence. Quelques secondes et Atif déclara :

– Je crois que c'est la première fois que je fais un choix, un vrai choix. Et je crois ... que ... je t'aime Alex.

Atif s'arrêta de parler, il ne pouvait plus sortir un son de sa bouche. La gorge serrée, le cœur lourd et plus léger malgré tout. Il se releva, il voulait tant pouvoir ouvrir les barreaux mais ne le fit pas. Il tourna la tête vers Alexandre qui le fixait depuis de longues minutes, les yeux brillants. Atif ne pouvait soutenir le regard puissant qui le dévisageait, il s'éloigna lentement dans le couloir.

– Attends ! supplia Alexandre, se jetant montants d'acier.

Il tentait de rattraper Atif qui s'arrêta.

– Reviens, Atif. Je veux bien essayer de…

Alexandre et Atif étaient plantés face à face, séparés par les barres de métal. Alexandre attrapa de ses mains encore bandées, en grimaçant de douleur, celles d'Atif. Il le tira vers lui pour poser ses lèvres contre les siennes. Atif lui rendit son baiser.

– Écoute, je dois partir, murmura Atif droit dans les yeux d'Alexandre, sinon mon absence va se remarquer. Je ferai tout ce que je peux pour te rendre visite aussi souvent que possible. Plus que six jours, sois fort. Et ne t'emporte pas, laisse couler ce que les autres gardiens peuvent dire. Ils pourraient te tuer et le cacher sans que je ne puisse rien faire.

Il lui passa la main sur le visage, posa un baiser sur le bout de son doigt et le déposa sur les lèvres d'Alexandre avant de partir. Devant la porte du couloir il tourna la tête vers la geôle où il avait laissé une partie de lui.

Les jours suivants, Atif rendit visite à Alexandre. Mais ces visites furent de courtes durées, à peine le temps de jeter un coup d'œil et de se toucher la main, il ne devait pas en aucun cas éveiller des soupçons.

– Hey le mur !

– …

– C'est la fin. Toi et moi on va se quitter.

– …

– C'est tout ce que ça te fait, après presque dix jours ensemble et nos secrets partagés ?

–…

– Pas grave, ça ne m'étonne pas. Et demain je pars, j'espère ne plus jamais te revoir, l'ami silencieux. Et que tu vas garder pour toi tout ce que tu as entendu ici.

– …

– C'était beau quand même.

Ce fut le dernier jour d'Alexandre à l'isolement. Bien que son passage n'eût duré que dix jours, il avait l'impression d'avoir été enfermé pendant des mois. Même son physique en portait les marques. Ses mains cicatrisaient sans bandage. Sa perte de poids s'était intensifiée, son visage se creusait petit à petit. Il lui tardait de rejoindre Amir, Emad et Djilali. Ces dernières heures au mitard furent accompagnées des hurlements que les murs de sa cellule faisaient résonner.

Les heures à attendre qu'on l'escorte lui parurent bien trop longues. Réveillé très tôt par l'excitation de quitter le mitard, il ne tenait plus en place. Tel un lion en cage, il tournait en rond. C'était Atif qui s'était porté volontaire pour effectuer le transfert. Il n'eut pas trop à se forcer pour accepter. Quand Atif arriva, il fut accueilli pas un visage souriant qui s'estompa aussi vite, Atif n'étant pas seul. Il venait de conduire un autre prisonnier pour prendre place à l'isolement. Lorsqu'il eut fini, il menotta Alexandre, profitant de ce contact charnel pour serrer ses mains dans les siennes précautionneusement pour ne pas heurter les plaies d'Alexandre. Une fois sortis du premier bâtiment, ils auraient dû se diriger vers celui de gauche, mais Atif prit le chemin de droite. Au faciès tout étonné d'Alexandre, il lui glissa à l'oreille :

– Surprise.

Alexandre se demandait quelle surprise il pourrait bien avoir en prison. Était-ce la nouvelle d'une libération, le tribunal se serait rendu compte de leur erreur et il serait libre ? À part ça, il ne voyait pas ce qui pourrait le surprendre. C'était sans compter sur Atif. L'inscription au-dessus de l'immense et lourde porte blindée, Ultra Haute Sécurité, laissait Alexandre plutôt perplexe.

Une fois les marches gravies, ils arrivèrent au premier étage et se stoppèrent devant une cellule qu'Atif ouvrit avec l'une des clés de son trousseau. La stupeur se lisait sur le visage d'Alexandre, il tourna la tête vers Atif le questionnant du regard.

- Une cellu... s'interrompit Atif. Un endroit pour toi, tout seul.

En effet, il l'avait conduit dans une cellule individuelle. Un lit, une douche et un WC, une fenêtre, une chaise et un bureau avec un bloc et des crayons. Un vrai luxe quand on était en prison. Atif lui retira les menottes, il se contenta de passer sa main dans le dos d'Alexandre et de le pousser légèrement en une caresse pour le faire rentrer alors que celui-ci opposait une petite résistance.

- Toutes tes affaires sont là, dit Atif, un sourire aux lèvres et qui lui fit un clin d'œil.

Il mimait de sa bouche "à plus tard" et referma la porte.

Alexandre fit le tour, rapide, de son nouveau logement. Il avait retrouvé les lettres sous son oreiller, et apprécia l'attention qu'il savait venir d'Atif. De nouvelles tenues, propres, neuves et à sa taille avaient été déposées sur l'étagère surplombant le bureau.

Une fois seul, il se rua sous la douche pour se décrasser, faire disparaitre l'odeur du mitard qui lui soulevait l'estomac. Détendu par la chaleur de l'eau et enfin propre il revêtit une de ces nouvelles tenues pour s'allonger sur le lit. Tout, dans cette chambre, avait été déposé avec délicatesse. Même le lit avait été fait. Quelqu'un avait pris un soin particulier pour rendre cet espace aussi accueillant que possible. Mais malgré la nouvelle chambre, certaines habitudes resteraient immuables ; comme la distribution du repas qui venait d'être faite. Il débarrassa le bureau pour se faire de la place pour manger confortablement.

En poussant le bloc de papier avec son plateau, il le fit tomber sur le sol et s'ouvra sur une page griffonnée au crayon avec le message "Bienvenue" en français.

## Chapitre 14

Alexandre profitait de son espace et de l'intimité de la cellule individuelle. Atif n'avait pu lui rendre visite, il était en repos depuis déjà trois jours mais il en avait informé Alexandre. Il en utilisa son temps pour faire bon usage de la papeterie à disposition.
Il n'avait aucun talent de dessinateur, qui se serait contenté d'être composé de rond pour la tête et quelques traits pour les jambes et les bras. Guère mieux qu'un gamin de quatre ans. Il recommençait à écrire, tout ce qui lui passait par la tête, avec plus ou moins de sens. Il n'avait pas l'inspiration pour reprendre l'écriture d'un des romans qu'il avait commencés avant son incarcération. Il rédigeait en petits caractères pour faire durer le petit stock de feuilles le plus longtemps possible. Il ne relisait jamais ce qu'il avait déposé sur le papier.

D'un côté, la satisfaction de l'intimité d'une cellule individuelle et de l'autre, la solitude de ne plus partager ses repas et jouer avec ces anciens codétenus. Il gardait ses habitudes sportives, il mettait en application les conseils que lui avait prodigués Emad. Ça lui permettait de se maintenir en forme et de faire passer les journées plus vite.

La prison de Dahaban avait la particularité d'être de haute sécurité. Contrairement aux autres centres pénitentiaires du pays, il n'y avait pas de salle commune pour se restaurer et permettre de se sociabiliser entre détenus. C'était bien sur ce dernier point que tout était fait pour ne pas mixer les détenus. C'était aussi une technique psychologique, en isolant les individus, il était bien plus simple de les manipuler. L'adage, séparer pour mieux régner, prenait tout son sens à Dahaban. De nombreux détenus y étaient principalement pour dissidence au pouvoir en place.

Chacun s'occupait à sa façon pour pallier la solitude de l'enfermement. Maintenant qu'il se retrouvait seul face à lui-même, il se demandait si c'était vraiment un cadeau que cette chambre, isolé de tout et de tous.

Alors qu'il s'attelait à travailler ses abdos, allongé sur le sol, les jambes posées sur le lit, la porte s'ouvrit, laissant passer un bras qui déposa une boite tupperware au sol et se referma sans bruit. Il y avait un petit mot sur un post-it collé au couvercle.

"C'est mon déjeuner, il est pour toi. Bon appétit. A."

Alexandre n'en fit ni une ni deux, il en dégusta le ragoût de bœuf et riz aux vermicelles, jusqu'à la dernière goutte de sauce. C'était ce qu'il avait mangé de meilleur depuis son enfermement. Il n'avait vu passer qu'un bout de bras mais se doutait bien de la provenance de ce festin. Ces petites attentions étaient devenues quotidiennes, que ce soit un petit mot, un repas ou une collation en extra mais Alexandre n'avait pas toujours le plaisir d'une visite. Et ça lui manquait quand Atif était de repos. Atif devait avant tout faire le travail pour lequel il était payé et qui lui permettait malgré tout d'avoir un œil attentif sur Alexandre.

Les semaines s'écoulaient lentement au rythme des repas, des séances de sport, des sessions d'écriture qu'il se forçait chaque jour à produire et les visites furtives d'Atif.

***

Depuis l'arrivée d'Alexandre en cellule individuelle, il n'avait pu lui rendre visite comme il l'aurait voulu. Quelques courtes minutes par-ci par-là. Atif était sous la surveillance étroite de son oncle depuis sa promotion comme gardien chef, il devait faire ses preuves continuellement. Démontrant à quel point la confiance du directeur était si difficile à obtenir, même en faisant partie de sa famille.

La nuit était déjà bien entamée quand Atif se présenta dans la cellule d'Alexandre. Tête baissée, les yeux dans ses chaussures, il évitait les regards à tout prix, que ce soit ceux des autres détenus ou gardiens. Être présent dans ces murs après l'heure officielle de la fin de son service éveillerait les suspicions instantanément sur lui. Il entra à pas de loup. Alexandre, plongé dans un sommeil profond depuis quelques heures, ne bougeait pas une oreille, la bouche ouverte, il ronflait comme une tronçonneuse. Cette image pourtant peu flatteuse d'Alexandre attendrissait Atif. Il s'assit sur le bord du matelas et caressa le visage endormi. Au toucher, Alexandre se tourna, ce qui fit légèrement sursauter Atif. Dans son sommeil, Alexandre attrapa la main qui le touchait et la tira vers lui, pour la coller sur sa poitrine forçant Atif à s'allonger contre lui et sentir les battements de son cœur augmenter à mesure qu'il sentait ceux d'Alexandre du bout de ses doigts.

Ils se retrouvèrent rapidement entrelacés avec ceux d'Alexandre, qui avait ouvert les yeux une fraction de seconde, le temps de comprendre et d'apprécier la situation. Il ne voulait pas qu'Atif quitte cette position et continua de feindre le sommeil. Les jambes d'Atif cherchaient une position confortable et finirent par s'entrecroiser avec celles de son compagnon. Il se serrait contre le corps d'Alexandre de tout son long, il respirait dans son cou et, inexorablement attiré, excité, il y déposa des baisers du bout des lèvres. Atif se rendit compte que le corps tout entier d'Alexandre frissonnait. Il continuait d'embrasser les moindres centimètres de peau nue devant lui. Tout distribuant ses généreux baisers, il n'avait de cesse de regarder vers la porte, que personne ne puisse les voir, ils restaient toujours visibles depuis la petite lucarne carrée. Il se ravisa et se leva d'un coup, sortant Alexandre de son faux sommeil au passage qui lui jetait un regard souriant et tout endormi.

Tout en s'assurant que la porte était bien fermée, Atif s'assit au sol et s'y adossa. Ainsi installés contre la porte, ils n'étaient pas dans le champ de vision de la petite lucarne. Alexandre vint s'asseoir entre ses jambes écartées, il se laissa enlacer.

– D'ici, on ne peut pas nous voir lui dit Atif à l'oreille. La fenêtre est trop haute et trop petite pour qu'on soit visible.

– Très bien.

Atif le serra fort contre lui, la tête d'Alexandre se pencha en arrière pour se poser sur l'épaule accueillante. Les douces lèvres d'Atif déposèrent de petits baisers sur le cou découvert, sur les joues à la fine barbe. Alexandre gardait les yeux fermés se délectant de plaisir alors que les mains d'Atif qui l'enlaçaient ressentaient son cœur battre à tout rompre.

– Je me sens si bien près de toi, chuchotait Atif à l'oreille d'Alexandre. Comme jamais auparavant. Tu occupes toutes mes pensées, du lever au coucher, la nuit dans mes rêves. Tout le temps.

– Quelles sortes de pensées ? demanda espièglement Alexandre.

– Rien de plus banal. J'imagine que tu es près de moi à chaque instant de la journée. Quand je me réveille, tu es là ; quand je prends mon café, tu es là ; quand je monte en voiture, tu es là ;

quand je mange, tu es là ; quand je me douche, tu es là ; quand je suis avec Reema, tu es là ; ...

– Qui est Reema ? le coupa Alexandre en relâchant son éteinte.

– C'est... C'est ma femme.

Atif marqua une pause tout en serrant d'autant plus fort Alexandre contre lui puis reprit :

– Elle me pose beaucoup de questions en ce moment. Sur mes absences, mon changement de comportement, mes silences. Je m'en éloigne, de plus en plus chaque jour. Je passe la plupart de mon temps au travail, je rentre de plus en plus tard et, quand je suis en repos, je vais dans ma famille. Je l'évite, elle et son regard. Je ne veux pas lui mentir ni la faire souffrir. Elle ne mérite pas ça. Je me pose aussi toujours autant de questions sur moi-même et les sentiments qui me transpercent depuis le premier jour de notre rencontre. Et même si nous n'avons jamais été portés sur le sexe, ça fait des mois que nous n'avons rien fait elle et moi.

Ces mots, d'une intense émotion et d'une touchante vérité, attristaient Alexandre. Sa condition actuelle ne lui permettait pas d'envisager ni même caresser l'espoir d'un quelconque avenir.

– Atif, je me sens bien avec toi, mais n'oublie pas que je suis prisonnier. Il n'y aura jamais de toi et moi comme dans la vie normale…

Atif l'interrompit en posant son doigt sur sa bouche pour le faire taire et alluma sa montre et l'heure s'afficha, 23 h 47, en éclairant leurs visages. Il embrassa Alexandre sur la joue et se força à desserrer son étreinte pour se relever. Ils étaient face à face, Atif lui prit la tête entre ses mains pour déposer un baiser sur ses lèvres.

– Ne pense pas à tout ça... Avant de partir, j'ai une bonne nouvelle pour toi.

– Ah... Une bonne nouvelle, c'est si rare ici. Vas-y.

Le visage d'Alexandre s'illumina. Atif se tenait debout devant de la porte, la main sur la poignée, prêt à sortir à n'importe quel instant.

– Je sais que tu as une grande expérience en cuisine alors j'ai fait en sorte que tu rejoignes les cuisines de la prison. Tu ne cuisineras pas malheureusement, mais tu seras chargé de faire la gestion, le calcul des coûts. Le directeur a fait la demande expresse de réduire les coûts de restauration et j'ai pensé à toi pour ça.

– C'est bien, ça va déjà me faire faire fonctionner mon cerveau. Merci ça va me changer un peu de ma routine.

Il sauta au cou d'Atif et l'embrassa furtivement avant de reculer aussi vite.

– De rien. À demain Alex, dit Atif en refermant la porte derrière lui et en vérifiant que personne ne pouvait le voir.

Ils se regardèrent quelques secondes au travers de la vitre grillagée puis Atif s'éloigna pour rejoindre son véhicule au parking de la direction.

Chaque jour, sur le chemin du retour, Atif ne pensait qu'à Alexandre et les moments qu'ils passaient ensemble dans la journée. Il devait, comme à son arrivée quotidienne à la prison, prendre un temps de réadaptation entre chaque monde, posé dans sa voiture. Ce soir-là, il resta un peu plus longtemps assis devant le volant, moteur allumé, pour faire fonctionner la climatisation, à regarder dans le vide.

Il ressentait au fond de lui que le moment était venu de se libérer du poids de son secret. Atif avait le cœur serré rien que d'y penser. Ses derniers jours, il avait réalisé qu'il était amoureux d'Alexandre. Il avait pensé maintes et maintes fois au moment où il devrait faire face à ses sentiments. À la décision qu'il devrait prendre à un moment ou à un autre. Tout comme son cœur, sa gorge était toute serrée à la montée de ses émotions, conscient de ce que cette révélation pourrait avoir comme répercussion sur sa vie. Il s'essuya les yeux et couvrit les gouttelettes tombées entre ses jambes, sur le siège de la voiture. Il prit une très profonde inspiration et démarra pour rentrer.

La vue embrouillée, il ne remarqua pas que la porte de la maison laissait passer la lumière encore allumée du salon. Il laissa la voiture dans le garage et entra dans la maison par l'accès depuis le parking alors que la porte automatique se refermait derrière lui.

À peine la porte passée, il fut accueilli par Reema qui se tenait face à lui, les bras croisés, le dévisageant d'un regard inquisiteur. Il se stoppa net, le souffle coupé par la surprise de la trouver là, face à lui, à cette heure tardive. Bien qu'il se fût préparé à affronter Reema, il ne l'aurait pas imaginé aussi que ça arriverait aussi vite.

Ils se connaissaient depuis des années ces deux-là, et savaient se déchiffrer. Atif lu instantanément sur le visage de Reema qu'il était plus que temps.

– Il est temps d'avoir une conversation tous les deux, lui dit-elle. D'un ton, assez neutre, qui ne laissait, étonnamment, transparaitre ni colère ni haine ni chagrin.

Bien qu'il eût pensé à tout lui avouer, il transpira à grosses gouttes, Atif ne pouvait échapper à sa femme et ses interrogations. Les dernières semaines, il avait tout fait pour s'y soustraire et reculer l'échéance de la confrontation. Le regard de Reema le transperçait de part en part, le figeant sur place, ses jambes tremblotantes ne le soutenaient presque plus au point qu'il manqua de tomber, mais il se rattrapa in extremis au fauteuil le plus proche. Le voyant défaillir, Reema le prit par le bras et le dirigea vers le sofa le plus proche.

La lueur tamisée des bougies dansait sur les murs, créant une atmosphère intime et propice à la confession. Atif savait qu'il devait être honnête avec sa femme et se lança, le regard fuyant :

– Reema, je dois te parler de quelque chose d'important, commença Atif, c'est quelque chose que je n'ai jamais ressenti auparavant, et je ne sais pas comment tu vas réagir.

Reema le regardait bien droit dans les yeux, faisant de petits gestes de tête d'approbation Telle une journaliste, elle acquiesçait et le poussait à continuer.

– Je t'écoute Atif, lui répondit Reema, tu peux me faire confiance, tu me connais assez bien pour ça.

Reema prit place sur le sofa en face de lui.

Atif prit une pause, rassemblant ses pensées avant de reprendre :

– Ça fait un moment que je garde ça pour moi. Je n'ai pourtant jamais ressenti une chose pareille auparavant. Je ... J'ai rencontré quelqu'un Reema. Quelqu'un qui m'a fait ressentir des choses que je n'aurais jamais cru possibles. Mais... Je ne sais pas comment te dire ça.

– Est-ce que je la connais ? demanda Reema, étonnement calme.

Atif ancra ses yeux dans le tapis, les mains moites sur les genoux.

– Ce quelqu'un... C'est un homme, Reema. Je ne comprends pas pourquoi, mais je ne peux m'empêcher de penser à lui. Il y a quelque chose entre nous d'incontrôlable, et je me sens si perdu

Reema était sous le choc, ses yeux et sa bouche grands ouverts, son front plissé d'étonnement, elle se leva d'un coup et marcha en long et en large dans le salon, soufflant, se tenant les cheveux, puis elle inspira profondément. Elle marmonnait dans son coin.

Reema revint sur le canapé et prit la main d'Atif, blême de se livrer de la sorte, essayant de le rassurer.

– Je suis heureuse que tu aies trouvé le courage de me le dire. Je ne vais pas te mentir, c'est difficile pour moi d'entendre ça.

Même si je me doutais de quelque chose, je n'aurai pas imaginé ça. Mais je comprends aussi que cela doit être très difficile pour toi. Tu dois te sentir très confus et effrayé. Je ne peux pas prétendre comprendre ce que tu ressens, mais je veux que tu saches que je serai toujours là pour toi. Tu as toujours été différent des autres hommes.

Reema souriait les lèvres légèrement retournées vers l'intérieur.

– Tu sais Atif, c'est douloureux pour moi d'entendre ça, vraiment. Je ne sais pas vraiment comment réagir mais je suis soulagée que tu te sois confié. Maintenant je sais pourquoi on ne se comprenait pas toujours.

Atif reprit :

– Reema, j'ai peur tous les jours. J'ai peur de mes sentiments pour lui. J'ai peur pour lui, pour toi, pour notre famille, peur pour moi-même. Et puis, je te blesse en me dévoilant de la sorte face à toi.

– Atif, regarde-moi. Sache que je préfère ta franchise aux mensonges. Et puis soyons honnêtes entre nous. Notre mariage a été arrangé par nos familles. Ce n'est pas l'amour qui nous a unis et je sais que pour toi comme pour moi, cette union fut une libération des pressions familiales.

– Je sais, et je t'aime beaucoup pour ça Reema. Mais je ne peux pas changer qui je suis. J'ai essayé de réprimer ces sentiments pendant si longtemps mais je ne peux plus. Je suis désolé de t'avoir blessée.

– Tu as toujours été… je ne sais pas comment on dit, gay ? Pédé ? Homo ?

Reema se tint toute droite d'un coup.

– Tu as fait semblant toutes ces années ?

– Non ce n'est pas ça. Je ne t'ai jamais trompé ni avec une femme ni avec un homme. Et je n'ai jamais rien fait avec un homme d'ailleurs. C'est le seul qui me fasse cet effet-là, je ne sais même pas si c'est normal. Alors me dire que je suis gay, pédé ou quoique ce soit...

– Comment il s'appelle ? demanda Reema pour faire basculer la conversation. Il est de Djeddah ?

– Non c'est un étranger, un Français, il s'appelle Alexandre, Alex... mais il n'est pas libre. Il est incarcéré à Dahaban.

– Ohhhh. Mais ... Comment tu vois les choses ?

Reema fronça les yeux d'inquiétude.

– Je ne sais pas, Reema, mais je ne peux pas nier les sentiments que j'ai pour lui. Je ne sais pas où cela va me mener, mais je devais te le dire.

– Bien que cela me touche au plus profond et que ça risque de tout changer dans ma vie, je te soutiendrai auprès de nos familles. Honnêtement, je suis soulagée quelque part. Depuis des mois, dans cette maison, il n'y a plus trop de joie. On est comme deux colocataires. Mais je ne t'en veux pas. Je n'oublie pas ce que tu as fait pour moi toutes ces années et comment tu as œuvré pour me faire vivre une autre vie, je t'en serai reconnaissante à vie. Pour nos familles, nous sommes libres maintenant. Et pour tout ça, je serai à tes côtés.

Elle le regarda droit dans les yeux, la main posée sur le cœur.

- Atif, je ne laisserai jamais quoi que ce soit t'arriver. Nous affronterons cela ensemble. Nous devons être prudents et discrets, mais je ne te laisserai pas affronter cela seul.

– Je sais que nous devons faire attention, mais parfois, je me demande si je ne pourrai jamais être moi-même, vivre ma vie comme je le souhaite. Les regards désapprobateurs, les chuchotements, la peur constante... Est-ce que cela vaut la peine de vivre dans la peur et le mensonge ?

Atif soupira, sachant qu'il avait pris la bonne décision en parlant à Reema. Il savait que cela serait difficile, mais il était soulagé de ne pas avoir gardé ce secret pour lui-même.

Atif balbutia un merci et prit Reema dans ses bras de longues secondes.

Les deux restèrent silencieux pendant quelques instants, absorbant l'importance de leur conversation qui avait duré une bonne partie de la nuit.

**Chapitre 15**

Atif, le visage marqué par une nuit sans sommeil se dirigeait vers l'entrée du bâtiment principal de la maison d'arrêt. Ce matin-là, il ne se passa pas par son bureau pour déposer ses affaires, ni par le kiosque Dunkin Donut pour prendre son café matinal, il ne passa pas non plus par la pointeuse. Il alla directement vers le bâtiment de haute sécurité d'un pas rapide, presque en courant.

Il arriva en trombe devant la porte de la cellule d'Alexandre, fouilla dans sa poche à la recherche de ses clés tout en reprenant son souffle. Dans la précipitation et l'urgence, il les avait oubliées. Il frappa à la porte pour en réveiller son occupant, et sans attendre de réponse, il repartit en courant pour rejoindre sa voiture. Complètement essoufflé, il dévala à toute allure les couloirs sans se soucier du regard de ses collègues et retourna à la même vitesse en chemin inverse une fois les clés récupérées dans la portière de son véhicule.

Pris par la vitesse, Atif glissa en voulant s'arrêter à la porte de la cellule d'Alexandre. Atif se redressa et se tenait devant la porte, le cœur battant la chamade. Il avait décidé de parler à Alexandre de sa conversation avec Reema, sa femme, et de son acceptation vis-à-vis de leur relation.

Mais la cellule était vide.

Atif regarda de droite à gauche, de gauche à droite, pas d'Alexandre. Une lueur de lucidité lui vint d'un coup.

– En cuisine, bien sûr !

Il se mit en route pour la cuisine centrale de la maison d'arrêt. Il voulait courir aussi vite qu'il l'avait fait pour arriver, mais n'étant guère un grand sportif et ne voulant pas se faire repérer, il y alla en marchant.

Il l'observait depuis la fenêtre des portes battantes. Alexandre portait une veste de cuisine blanche et montrait à un autre détenu comment ne pas se couper les doigts pendant la préparation des légumes. Atif entra dans la cuisine mais Alexandre ne le vit pas tout de suite, concentré sur la position des mains de son apprenti. Atif passa derrière Alexandre qui dressa sa tête, renifla à plusieurs reprises et se retourna. Atif face à lui, il le dévisagea de la tête aux pieds. Alexandre se figea et Atif lui fit un signe des yeux, léger, juste perceptible par Alexandre, et continua sa visite de la cuisine.

– Monsieur Perret, appela Atif, au bureau !

Alexandre obéit et se dirigea au bureau de la cuisine rejoindre Atif. Ils étaient seuls dans le bureau aux grandes parois vitrées. Ils ne pourraient rien faire sans se faire voir.

– Oui chef, je suis là.

Atif le scrutait de bas en haut.

– T'es beau en uniforme de cuisine.

Alexandre rougit.

– Bah merci, chef, toi aussi.

– Je suis passé à ta cellule, je voulais te parler. J'avais oublié que tu avais déjà commencé en cuisine.

– Tu voulais dire quoi ? Vas-y … Tu me trouves sexy à croquer en cuisinier ? Oui je sais, merci.

– Alors oui t'es à croquer, je te mangerais sur place si je pouvais… Mais…Non pas là, je te retrouve tout à l'heure. Attention, avec ton étudiant, pas trop proche.

– Hein ?

– J'ai vu, tu lui prends les mains au petit jeune.

– Hein ! Quoi ? Je ne lui prends pas les mains, je lui montre comment…

– Je déconne fit Atif avec un clin d'œil et en mimant un bisou avec sa bouche. À tout à l'heure, je vais bosser aussi.

Atif laissa Alexandre en cuisine et se dirigea vers les bureaux de la direction. Il travailla sur de nombreux dossiers. Impossible de se concentrer, il se leva toutes les cinq minutes, pour boire un verre d'eau, faire un café, puis un deuxième. Il alla aux toilettes trois fois, se posta devant la photocopieuse sans rien à copier.

17 h 00 tapante, Atif quitta le bureau d'un pas décidé. Il arriva en bas du bâtiment de la direction puis se mit à courir comme le matin pour rejoindre le quartier de Haute Sécurité. Devant la cellule d'Alexandre, Atif s'assura qu'aucun gardien ne le voyait rentrer. Il claqua la porte derrière lui. Il était plié en deux, reprenant sa respiration.

– Alex, il faut que je te dise… que je te dise quelque chose d'important, déclara Atif à travers la petite ouverture de la porte.

– Qu'est-ce qui se passe ? demanda Alexandre tout étonné. Pourquoi cette excitation ? Je t'écoute.

Atif entra dans la cellule, ferma la porte à double tour et prit une grande inspiration avant de continuer.

– Pour commencer je dois te dire que je t'aime, je suis amoureux de toi depuis le premier regard que j'ai posé sur toi. Je voulais... Je devais... Tentait de parler Atif tout en reprenant son souffle.

– Pour commencer tu vas respirer, doucement, tranquillement.

Se laissant tomber assis au sol contre la porte blindée, il fit signe à Alexandre de le rejoindre et de s'assoir contre lui. Une fois installé entre ses jambes, Atif le serra contre lui.

– Wow, ton cœur bat très fort, reprit Alexandre, je le sens cogner contre mon omoplate.

– Il s'est passé quelque chose de... Cette nuit... Reema ...

– Respire, tranquillement lui glissait Alexandre en passant sa main dans les cheveux d'Atif.

– Elle... Elle sait tout.

– Tout ?

– Quand je suis rentré, elle m'attendait et m'a imposé la conversation que je redoutais.

– Et donc ?

– J'ai parlé à Reema de notre relation, Alex. Je l'ai informée de mes sentiments pour toi. Et tu sais quoi ? Elle a été très compréhensive et elle ... Elle accepte notre relation et c'est complètement dingue.

Alexandre resta sans voix pendant quelques instants, puis sourit.

– C'est incroyable, Atif. Je suis tellement heureux pour toi.

– Pour nous, l'interrompit Atif en déposant un baiser sur la bouche d'Alexandre. Je ne sais pas l'expliquer, je n'ai jamais été attiré par un homme auparavant. Je n'y avais même jamais pensé.

– Je comprends bien que tu te sentes bouleversé, tu te découvres être attiré par les hommes, ...

– Pas par les hommes, le coupa aussi sec Atif. Pas par les hommes, mais par toi.

– Merci, je suis flatté mais tout ça n'a pas de sens.

Alexandre fit un pas en arrière, Atif un en avant, Alexandre recula encore…

– Je suis enfermé ici et toi tu es un des gardiens de mon enfer. J'apprécie les moments que l'on passe ensemble mais on n'est pas dans la réalité.

Alexandre lui prit le visage dans les mains et regarda Atif droit dans les yeux qui lui passa les bras autours de la taille.

– On n'a pas une vraie relation, continua Alexandre, ça n'est pas la vie tout ça. Tu m'as fait changer de chambre, je suis tout seul ici et à ta disposition, quand tu veux puisque je ne peux aller nulle part ailleurs.

- Wow, mais qu'est-ce-que tu racontes ?! répondit Atif, étonné et vexé.

Il relâcha son étreinte, repoussa Alexandre et se leva.

– Tu penses vraiment ce que tu dis ? Je ne suis pas celui que tu penses, je ne t'ai jamais forcé que je sache. Et maintenant que j'ai tout dit à Reema tu me balances ça en pleine face. Je suis ...

Alexandre se releva et se posta face au mur, en laissant Atif derrière lui.

– Je pense que tu ne réalises pas la situation. Ce que moi je vis au jour le jour. Je suis prisonnier. Tu es gardien. Donc je n'ai pas la liberté de corps ou d'esprit pour cette relation, et est-ce que je dois ajouter que tu es marié et que nous sommes en Arabie Saoudite. Alors oui je suis frustré. Je suis frustré et seul.

Après une courte pause, Alexandre se retourna, les yeux brillants.

– Je ne peux pas m'émerveiller de ton coming-out. Très bien, ta femme l'accepte, tu te sens soulagé, très bien, je peux l'entendre. Mais là, je suis comme une chose, ta chose, la chose que tu visites à ta guise au gré de tes envies, de tes fantasmes et de tes disponibilités. Même si tu ne me forces pas tu dois te mettre à ma place et me comprendre. Regarde ! Regarde-moi ! Regarde à quoi je ressemble maintenant, s'arrêta Alexandre en montrant son corps meurtri et amaigri. C'est pas ça la vie.

Atif l'interrompit :

-- Et bien, si c'est ce que tu penses. Bonne journée.

Puis il se leva pour quitter la cellule. Il s'arrêta juste à la porte, jeta un regard noir à Alexandre. Il sortit sa poche un petit objet pour le lancer dans la direction de son prisonnier. Un mini téléphone, à peine plus grand qu'un pouce, rebondit sur le matelas à côté de la cuisse d'Alexandre. Atif sortit et claqua la porte dans un énorme fracas métallique.

*\*\**

Alexandre attrapa le mini téléphone, l'observa longuement, sans réaliser les efforts et risques pris pour qu'il puisse le posséder à cet instant. Il le cacha dans son boxer.

Il s'allongea l'esprit meurtri par la violence de son invective envers Atif, à la fois agressive mais tellement emprise de vérité. Que pouvait advenir de cette relation ? Fixant le plafond, le regard dur et les poings serrés, il tourna et tourna dans son lit à la recherche d'un sommeil qui ne viendrait pas. Les yeux fermés et le cœur aussi lourd, Alexandre ne pouvait se débarrasser de sa culpabilité. Avait-il été trop brutal avec Atif ? Lui avait-il asséné trop violemment une vérité qu'il ne voulait voir ? Ses pensées furent interrompues assez rapidement.

L'ouverture de la serrure résonna dans les couloirs chauds, humides et ultra éclairés de la prison alors que la lourde porte de sa cellule s'ouvrit Il se leva d'un bond pensant voir apparaitre Atif et ainsi s'excuser de ses mots malheureux. Mais ce n'était pas lui. Trois gardiens se tenaient dans l'embrasure de la porte. Alexandre sentait que quelque chose n'allait pas. Les gardiens étaient rarement aussi agités et ne visitaient pas sa cellule depuis des mois mais ils y entrèrent avec un air des plus menaçants, leurs visages crispés pleins de colère. Ils lui hurlaient dessus en arabe, qu'Alexandre ne comprenait toujours pas. Il se jeta en arrière et se recroquevilla sur son lit, essayant de se faire le plus petit possible. Il savait que cela ne servirait à rien, mais il n'avait pas d'autre choix.

Les gardiens fouillèrent la pièce avec une violence inouïe. Ils démontèrent son lit, renversèrent ses étagères, et fouillèrent sous son oreiller. C'est là qu'ils trouvèrent le petit téléphone portable qui s'était échappé de son sous-vêtement et qu'il n'avait pas réussi à cacher correctement.

La panique s'empara d'Alexandre.

Et pour la seconde fois depuis son incarcération, il se faisait attraper à contourner les règles. Il savait qu'il allait être puni, sévèrement, mais il n'était pas préparé pour la violence qui allait suivre. Les gardiens le saisirent et le traînèrent hors de sa cellule, le jetant violemment contre les murs. Alexandre hurla de douleur alors qu'il sentit ses côtes se briser sous la force des coups. Il ne pouvait se défendre, tout impuissant qu'il était. Les gardiens continuaient à frapper, sur le visage, le dos, les bras, ignorant ses cris et gémissements de douleur.

Finalement, après ce qui lui sembla être une éternité, les gardiens le laissèrent seul dans sa cellule, gisant sur le sol, le visage ensanglanté et le corps meurtri. Il était brisé, physiquement et mentalement. Il savait qu'il avait commis une erreur en ne cachant pas ce téléphone dans un de ses orifices, mais il ne méritait pas un tel déferlement de violence et de haine. Il passa toute la journée sur le sol, recroquevillé en position fœtale, essayant de trouver un peu de répit.

La nuit tombait sur la prison alors qu'Alexandre gisait encore sur le sol, incapable de bouger. Sa douleur était insupportable, chaque mouvement lui faisait mal. Il essaya de se relever, mais ses jambes tremblèrent et cédèrent sous son poids. Il se traîna jusqu'à son lit, tira sur un des pieds pour le remettre en place, et utilisa toutes ses forces pour se hisser dessus. Il s'allongea, essayant de trouver une position qui soulagerait un peu la douleur. Il ferma les yeux, laissant les larmes couler sur ses joues. Larmes de douleur et de haine. Il repensa à sa vie avant la prison, à sa famille, à ses amis. Comment avait-il pu finir ici, dans ce cauchemar ? Il se rappela les moments heureux de son passé, des souvenirs qui lui semblaient maintenant si lointains. Si lointains qu'il imaginât la mort comme seule solution pour le soulager.

Le bruit des gardiens passant dans les couloirs le fit sursauter. Il se raidit, craignant qu'ils reviennent pour le tourmenter encore plus. Mais les pas s'éloignèrent, et le silence retomba sur Dahaban.

Alexandre ne pouvait dormir. Chaque mouvement le faisait souffrir, rien que de respirer le tordait de douleur. Il se sentait seul et abandonné, comme s'il avait été jeté dans un gouffre sans fond.

Le lendemain matin, alors même que son corps n'avait pu se reposer, on le traîna dans un bureau pour un jugement encore une fois expéditif. Le ton du directeur était brutal et haineux, il le reconnut et souffla de déception, c'était la deuxième fois qu'Alexandre se faisait juger pour faute lors de la détention.

Résultat, Alexandre était condamné au mitard et encore une prolongation de son incarcération. Ne comprenant pas la langue, il ne savait ni la durée qu'il passerait au mitard ni de combien d'années supplémentaires il avait écopé.

Après un rapide passage à l'infirmerie, Alexandre fut jeté dans le quartier disciplinaire de la prison. La porte en acier de sa cellule se referma sur lui, le plongeant dans l'obscurité, complètement isolé du reste de la prison et du monde extérieur. La cellule était minuscule, à peine assez grande pour contenir un lit en béton et des toilettes. Il n'y avait pas de fenêtre pour laisser entrer la lumière naturelle, ce qui donnait à la pièce une atmosphère plus oppressante que le reste de la prison. L'humidité était omniprésente, la sueur perlait sur les tempes d'Alexandre, collant ses vêtements à sa peau. La même odeur putride et âcre embaumait toujours les lieux qu'à son premier passage.

Les journées furent interminables et monotones. Alexandre était dans sa cellule toute la journée, avec seulement un quart d'heure de sortie hebdomadaire pour se rendre aux douches. Il y avait peu de choses à faire, et les gardiens ne fournissaient aucun livre ou magazine pour passer le temps comme le ferait Atif. Ce dernier ne lui avait pas rendu visite depuis des jours, des semaines, même jamais depuis son arrivée dans ces lieux.

Les murs nus et gris semblaient se refermer sur lui, chaque jour un peu plus. La nourriture était insipide et répétitive, et Alexandre avait des difficultés à garder le peu d'appétit qu'il avait. Les gardiens lui apportaient des repas composés de riz et de légumes sans goût, accompagnés d'une tranche de pain plat et cartonneux. Il n'y avait pas de choix, pas de viande, pas de fruits, rien qui puisse égayer une journée déjà bien morose. Alexandre retrouva le mur face à lui, ce mur hurlant le silence.

Il avait compté et recompté les taches brunes sur les parois, ce n'étaient pas les mêmes. Il était dans une autre cellule.

– Toi et moi on ne se connait pas encore. Ton pote de béton de ma cellule est bien plus grand que toi tu sais. Je l'ai même cogné de mes poings.

– ...

– Il a eu le dessus sur moi, regarde mes mains toutes abimées.

– ...

– Je suis tellement fatigué de cette vie, usé de cette prison. Tout semble si vide, si froid et si inhumain ici. Je me sens comme si j'étais en train de perdre ma propre humanité comme si je devenais une coquille vide.

– ...

– Il n'y a pas de sentiment, normalement, ici mais j'en ai et c'est bien la seule chose qui ne soit pas si misérable dans ce bas -fond.

– ...

– Je ne sais pas comment j'en suis arrivé là. Je ne suis pas un mauvais gars tu sais. Bon je suis gay mais ça ne fait pas de moi une mauvaise personne. Mais ici, c'est comme si mes erreurs définissaient tout ce que je suis et comme si je ne pourrais jamais m'échapper de cette vie de merde.

– ...

– Je me demande parfois si je ne suis pas en train de sombrer dans la folie. Putain ouais ! Je parle à un mur, et j'en attends même les réponses.

– …

– Ahhhhhhhhhhhh, hurla Alexandre, quel merdier. Mais tu sais quoi au moins tu es là toi. Mon ami silencieux, un confident qui ne trahirait jamais mes confidences et ma confiance.

– ...

– Puuuuuuuutain je deviens fou. Je parle à un mur. Je crie à un mur. Je hurle à un mur. Silencieux, mais présent et je crois que c'est mieux que rien. Ou pas.

Le temps passait lentement, les heures semblaient se traîner. Alex avait perdu toute notion du temps et de l'espace. Il était enfermé dans une cellule minuscule, sans espoir de libération anticipée. La routine était devenue son quotidien, le silence son ami le plus proche et l'ennui son pire ennemi.

Les conditions de vie dans le quartier disciplinaire étaient difficiles, inhumaines et oppressantes. Alex était plongé dans une existence dont il ne pouvait s'échapper, un monde où le temps semblait s'être arrêté. L'espoir était une notion lointaine, un souvenir flou de ce qu'était la vie avant la prison. Et même de ce qu'il vivait au sein de la prison avec Atif.

Ajouter à cela le manque de stimulation mentale qui était l'un des aspects les plus difficiles de la vie d'Alex au mitard, il n'avait aucun moyen de passer le temps, à part en conversant avec les murs nus autours de lui. Il essayait de se rappeler des souvenirs de sa vie d'avant, mais cela ne faisait qu'accentuer son mal-être.

– Mur, mur, mur.

– ...

– Tu as dû en voir passer des douleurs. Des hommes brisés par l'oppression, brisés par la vie aussi. Tu sais, j'ai l'impression que je ne suis plus rien, je perds le contrôle de ma vie jour après jour, toujours seul avec toi.

– ...

– Tout semble si chaotique, si incertain, je ne sais plus quoi faire pour garder la tête hors de l'eau et ne pas sombrer plus que ça.

– ...

– Il y a des fois où je me demande aussi si je ne suis pas en train de payer pour le mal et les erreurs d'une vie passée. Peut-être que j'aurais pu ou dû être quelqu'un d'autre et que les choses auraient été différentes. J'aurais dû faire d'autres choix. Mais je ne peux pas vivre avec des regrets.

–...

– Je suppose que c'est trop tard pour ça. Je suis ici maintenant. Mais dans cette prison, est-ce que je peux quand même faire confiance à Atif pour retrouver une vie normale un jour ?

– ...

– Et puis ma famille, mes amis que j'ai laissés derrière moi, tu ne crois pas que je leur manque comme ils me manquent aussi ?

– ...

– Ils doivent se faire du souci pour moi et se demander ce que je fais, où je suis. Mais je ne peux rien leur dire. Tu le sais toi qu'on ne communique pas trop avec l'extérieur. Je ne voulais pas qu'ils sachent que je suis là et pour quelle raison. Mais c'était hors de mon contrôle.

– ...

– Je vais devoir encore vivre avec ça, avec cette solitude et toutes ces incertitudes. Et continuer à te parler ?

– ...

La solitude était une torture quotidienne. Alexandre avait l'impression d'être abandonné, oublié par le monde extérieur, surtout par Atif qui ne lui avait pas rendu visite depuis son arrivée au quartier disciplinaire il y avait déjà presque deux semaines. Il avait peu de contact avec les gardiens, qui ne faisaient que les rondes régulières pour s'assurer qu'il était toujours en vie. Il n'avait aucune chance de parler avec les autres prisonniers, il n'y en avait aucun à l'isolement au même moment.

Hormis les violences des gardiens envers lui à son arrivée à la prison, il se rendit compte que, bien qu'au mitard, il ne subissait plus autant de coups qu'avant. Était-il protégé par Atif ? En tout cas il se raccrochait à cette idée.

Le manque d'activité physique était également difficile à supporter. Alexandre avait l'impression que son corps était en train de se détériorer à force de rester immobile. Il faisait quelques étirements tous les jours, mais cela ne suffisait pas à compenser le manque d'exercice. Sa peau se détendait de jour en jour, sur ses bras et son ventre en particulier.

Entre les repas de pauvre qualité nutritionnelle et le manque de tout. Il commençait à dépérir. Le sommeil était également difficile à trouver. Alexandre avait l'impression que le temps s'écoulait comme un adagio, et il avait du mal à s'endormir. Les rares moments où il réussissait, il était souvent réveillé par des cauchemars ou des bruits étranges. La vie au mitard était une expérience traumatisante. Il avait l'impression d'être enfermé dans un monde sombre et sans espoir. Il avait perdu tout sens de l'identité, de l'individualité et de la liberté. La vie était devenue une routine monotone, sans fin, sans but et sans plaisir.

La vie à l'isolement avait également eu un impact sur sa santé mentale. Tous ses mouvements étaient au ralenti, il se sentait fatigué, très fatigué. Il se mettait à pleurer pour aucune raison, bien que se retrouver au mitard en était une. Il avait mal au ventre en permanence. L'isolement social, le manque d'activité, la routine monotone et la privation sensorielle avaient contribué à sa détresse mentale. Il avait l'impression que les souvenirs de sa vie passée s'estompaient ; que même les visages de ses proches se perdaient dans le vide de sa mémoire.

Malgré toutes ces difficultés, Alexandre essayait de garder espoir. Il avait l'espoir d'être libéré un jour, de retrouver sa famille et ses amis. Il essayait de se concentrer sur les choses positives de la vie, comme les souvenirs heureux de sa jeunesse, les moments heureux avec ses proches, ou les projets qu'il aurait pour l'avenir, si avenir il pouvait avoir.

Bien que la privation sensorielle et l'isolement social le torturait, Alexandre avait trouvé des moyens de se connecter mentalement avec le monde extérieur. Il avait commencé à se rappeler les moments heureux de sa vie avant la prison, les lieux de vacances de son enfance, les odeurs et les saveurs de la nourriture qu'il aimait et surtout Atif.

Il avait eu le temps de penser et repenser aux derniers mots durs, qu'il avait eus pour Atif. Finalement quand il pensait à Atif, son cœur s'emballait et son visage était détendu et souriant. Bien que refroidit par ses expériences passées et toutes ses déconvenues, il ne pouvait étouffer ses sentiments. Ses ex en France, sur lesquels il avait bien tiré un trait depuis longtemps et la cicatrice, encore fraîche, de sa relation avec Blake, l'avaient vacciné de l'engagement. Ces longues journées de solitude lui avaient appris la résilience et à apprécier ce que la vie pouvait lui apporter même au fond de cette prison.

– Toi, ami le mur, toujours présent pour moi. T'es pas très loquace mais bien sympa tout de même.

– ...

– Je t'ai parlé d'Atif, le gardien en chef. Le boss après le directeur de cette prison.

– ...

– Bah dis-toi que je crois que je ne sais pas quoi penser de cette relation.

– ...

– Mais j'ai l'impression qu'il a aussi de forts sentiments pour moi.

– ...

– On s'est rapproché et là on s'est engueulé, et ça me fait peur, tu sais. J'ai toujours à l'esprit tous les échecs de ma vie. Ces années à Lille où j'ai fini le cœur et la vie brisés. Pendant des années ensuite je m'étais juré à moi-même de ne plus m'ouvrir à de nouveaux sentiments.

– ...

– Et puis Blake, ce connard qui a fait baisser toutes mes barrières, tu te rends compte, il a réussi lui aussi…

– ...

– Là, dans cet enfer, il y a une lueur d'espoir, Atif. Mais je ne sais pas si j'ai confiance. Il est gentil avec moi, mais il fait partie de ceux qui m'ont enfermé ici. J'ai du mal à comprendre ses intentions. Parfois, je me demande si cette relation n'est pas juste un moyen pour lui de me manipuler. Peut-être qu'il veut juste me garder sous contrôle. Mais en même temps, je ressens vraiment quelque chose pour lui.

– ...

– C'est tellement compliqué... Je ne sais pas quoi faire. Devrais-je continuer à me rapprocher de lui et prendre le risque d'être trahi ? Ou devrais-je plutôt mettre fin à cette relation pour éviter de souffrir davantage ?

– ...

– J'ai vraiment besoin de conseils, mur. Qu'est-ce que je dois faire ? Est-ce que je dois suivre mon cœur ou ma raison ?

– ...

– Peut-être que je devrais essayer d'en parler avec Atif. Lui dire ce que je ressens et lui demander d'être honnête avec moi. Qu'est-ce que tu en penses ?

– ...

Finalement, après ces quarante journées et nuits interminables au mitard. Alors qu'Alexandre se perdait dans le vide sa vie, l'énorme porte blindée s'ouvrit en brisant le pesant silence du mitard. Il se leva dos à l'ouverture à peine éclairée et les mains croisées, prêtes à se faire menotter. Alexandre leva la tête mais ne reconnut pas sur l'instant qui se tenait là. Ce ne fut que quand il ouvrit la bouche pour l'enjoindre de le suivre qu'il reconnut cette voix familière. Mais au ton glacial et brutal d'Atif, son regard vide et vitreux se fixa dans le sien qui lui montrait le bord de la porte. Atif l'attrapa pour le sortir de la pièce, et Alexandre tomba nez à nez avec un autre gardien posté sur le côté.

    Alexandre avait été choqué par la lumière vive et les sons forts du monde extérieur. Il se sentait changé au plus profond de lui-même, celui qu'il avait été ne serait plus à l'avenir. Il avait perdu plusieurs kilos, à la fois de gras et surtout de muscle. On pouvait apercevoir son ossature sous sa peau. Il n'avait jamais été aussi mince de toute sa vie.

    Alors qu'ils l'escortèrent Alexandre jusqu'à sa cellule. Atif lui glissa furtivement à l'oreille "je suis désolé" et le caressa discrètement du bout des doigts.

    Une fois seul dans sa cellule, Alexandre se jeta d'abord sous la douche, il fit couler l'eau de plus en plus chaude à presque s'en brûler la peau. Il frottait fort, très fort toutes les parties de son corps pour faire disparaitre cette odeur âcre du mitard. Quand l'eau chaude fut finie, il s'essuya à la hâte et gagna son lit pour se délecter du confort du moelleux matelas et de son oreiller. Tout sentait bon. Cette cellule lui semblait aussi confortable qu'une chambre de palace.

**Chapitre 16**

Alexandre, réveillé par les douleurs persistantes des suites des nombreux coups qu'il avait reçus lors de son transfert au mitard et, posa son regard sur le coin de la table. La veille, à son retour de l'isolement, il n'avait pas remarqué la petite pile de livres déposés avec quelques enveloppes.

Il se leva, non sans difficultés, pour se doucher et se libérer des odeurs tenaces du mitard qui lui collait encore à la peau, devenue bien pâle. Quand il se vit dans le miroir, il se figea un instant, observant son visage marqué par les cicatrices, ses traits, tirés par la fatigue et les privations de ces dernières semaines.

Au-dessus de la pile, il reconnut le courrier que sa sœur lui avait envoyé il y a déjà plus de deux mois. Il ne reconnaissait pas l'écriture sur la seconde enveloppe. Intrigué, il l'ouvrit en arrachant les bords sans aucune mesure, en sortit la feuille A4 pliée en trois et regarda directement en bas de page pour en voir la signature. Celle de Yanis.

– Une lettre de Yanis, sérieux ?

Bien qu'amants plutôt réguliers, ils n'étaient pas si proches pour recevoir une lettre de sa part, et ici de surcroit. Alexandre n'en revenait pas.

En ouvrant le courrier de Yanis, Alexandre sentit une bouffée d'émotion l'envahir. Les mots de son ami étaient remplis de compassion et d'encouragements. Il avait pris contact avec la sœur d'Alexandre, n'ayant pas eu de réponse à ses e-mails tout comme les messages sur WhatsApp non reçus. Connaissant Yanis, Alexandre pensa à quel point il avait dû ruser et mentir pour se rapprocher de sa famille.

Yanis le rassurait sur le fait que tout allait bien pour lui, qu'il avait changé de boulot et travaillait dans un nouveau restaurant, mais qu'il était inquiet de la condition de son ami, enfermé à des milliers de kilomètres et dans un pays plus que réfractaire à sa situation.

Yanis avait toujours refusé de mettre des mots sur sa sexualité, il ne se sentait ni bi, ni gay, ni hétéro, ni aucun des genres qu'on voudrait lui coller à la peau. Il ne mettait pas non plus de mot sur sa relation avec Alexandre, des amis sans vraiment l'être, des amoureux, sûrement pas … Des amants, c'était ce qu'ils étaient tous les deux, sans attache mais avec un profond respect réciproque. D'ailleurs ils n'avaient jamais eu ce genre de conversation. Les sujets qu'ils partageaient se limitaient aux séries, aux films et les histoires du boulot. Alors recevoir un courrier de sa part l'étonnait.

Au fil de son courrier, Yanis expliquait qu'il avait vu un article dans La Voix du Nord qui parlait d'Alexandre et des reportages sur lui à la télé, à plusieurs reprises dans les journaux de TF1 et de BFM. Il y avait même une pétition pour le faire sortir de prison et une cagnotte en ligne avait été ouverte pour lui.

Yanis lui avait même envoyé une petite somme d'argent pour qu'il puisse acheter de quoi cantiner et améliorer son quotidien. Avant de signer sa lettre, Yanis lui disait qu'il avait hâte de le revoir et qu'il lui manquait. Il avait signé : Yanis, ton ami.

Alexandre sentit les larmes lui monter aux yeux. Cela faisait si longtemps qu'il n'avait pas reçu autant d'attention et d'amitié. À la fois à travers la lettre elle-même mais aussi à travers les mots de

Yanis. Il se sentait enfin reconnecté avec une partie du monde extérieur. Il essuya ses yeux avec le dos de sa main avant de remettre la feuille dans l'enveloppe.

La troisième lettre était estampillée du sceau de l'ambassade de France ; qu'il s'empressa de l'ouvrir. Une carte de visite s'échappa de l'enveloppe pour tomber à ses pieds. On pouvait y lire le nom d'un avocat en anglais et en arabe.

Le courrier signé de l'ambassadeur détaillait l'accord qu'ils avaient négocié avec un avocat local pour l'aider dans ses démarches auprès du ministère de la Justice. Les frais ayant été réglés par des donateurs, Alexandre n'avait pas à s'en soucier.

Alexandre se sentit bien à la lecture de ce dernier courrier. Une bouffée d'air frais dans la chaleur humide de Dahaban. Il se leva de sa chaise tenant en main la fameuse carte de visite, il tournait sur lui-même dans son petit espace, il fixait le titre "*lawyer*" sur le rectangle cartonné. Il y voyait un signe d'une avancée. Il relut la lettre une seconde fois pour être sûr de ce qu'il avait lu.

Les courriers ne mentionnaient que peu de détails, ils passaient par la censure de la prison. De nombreuses phrases avaient été recouvertes par des traces de marqueur noir.

Alexandre scruta les livres et fut plutôt épaté par la sélection. Tous à son goût, Stephen King, Harlan Coben, Gilles Legardinier et John Grisham. Un papier tomba d'un des livres avec une note manuscrite :

"J'espère que tu me pardonneras, n'oublie pas que je tiens à toi plus que tout. A."

C'était Atif, évidemment. Qui d'autre ici, d'ailleurs pourrait avoir ce genre d'attention pour lui et tomber aussi juste dans ces choix.

Il se posa sur son lit, dos au mur et entama la lecture d'un des romans de John Grisham : L'infiltré.

Alexandre était accaparé par la lecture et quand il leva enfin le nez de son livre, il vit ce regard si familier l'observer et lui sourire à pleines dents, Atif, lui ouvrit la porte puis entra dans la cellule.

Ils se regardèrent un long moment sans parler mais avec l'intensité d'un réacteur nucléaire en fusion.

Leur amour était interdit, mais ils savaient que c'était réel. Ils se prirent dans les bras l'un de l'autre en se laissant glisser le long du mur et se retrouver ainsi assis contre la porte à l'abri de la vue de quiconque. Atif le serra contre lui et l'embrassa passionnément.

– Je suis désolé, vraiment, Alex, pour tout ce que tu as subi par ma faute et le téléphone que je t'ai laissé. Je voulais juste pouvoir être en contact avec toi, même quand je ne suis pas à Dahaban. Plus près de toi.

Alexandre mit sa main sur la bouche d'Atif pour le faire taire, il en profita pour faire des bisous sur sa main.

– Et moi aussi je suis désolé Atif, je n'aurai pas dû réagir si durement avec toi. Je suis enfermé ici et ça me rend fou. Je tiens aussi à toi Atif mais j'ai du mal, beaucoup de mal… Je ne sais pas pourquoi ni comment on va faire mais je voulais te dire que je prends au sérieux…

Atif retira la main qui lui bloquait la bouche qu'il vint écraser sur celle d'Alexandre.

Atif avait apporté une barquette avec un repas préparé avec soin par Reema. Il la tendit à Alexandre et dit :

– Reema l'a préparé pour toi.

– Comment ça pour moi ? rétorqua, étonné, Alexandre.

– Oui, elle savait que tu serais de retour du mitard. Je ne sais pas comment elle fait pour me supporter et m'accepter comme ça. Tu sais, nous avons beaucoup, beaucoup parlé. De tout et surtout de toi, de nous. De nous, si tu le veux Alexandre comme moi je le veux.

Alexandre le regardait avec de grands yeux ébahis.

Atif prit une grande inspiration avant de reprendre :

– Il y a quelque chose qu'il faut que je te dise... la cond... non... De toute ma vie, je n'ai jamais vraiment eu le choix de faire des choix. On a toujours choisi pour moi. Mes études, je n'ai suivi que ce que mon père a sélectionné pour moi. Ma femme m'a été présentée après une sélection faite par mes tantes. La maison dans laquelle nous vivons est celle que sa famille a construite pour nous. Je travaille ici parce que mon oncle en est le directeur... Enfin, tout dans ma vie est hors de mon contrôle et puis c'est dans mon tempérament aussi et tout ça tu le sais déjà. Mais aujourd'hui, je me sens libre, libre de choisir ma vie et c'est grâce à toi, tu m'as ouvert les yeux vers un moi que je ne connaissais pas et que je veux découvrir, avec toi à mes côtés. Je rêve d'un monde où je pourrais aimer qui je veux, où je veux, quand je veux. D'un monde où je pourrais prendre la main de celui que j'aime sans peur de subir la réprobation dans chaque regard, un monde rien que pour toi et moi, rien que pour nous. Je me sens chaque jour plus près de mon vrai moi.

Il s'arrêta quelques secondes.

– Il y a ...

– Ça me rappelle une chanson, le coupa aussi vite Alexandre, d'un artiste français que tu ne connais surement pas, Michel Polnareff. La chanson faisait :

*Je rêve d'un monde sans guerre et sans misère*
*Un monde qui s'rait rien que pour nous*
*Et qui sera*
*Un monde sans haine, sans race ni frontières*
*Un monde qui s'rait rien que pour nous*
*Et qui sera*

*Ce qu'il y a de mieux ici-bas*
*Oh que pour nous, oh rien que pour nous*
*Qui chantera à pleine voix*
*When I'm in love*
*When I'm in love*
*When I'm in love*
*When I'm in love*
*Je rêve d'un ciel sans foudre et sans tonnerre*
*Un ciel qui s'rait rien que pour nous*
*Et qui sera*
*Un ciel sans nuage et sans tonnerre*
*Un ciel qui s'rait rien que pour nous*
*Et qui sera*
*Oh que pour nous, oh rien que pour nous*
*Et qui sera*
*Ce qu'il y a de mieux ici-bas*
*Oh pour nous, oh rien que pour nous*
*Qui chantera d'une seule voix*
*When I'm in love*

– Il a mis les mots sur ce que je ressens à présent. Merci de l'avoir partagée avec moi, reprit Atif, la gorge serrée.

Il prit Alexandre dans ses bras et posa sa tête dans son cou.

– J'ai découvert en moi un autre homme. Tu sais que tu en es à la fois la raison et le gardien. Même si je suis le gardien de ta prison tu es le gardien de mon âme et de mon cœur à tout jamais. Je ferai tout ce qui est possible pour te sortir d'ici, pour te rendre la liberté qu'il nous manque tant. Je veux faire de ta vie un bonheur perpétuel. Que tes nuits comme tes jours soient en paix.

Atif recula tout en gardant l'étreinte et pouvoir se plonger dans les yeux bleus, brillants. Ils ne bougeaient pas, juste les yeux dans les yeux, de longues secondes que même les bombes du Yémen ne pourraient déranger.

Alexandre en était bouche bée. Atif ne s'était jamais confié si profondément malgré l'attirance qu'ils avaient l'un pour l'autre. Il regardait son beau gardien sans dire un mot, il buvait les siens un à un tel un breuvage doux et chaud.

Depuis qu'Alexandre était entré dans la vie d'Atif, bien que de façon peu habituelle, les deux vies qui s'étaient croisées s'en retrouvaient bouleversées à tout jamais.

– Je dois partir Alex. J'ai beaucoup de travail à finir et je dois faire acte de présence auprès du directeur. Et en parlant du directeur, j'ai… enfin… je vais penser à toi, comme toujours tu sais.

– Je ne le sais pas mais je l'imagine.

Alexandre tenait sa main qu'il serra un peu plus fort et reprit :

– Avant que tu partes… Atif, tu sais, j'ai déjà vécu beaucoup de choses dans ma vie, je pense que tu ne dois pas te faire trop d'illusions sur nous… Nous, existe ici, en quelque sorte, mais existe-t-il vraiment ?

– Quoi ? Oui, nous, existe et ce que je n'arrête pas de te répéter…

– Écoute, ce que je veux dire c'est que… c'est tout frais, tout nouveau pour toi, tu n'auras surement pas les mêmes sentiments en dehors de ces murs et…

– Hey, toi, arrête ça tout de suite ! Tu es le seul homme que j'aime oui c'est vrai, et alors ? Ici ou ailleurs… Je t'aime c'est tout ! Et je ne suis pas né d'hier non plus, je suis un adulte réfléchi, des fois.

Alexandre prit la tête d'Atif et lui déposa un très chaud baiser sur ses lèvres brunes, le serra conte son corps aussi fort qu'il le pouvait avant de le laisser partir.

Les mots d'Atif résonnaient encore dans l'esprit d'Alexandre qui arborait un sourire radieux, aussi radieux qu'il le pouvait dans ces conditions. Il ressentait la pureté d'âme et la vérité en toute transparence dans les mots d'Atif. Il n'était en rien ce qu'il avait connu dans ses relations passées même s'il était un comble de rencontrer une âme si pure dans cet environnement aussi brutal et dangereux.

Bien que leur relation fût d'un amour à la fois intense mais platonique physiquement, il n'en était pas moins réel. Atif risquait son travail, sa réputation, sa carrière, sa vie même, s'il était découvert.

Atif revint sur ses pas et surprit Alexandre perdu dans ses pensées.

– Alex, sois fort d'accord ?

– Quoi ?

– Je n'ai pas réussi à ta le dire avant mais… Tu as été condamné… Oh je suis désolé, je ne voulais pas avoir à te le dire, mais… à trois ans de plus.

Atif fut surpris par un gardien et dut filer en douce.

Alexandre s'effondra.

Chapitre 17

Alexandre s'éveilla lentement des deux minuscules heures de sommeil, après la dizaine de sonneries de son réveil. Ses paupières étaient si lourdes qu'elles peinaient à s'ouvrir alors que les premiers rayons du soleil s'infiltraient à travers les barreaux de sa cellule, en révélant la laideur des parois décrépies. Il n'était même pas 6h du matin que les cris étouffés d'autres détenus résonnaient et se faufilaient dans les murs comme la gangrène.

Alexandre se leva péniblement, devant le miroir il vit ses yeux lourds et enfoncés dans leurs orbites, creusés par le manque de sommeil. Les cernes sombres autour d'eux semblaient presque s'enfoncer dans sa peau, comme s'ils étaient des ombres permanentes qui ne disparaîtraient jamais. Ses paupières semblaient presque trop lourdes pour être relevées, et ses yeux semblaient vitreux et dépourvus d'énergie. Même ses iris, normalement vibrants de couleur, semblaient ternes et fatigués.

Il se prépara pour sa journée de travail, prit une douche rapide et passa son uniforme blanc de cuisinier. Depuis qu'il avait été affecté à la cuisine, il y trouvait un certain réconfort, un sentiment d'utilité qui l'aidait un à supporter un peu ses peines. Mais ce matin, la motivation n'y était pas. La nouvelle de la veille lui tournait non-stop en tête. Il avait déjà purgé plus de dix-huit mois à Dahaban, et cette nouvelle foutue sanction rallongerait son incarcération de trois ans.

Tout en revêtant son uniforme de travail, Alexandre se remémora les événements qui l'avaient conduit là. Les erreurs qu'il avait commises, les choix qui l'avaient égaré.

*Est-ce que je vais sortir d'ici un jour ? Et dans quel état ?*

Il était l'heure de rejoindre les équipes en cuisine, et comme à chaque fois, un gardien vint le chercher pour l'y escorter.

Au départ, Alexandre, devait juste assister le gestionnaire de cuisine pour améliorer les marges, les coûts, les process etc… et, à son plus grand désarroi, ne devait pas cuisiner. Ce fut plus fort que lui, il n'avait pas pu résister au plaisir de cuisiner, de toucher les produits et de partager ses connaissances avec les autres détenus qui travaillaient avec lui et avec l'appui d'Atif il avait obtenu une dérogation. Alexandre se sentait utile.

À son arrivée, une fois débarrassé des menottes, il alla d'abord finaliser les tâches administratives au bureau de la cuisine. Il envoya les commandes aux fournisseurs pour les prochains jours et transféra les menus par e-mail à la direction générale de la prison. Il regarda le programme de la journée et de la mise-en-place à faire pour les prochains jours.

Lorsqu'il rejoignit la cuisine, les autres détenus étaient déjà affairés aux préparatifs des repas du jour. Alexandre se dirigea vers son poste habituel, près des fourneaux. Il passa récupérer la caisse de légumes qu'il avait à préparer et commença sa besogne du jour.

Dans un coin de la pièce, un poste de radio crachotait des airs de musique qui se mêlaient aux bruits des ustensiles et des conversations animées des autres travailleurs. Il y avait une ambiance saine et à part du reste de la prison. Mais Alexandre restait silencieux, avec ses pensées lourdes et sombres qui hantaient son esprit.

D'ordinaire il était le plus rapide à effectuer ses tâches de par son expérience mais pas ce matin-là.

Alors qu'il coupait les légumes pour le plat du jour, Alexandre observa lentement autours de lui, et tout particulièrement les ustensiles de cuisine qui l'entouraient. La lame brillante du couteau entre ses mains semblait l'appeler, comme s'il pouvait lui offrir une échappatoire à sa détresse. Tout à coup, ses mains tremblèrent, il lâcha le couteau et sa vision se troubla. Il se retint de tomber en s'agrippant au poste de travail en inox. Une voix intérieure lui murmurait qu'il ne supporterait pas plus longtemps d'être enfermé entre ces murs.

Les images de sa vie passée défilaient devant ses yeux. Des moments plus ou moins heureux avec sa famille, ses amis, lui revenaient par bribes. Mais ces souvenirs étaient de plus en plus flous et lointains, étouffés par les longs mois passés derrière les barreaux. Alexandre se sentait prisonnier de son propre esprit, incapable de se libérer de ses pensées sombres et oppressantes.

Une petite voix intérieure lui répétait :

– C'est terminé, ça ne sert à rien, finissons-en avec tout ça.

Alexandre secoua son crâne à maintes reprises pour chasser ses idées, les faire disparaitre de son esprit, mais…

– Allez, tu n'as pas d'autre solution, c'est mieux comme ça, répéta la voix dans sa tête.

– Non, laisse-moi, répondit Alexandre à voix basse.

Les minutes s'égrenèrent lentement, et l'esprit d'Alexandre s'embrouillait de plus en plus. Devait-il céder à l'appel de la lame et mettre fin à ses souffrances.

Le temps semblait s'arrêter alors qu'Alexandre se perdait dans ses pensées morbides. Il ne pensait plus à sa famille, ni à ses amis, ni à Atif. Il ne pensait plus à sa vie avant la prison. Il était simplement obsédé par l'idée de se libérer de la douleur et de la souffrance qu'il ressentait chaque jour, et ce malgré les éclaircies qu'Atif apportaient dans son ciel gris.

Tiraillé entre la tentation du désespoir et l'espoir tenace de jours meilleurs, Alexandre s'arrêta un instant et ferma les yeux. Les bruits de la cuisine, les rires, la musique et les éclats de voix des autres détenus semblaient disparaître, laissant place à un silence oppressant.

Dans ce moment de solitude il alla se cacher dans le bureau. Il prit soin de vérifier que ses collègues de cuisine étaient tous occupés, le gardien trop concentré sur son téléphone ne le vit pas quitter son poste de travail.

Il s'assit au sol contemplant la lame fraichement aiguisée. Il la fit glisser sur son avant-bras et le contact du métal l'hypnotisait. Il serra le couteau dans sa main et planta la lame. Elle déchira sa peau blanche, s'enfonça dans la chair. Il la retira et la planta de nouveau, encore et encore. Après une dizaine d'entailles dans l'avant-bras, une rivière de sang s'écoula de son membre, ses forces le quittèrent et Alexandre lâcha le couteau sur le sol et dans un puissant râle de douleur, il perdit connaissance. Son corps s'effondra repoussant la chaise dans un fracas métallique.

Les bruits inhabituels venant du bureau attirèrent l'attention du gardien en charge de la cuisine. Quand il arriva dans le bureau, Alexandre gisait, inconscient, dans son sang. Il appela au talkie-walkie de l'aide.

***

En moins de deux minutes Atif arriva à bout de souffle dans la cuisine, les veines de ses tempes allaient exploser. Au spectacle sordide d'Alexandre, au sol, dans une mare rouge et visqueuse, il en oublia toute réserve et se jeta au sol en hurlant.

– Aleeeeeeeeeeexxxxxxx ! Non ! Non, non, non, non.

Il lui attrapa le bras et pressa autant qu'il le pouvait sur sa plaie pour arrêter l'hémorragie. Quelques secondes après lui, l'infirmier de la prison, le même qui avait déjà soigné Alexandre arriva sur place. Il poussa Atif qui s'agrippait au bras d'Alexandre. Le soignant lui prodigua les premiers soins.

Alors que tous les cuisiniers s'agglutinaient aux fenêtres du bureau pour assister au macabre spectacle, les saignements s'interrompirent. Atif aida l'infirmier à porter Alexandre sur le brancard et les accompagna jusqu'à l'infirmerie laissant derrière eux une scène épouvantable.

Atif accompagna le blessé dans le centre médical de la prison. D'ordinaire tiré à quatre épingles, il était tout débraillé et son uniforme était maculé du sang d'Alexandre. Alors qu'il fixait Alexandre il ne porta aucune attention à l'infirmier qui s'activait pour le réanimer.

L'infirmier ordonna à Atif de quitter les lieux et de le laisser travailler. Atif se tenait au mur pour ne pas tomber. Entre la vue du sang qu'il avait toujours eu en horreur et l'état de l'homme qu'il aimait, il n'entendait rien.

– Sortez d'ici ! insista l'infirmier, chef, sortez, maintenant !

Atif ne réagit pas, toujours sous le choc. L'infirmier lui lança un flacon vide qui le fit sursauter.

– Dehors chef ! répéta l'infirmier, vous ne pouvez pas rester là.

Atif s'exécuta et se posta juste derrière la porte et observa Alexandre allongé sur le lit alors qu'on lui prodiguait les soins.

– Je t'en prie mon amour, bats-toi. N'abandonne pas. Réveille-toi. Allez !

Atif frappa le mur du poing et tapait sa tête contre la vitre de la porte.

– Réveille-toi ! Alex, Alex, sanglotait Atif.

Il fut interrompu par l'arrivée de l'équipe médicale de l'hôpital voisin que l'infirmier avait appelé. Le médecin le poussa pour accéder à l'infirmerie, suivi du directeur de la prison qui ne remarqua même pas sa présence. Le personnel médical tira un rideau et bloqua la vue d'Atif.

Atif dévala les escaliers quatre à quatre, il rata la dernière marche mais se rattrapa in extremis à la main courante. Il partit se réfugier dans les toilettes du personnel. Il se regarda de longues secondes dans le grand miroir ébréché. Il passa ses mains sur son visage et réalisa qu'elles étaient encore pleines du sang d'Alexandre. La vue de la grande quantité de sang et l'image à l'esprit d'Alexandre dans cet état, il se mit à vomir dans la poubelle. Il se releva, les yeux révulsés, rouges et gonflés, se lava les mains et le visage. Il frotta abondement pour retirer le sang séché sur sa peau.

Il essuya son visage et alors qu'il s'examinait, il se figea en observant son propre regard. Il revivait la scène, Alexandre sur le sol, le couteau, le sang. Il s'appuya les deux mains sur le miroir, la tête baissée, sa vue s'embrouilla. Il essuya du revers de la main ses yeux et se mit de petites claques.

*Allez, reprend-toi Atif. Ça va aller, ça va aller.*

Atif retourna à l'infirmerie. Quand il ouvrit la porte, elle était vide, Alexandre n'y était plus. Seul à son bureau, l'infirmier remplissait des documents, Atif l'interrompit pour prendre des nouvelles d'Alexandre.

Alexandre avait été transféré à l'hôpital.

À peine le temps de comprendre ce qui venait de se passer, qu'Atif fut surpris dans ses pensées par les sirènes de la prison, son talkie-walkie accroché à sa ceinture crachait des messages d'urgence.

**Chapitre 18**

Alexandre avait frôlé l'abîme dans cette cuisine. Ses cicatrices aux bras se refermaient doucement, mais elles étaient encore rouges et boursouflées.

Les jours défilaient, gravant de plus en plus dans la peau d'Alexandre, la souffrance de cet enfermement si injuste. Il se répétait, sans réussir à s'en persuader qu'il arriverait à sortir d'ici et à quitter le pays en sécurité pour retrouver sa vie d'avant.

Peu à peu l'esprit d'Alexandre se vidait de ces idées noires qui le rongeaient sans cesse. La justice saoudienne n'était pas réputée pour être clémente en général et encore moins lorsqu'il s'agissait de mœurs et d'homosexualité et ça, Alexandre l'avait appris à ses dépens. Il n'aurait surement aucune réduction de peine et encore moins une annulation, malgré tous les efforts de l'Ambassade ou de son avocat.

Alexandre avait aussi fauté lors de son séjour carcéral, il avait été condamné à deux peines complémentaires, ce qui ne lui donnait pas de bons points dans son dossier. Bien qu'Atif soit le neveu du directeur, ce dernier n'aimait ni les étrangers ni les homosexuels.

La chaleur étouffante et humide l'envahissait, il avait l'impression de suffoquer et que les murs se refermaient lentement sur lui pour l'écraser, pesant sur lui comme une chape de plomb.

Soudain, brisant le silence comme le tonnerre, des cris retentirent puis les bruits de pas à l'extérieur de sa cellule. Les gardes venaient de rejoindre la cellule voisine et étaient en train de torturer l'un des prisonniers. Les parois de sa cellule se faisaient l'écho de tous les sons, des bruits des coups s'abattant sur le détenu voisin. D'après ce qu'il en savait, c'était un journaliste opposant au régime qui avait été transféré il y a quelques semaines et faisait de la résistance. Alexandre se boucha les oreilles pour ne plus entendre, disparaitre. Les hurlements des murs persistaient, vibraient si forts que tout son corps les entendaient. Son corps trembla, impuissant face à cette violence qu'il avait lui-même subie.

Puis vint le silence, tout aussi violent et perçant ici, qui cassaient les hommes les uns après les autres.

Déjà plus de trois semaines, qu'Alexandre était revenu de l'hôpital militaire et il n'avait reçu aucune visite. Il tournait en rond dans sa cellule sans les visites d'Atif. L'inquiétude grandissait à chaque instant et à chaque fois qu'il pensait à lui. Et il pensait à lui à chaque instant de la journée et de la nuit. Des centaines de scenarii tous plus catastrophiques les uns que les autres lui passaient par la tête dans ces moments-là sans possibilité de se calmer. Alexandre fixait à longueur de journée le couloir par la lucarne grillagée dans l'espoir d'apercevoir son bien-aimé. Il ne pouvait s'empêcher de penser que quelque chose de grave lui était arrivé. Depuis sa tentative de suicide, il n'avait plus été autorisé à travailler en cuisine, et il passait ses journées, seul dans sa cellule.

– Mur, partenaire de mes jours, partenaire de mes nuits.

– …

– Toi qui m'accompagne dans mes peines, dans mes douleurs quotidiennes, ne vois-tu pas que j'ai besoin d'aide ?

– …

– Je suis là, assis à te fixer et tu ne réponds toujours pas. Tu me laisses toujours seul à divaguer. Tu fais comme tout le monde, tu me laisses, seul...

– ...

– Et qu'est-ce que tu me dirais de toute façon ?

– ...

– Que je suis un pauvre fou de m'être fait des idées, d'avoir cru que je pourrai être aimé... Aimé normalement même dans cet enfer.

–...

– Personne ne veut de moi et je le sais bien, depuis ma naissance. Même la mort n'a pas voulu de moi, c'est dire...

– ...

Dans ces moments, les minutes, les heures, les jours s'écoulaient si lentement que l'esprit d'Alexandre était en perdition. Seul face à lui-même et à ses conversations prolifiques avec les parois de sa cellule, ces murs si froids qui ne le laissaient seul face à sa solitude.

Alexandre ne savait plus comment occuper ses journées, il avait dévoré tous les livres qu'Atif lui avait donnés. Il avait aussi beaucoup écrit, des histoires pour s'évader ailleurs et il tenait un journal dans lequel il couchait, noir sur blanc, ses états d'âme, ses pensées, torturées par l'oppression de la prison par les violences qu'il avait subies et dont il garderait des séquelles à vie.

La lumière du jour commençait à s'estomper derrière les barreaux de la cellule, laissant place à une pénombre qui s'intensifiait à mesure que les heures passaient. Les cris et les bruits familiers des prisonniers et des gardiens résonnaient dans les couloirs, mais Alexandre ne les entendait plus. Son esprit était ailleurs, occupé par l'inquiétude grandissante de l'absence d'Atif. Les rencontres secrètes entre les deux amants étaient habituellement leur bouffée d'oxygène, leur permettant de survivre à la dure réalité de leurs vies. Cependant, depuis la dernière visite d'Atif, un silence pesant s'était installé, et Alexandre ne pouvait s'empêcher de se tracasser.

Allongé sur le lit de sa cellule, Alexandre fixait le plafond, laissant libre cours à ses pensées, des plus sombres aux plus improbables, son esprit ne cessait de lui jouer des tours : Atif avait-il été découvert ? Était-il en danger ? Ou pire encore, avait-il été muté loin d'ici, les condamnant à ne plus jamais se revoir ? Enlevé par des martiens ?

Pris d'un élan soudain, décidé à ne plus succomber à la noirceur, Alexandre se leva d'un bond, incapable de rester allongé plus longtemps. Il se mit à arpenter sa cellule, trois pas vers la gauche, trois pas vers la droite, dans un mouvement machinal.

Il devait parler à Atif, le voir, le toucher, le sentir, s'assurer qu'il allait bien. Son absence et le silence étaient en train de le rendre fou. Soudain, il entendit des bruits de pas dans le couloir. Son cœur s'emballa dans sa poitrine. Était-ce lui ? Allait-il enfin avoir des nouvelles ? Mais les pas s'éloignèrent, et Alexandre poussa un profond soupir.

L'attente le tortura un jour de plus.

Où était Atif ? Pourquoi l'avait-il abandonné dans ce trou à rat ? La peur et le chagrin allaient submerger Alexandre si ce silence perdurait encore. Il devait le revoir, coûte que coûte. C'était une question de vie ou de mort, de mort.

Alexandre tournait en rond dans sa cellule pour la centième fois quand il entendit de nouveaux pas dans le couloir. Atif ! Enfin ! Mais quand ce dernier apparut à la petite fenêtre de sa cellule, Alexandre vit immédiatement que quelque chose n'allait pas. Atif avait les yeux rougis et gonflés, comme s'il avait beaucoup pleuré.

– Atif ! s'exclama Alexandre, qu'est-ce qu'il se passe ? Où étais-tu passé ? J'étais mort d'inquiétude !

Atif baissa les yeux en entrant dans la cellule. Il s'assit au sol, s'adossa contre la porte en acier.

– Je suis désolé de ne pas avoir pu te donner de nouvelles, j'aurais dû essayer.

Malgré tout, Alexandre sentit un poids se lever de ses épaules. Ses craintes étaient infondées, Atif était en vie, qu'importe ce qui avait pu se passer.

– Il y a eu une émeute dans le bâtiment où tu étais avant, reprit Atif, tes anciens codétenus se sont fait la malle et n'ont pas été retrouvés. Je me suis fait assommer par un prisonnier et j'ai perdu connaissance, et j'ai été transporté à l'hôpital inconscient. Et...

– Quoi ?! le coupa Alexandre, mais ça va ? Tu ... Tu... ?

– Tu ne t'inquiètes pas, je vais bien. Je n'ai juste pas pu reprendre le travail avant d'avoir l'accord de la médecine du travail. Et pas eu la possibilité de te prévenir.

Atif se posa sur la chaise du petit bureau et prit la main d'Alexandre le forçant à s'assoir sur le lit.

– Mais toi… toi ! reprit Atif d'un ton grave. Qu'est-ce que t'as fait ?

Il toucha du bout des doigts les stigmates sur les avant-bras d'Alexandre qui ne pouvait soutenir le regard d'Atif et regardait ses orteils.

– Alex, tu m'as fait tellement peur. Pourquoi tu as fait une chose pareille ?

– …

– J'ai bien cru te perdre. Quand je t'ai vu, dans ton sang…

Atif prit le menton d'Alexandre pour lui relever la tête et plonger ses yeux noisette humides dans le bleu intense des siens.

– Pourquoi ? chuchota Atif.

– Je ne sais pas, répondit Alexandre, la voix brisée. Je ne sais pas, j'avais le couteau… Je me sentais tellement seul et perdu. Je me suis dit que ça serait mieux comme ça, si je n'étais plus là.

– Tu ne peux pas penser de cette façon. Tu es important pour moi. Tu es important pour Dariane, pour tes neveux, pour tout le monde.

– Tu ne devrais pas t'attacher à moi. J'ai l'impression que je ne suis plus rien, que je ne sers à rien.

– Tu n'es pas rien.

Atif entrelaçait ses doigts avec ceux d'Alexandre et l'attira plus proche de lui. Leurs genoux s'enchevêtrèrent. Atif reprit, la voix tremblotante d'émotion :

– Tu. N'es. Pas. Rien. Tu es une personne merveilleuse. Tu me donnes tellement sans le savoir et tu as tant à offrir au monde. Tu ne dois pas laisser ces idées et ces pensées sombres t'envahir. Tu n'es pas seul. Je suis là pour toi.

– …

– Je serai toujours là pour toi. Promets-moi de ne plus jamais refaire ça. J'ai tellement… tellement eu peur que tu sois… dans le bureau…

– Tu m'as sauvé la vie Atif. Je te promets. Plus jamais.

Il n'y eut plus un bruit dans la cellule. Seul leur respiration couvrait le silence des murs. Atif relâcha les mains d'Alexandre pour l'enlacer. Il lui déposa un baiser dans le cou, ce qui le fit frissonner. Alexandre passa ses mains dans les cheveux d'Atif. Il se recula dans un râle.

– Qu'est-ce que t'as Atif ?

Atif baissa la tête pour lui montrer l'entaille sur le crâne. Sur une dizaine de centimètres, les cheveux d'Atif avaient été rasés laissant apparaître la longue et épaisse cicatrice.

– Pardon Atif, je ne voulais te faire mal.

– Ça va, ne t'inquiète pas.

– Si je m'inquiète Atif. De te faire mal ou quand je n'ai pas de nouvelle de toi du jour au lendemain et, pendant plus de trois semaines, oui j'ai été angoissé de ne pas te savoir en vie.

Atif le coupa et lui montra sa blessure à la tête et continua :

– Tu vois je serai marqué à vie, mais ça va, je t'assure, ne me regarde pas comme ça, je vais bien. Je t'assure… Et je veux que toi aussi tu ailles bien.

Ils se souriaient.

– Plus jamais je ne te laisserai sans nouvelle et toi, Alexandre Perret, tu ne fais plus jamais, plus jamais…

Atif caressait les marques rouges sur les bras d'Alexandre.

– Et puis… J'ai pensé… enfin…

– T'as pensé à quoi ?

– C'est pas sûr, sûr, mais j'ai une surprise pour toi mais tu ne l'auras pas avant ce soir. Je passerai te chercher. Pour le moment je dois aller faire la paperasse en retard et faire bonne figure avec le directeur.

– Une surprise ? Ah bon, et quoi ?

– Qu'est-ce que tu ne comprends pas dans "une surprise" ?

Atif déposa un baiser furtif à Alexandre en riant.

– Une énorme…, si c'est possible, s'exclama Atif et quitta la cellule.

Alexandre se laissa tomber sur son lit et sentit tout le poids de ses idées noires se dissiper. Ces émotions l'avaient tout à coup épuisé. Il se laissa tomber sur son lit, un sourire inattendu aux lèvres.

**Chapitre 19**

La nuit sombre et chaude enveloppait le désert saoudien, seules quelques étoiles brillaient dans le ciel sans nuages, n'éclairant qu'à peine le paysage désolé qui entourait Dahaban.

Atif était assis à son bureau, les yeux rivés sur les écrans de surveillance. Il était de garde cette nuit-là prêt à déclencher une alarme dans le bâtiment le plus opposé de celui d'Alexandre, pour créer une diversion. Les autres gardiens seraient distraits et laisseraient le champ libre.

Atif quitta le bureau en courant, les sirènes hurlantes accompagnaient ces pas. Il croisa des collègues se diriger en direction du bâtiment sous alarme. Il le savait, il n'avait que quelques minutes devant lui pour ne pas se faire coincer. Atif couru de toutes ses forces pour rejoindre la cellule d'Alexandre.

Atif avait été tellement remué et bouleversé par l'état émotionnel d'Alexandre qu'il avait réfléchi à un plan, cherchant le moindre signe de faiblesse dans le système de sécurité de la prison et avait tout planifié pour leur évasion. Il avait aussi falsifié des documents et obtenu, avec l'aide de son meilleur ami, une fausse identité pour Alexandre afin de passer les check-points sur la route. Il avait également prévu une voiture dont il avait aménagé le coffre aussi confortablement que possible avec de quoi manger ou boire et des oreillers pour Alexandre. Il avait aussi préparé un sac avec des vêtements et de l'argent, prêt à partir.

Quand Atif arriva face à la porte de la geôle d'Alexandre, il tremblait tellement qu'il lui était difficile d'insérer la clé pour l'ouvrir. Alexandre leva la tête sans vraiment comprendre ce qui se jouait derrière la porte.

Atif entra d'un coup et ordonna :

– Pantalon ! Chaussures ! Prends le minimum. Yallah, yallah, on s'en va.

Alexandre le regardait, hébété, puis Atif reprit :

– Allez bouge-toi ! Maintenant !

Alexandre s'exécuta, attrapant à la volée le peu de biens personnels qu'il possédait sans comprendre tout à fait la situation.

Atif l'empoigna par le bras et le fit courir à toute allure dans les couloirs, veillant à ce qu'aucun gardien ne les voie. Ils venaient d'atteindre le premier passage à risque, les grilles qui séparaient l'étage des individuels, le bureau du superviseur de section et l'escalier menant au rez-de-chaussée.

Atif tenait toujours fermement Alexandre par la main. Il se dirigeait sans hésitation dans les dédales de Dahaban. Alors qu'ils avaient parcouru la moitié du chemin vers la sortie, un gardien apparut au tournant d'un couloir. Atif s'arrêta net, la respiration coupée il poussa Alexandre, qui faillit tomber, en arrière dans le renfoncement d'une porte.

– Bonsoir chef, salua le gardien, tout va bien ?

Atif chercha dans sa poche son trousseau pour se donner du contenant.

– Tout est ok, tout va bien, répondit Atif d'un ton autoritaire. Vous devez rejoindre les autres dans le bâtiment E.

Alors que le maton reprenait son chemin, Alexandre regardait Atif les yeux et la bouche grands ouverts. Entre admiration et étonnement.

Ils continuèrent leur chemin et arrivèrent face à la première porte de sécurité. Atif passa sa carte magnétique. L'attente du déclic d'ouverture lui parut plus longue que d'habitude. Il harponna la poignée, en tirant avec impatience sur la porte. Toujours rien, pas de déclic. Il regardait de droite à gauche, de haut en bas. Le silence assourdissant de ce moment pesait sur les esprits.

– Passe encore la carte Atif.

– C'est bon je sais ce que j'ai à faire !

Alexandre attrapa la carte passe-partout accroché à la ceinture d'Atif et la posa sur le boîtier noir. Un bip se fit entendre. Click, click, la porte s'ouvrit.

Pas une caméra ne pourrait les filmer, Atif en avait désactivé autant que possible sur le parcours prévu. Atif les faisait passer par le chemin le plus court et dont les portes donneraient au plus près du parking de la direction où se trouvait sa voiture, garée dans l'ombre d'un lampadaire.

Ils marchaient à pas de loup, longeaient les murs. Ils avaient traversé les couloirs devenus silencieux en contournant le peu de gardes restants dans ce bâtiment. Atif avait réussi à désactiver les systèmes de sécurité de cette partie du bâtiment et à ouvrir la porte grâce à son badge de haut gradé qui lui donnait accès à toutes les portes.

Ils dévalaient les marches deux par deux. Alexandre tentait de retenir la main d'Atif de toutes ses forces ne voulant pas le lâcher mais il du s'y contraindre pour ne pas perdre l'équilibre. Ils arrivèrent devant une porte blindée, la dernière, qui les séparait de l'extérieur quand un bruit sourd retentit.

Les deux hommes furent stoppés dans leur course. Les cœurs battants à tout rompre et les tempes qui cognaient, des coulées de sueurs, emplies de peur, perlaient sur leurs visages. Atif attrapa Alexandre et l'appuya sur le mur de tout son poids comme pour le cacher. Alexandre, la respiration précipitée et bruyante ; quasi hors d'haleine, presque à bout de souffle de cette course effrénée posa sa tête sur le dos d'Atif qui se retourna et faire face à la porte de sortie. Atif y posa son oreille, tout semblait calme de l'autre côté.

Il passa son badge sur la borne d'ouverture. Lumière verte, clic de déverrouillage, la porte était prête à être ouverte. Atif fixa Alexandre, prit une grande inspiration, acquiesça de la tête et lui expliqua qu'il devait sauter dans le coffre. Atif avait recouvert les parois avec un matériau qui rendrait indétectable sa présence dans le coffre lors de la sortie du site.

Atif prit la main d'Alexandre et l'entraîna à l'extérieur de la prison. Cela faisait des mois qu'Alexandre n'avait pas vu l'extérieur mais ce n'était pas le moment d'y penser, pas de temps à perdre avec des futilités pour le moment. Ils avancèrent silencieusement dans la nuit noire, Atif vérifiant que personne ne les suivait ni ne pouvait les voir. Ils longèrent les murets et esquivèrent les lumières des miradors qui balayaient les chemins de la prison.

Ils atteignirent finalement la voiture d'Atif, garée à quelques mètres de là. Il fit monter Alexandre dans le coffre, lui caressa la joue, mima "je t'aime" du bout des lèvres et le referma aussi sec puis retourna dans la prison.

Il dut rejoindre son bureau à la recherche d'une arme dans le coffre et rejoindre les autres gardiens dans la bâtisse où il avait déclenché l'alarme plus tôt dans la soirée. Il devait absolument être vu en action pour n'éveiller aucun soupçon auprès de ses collègues et surtout en étant le gardien en chef de service. Il arriva en courant, en nage, et grimpa les escaliers à toute vitesse.

Il tomba sur un groupe de gardiens qu'il interpela :

– Il se passe quoi ici ?

– Ça doit être une erreur, chef, on a fait le tour et il ne se passe rien.

– Je n'ai rien vu non plus. Vous avez contacté les tours de garde ?

– Oui chef, ils n'ont rien observé non plus.

– Allez chacun au point de contact et on remet le système en service, il ne faudrait pas qu'une évasion ait lieu non plus.

Atif se dirigea vers le point d'accès du système de contrôle et attendant la réponse des autres gardiens, il appela les tours de garde pour un rapport et faire stopper les recherches et lever l'alerte générale.

Il reçut les appels successifs des tours de garde puis des gardiens de chaque étage. Rien à signaler. Évidemment, personne n'avait rien décelé puisque la fausse alerte avait été déclenchée par Atif.

Atif se planta devant les marches de l'entrée du bâtiment, en attendant que ses derniers collègues sortent de cette aile de la prison. Il devait de toute façon rester encore au moins trois heures jusqu'à la fin de son service et n'éveiller aucun soupçon auprès de ses collègues.

Atif rejoignit sa voiture comme si de rien n'était après avoir salué le gardien responsable des entrées du bâtiment. Il donna deux petits coups sur le coffre pour signaler à Alexandre le départ imminent et avant de monter à bord de sa Toyota. Il démarra le moteur et se mit en route pour sortir du parking. Bien que le calme soit revenu il y avait de nombreux gardiens à l'extérieur des bâtisses qui en contrôlaient chaque recoin.

Il roulait au pas et observait de tous les côtés s'assurant de ne pas avoir de poursuivant. La voiture s'arrêta à la première barrière qui fermait le parking de la direction puis continua vers la sortie principale de la prison. Un gardien sortit de sa guérite pour inspecter la voiture. Il salua avec respect Atif, munit d'une torche et de son miroir sur extension qu'il passa sous la voiture et inspecta avec minutie tout en s'adressant à Atif :

– Mais quelle soirée, chef.

– Une fausse alerte qui nous a bien fait courir.

Le gardien tournait autour du véhicule, Atif le voyait dans le reflet de son rétroviseur s'arrêter près du coffre. Le garde appuya sur le bouton d'ouverture mais Atif l'avait verrouillé, il lui fit signe de sortir de la voiture. Atif posa un pied au sol, les mains tremblantes. Il avait les deux pieds à terre, il se leva de son siège mais ses jambes le lâchèrent et il tomba sur les genoux et se rattrapa avec les coudes, salissant sa chemise. Le gardien vint à lui et l'aida à se relever.

– Ça va chef ? lui demanda le garde, vous vous êtes fait mal ?

– Heu, oui, oui ça va, reprit Atif tout étourdi. Je me suis pris les pieds dans les cailloux.

Il pointa le sol du doigt et se mit à rire alors que le gardien penchait sa tête pour inspecter l'intérieur de la voiture. Le téléphone de la guérite se mit à sonner, le garde s'y précipita. Atif se remit au volant de sa voiture, le bras posé à la portière, faussement décontracté. Il patienta de longues, interminables secondes et la fenêtre du poste de sécurité s'ouvrit.

– Oh désolé chef, je vous ai oublié, fallait klaxonner.

La barrière se leva et Atif pressa l'accélérateur, doucement mais fébrilement, il respecta les limitations de vitesse comme jamais auparavant. Il ne voulait surtout pas se faire remarquer sur la route.

Il roula pendant une vingtaine de minutes avant de s'arrêter à une centaine de mètres d'une station essence. À l'abri d'un petit mur, à l'écart de la route et de la vue de quiconque, Atif descendit de son véhicule et ouvrit le coffre pour laisser sortir Alexandre. Il s'en extirpa tout en sueur et s'étira dans tous les sens. Les bras, le dos, les jambes, tout son corps craquait. Atif le regardait d'un œil attendri en se demandant s'il n'avait pas trop souffert dans le coffre puis l'invita à passer à l'avant pour continuer leur route. Alexandre s'empressa de s'asseoir sur le siège passager et prit la bouteille d'eau que lui tendait Atif. Ce dernier posa sa main sur la cuisse d'Alexandre.

Bien que la nuit ait été mouvementée, il régnait un silence assez pesant dans la voiture. Atif était toujours stressé et angoissé par les risques qu'il avait pris pour libérer Alexandre. Ils avaient réussi à s'échapper de Dahaban mais la route serait encore bien longue avant de pouvoir se sentir libre à nouveau.

Cela faisait plus d'une heure qu'ils avalaient les kilomètres depuis Dahaban quand Atif gara la voiture à proximité d'un Dr Coffee[19]. Alexandre s'était assoupi, la tête posée sur le poing, bercé par le vrombissement du moteur et les balancements. Atif le regardait dormir avec tendresse, il posa sa main sur sa joue et la lui caressa du bout des doigts pour le réveiller avec douceur. Alexandre ouvrit un œil à demi et quand il réalisa que c'était Atif, il ouvrit le second, sourit et pressa sa joue sur la main d'Atif pour la bloquer contre son épaule et replongea dans son sommeil.

Atif fit le tour de la voiture pour ouvrir la portière du côté passager.

– Alex, Alex, entreprit Atif. Réveille-toi.

Il déposa un baiser furtif dans le cou d'Alexandre.

– Quoi ? répondit Alexandre encore tout embrumé. On est où ?

---

19 Chaine de café Saoudienne comme Starbucks

– On est sur la route mais on doit s'arrêter là pour le moment. On va se prendre un café, de quoi prendre des forces pour le reste du chemin.

Alexandre sortit et se dégourdit les jambes pendant qu'Atif rassemblait quelques affaires. Le café était une petite baraque hors d'âge, d'un style année 1970, dans les tons marron et verts foncé, et la moitié de l'éclairage au néon donnait un air blafard. Ils y entrèrent sans fracas, le barista semblait ne pas s'être aperçu de leur entrée, tout concentré sur une vidéo qu'il jouait sur son téléphone. Alexandre se dirigea aux toilettes pendant qu'Atif passa la commande au comptoir, faisant sursauter l'employé.

Atif déposa la commande, un flat-white, un café noir et deux pains au chocolat devant Alexandre qui venait de s'assoir. Atif servit Alexandre.

– Un flat-white, un pain au chocolat pour toi, annonçait Atif.

– Comment tu as su, pour mon café ? demanda tout ému Alexandre.

– Quand je dis que je t'aime et que je tiens à toi, ce n'est pas du vent.

Alexandre caressa du pied le mollet d'Atif pour être le plus discret possible.

Chacun tenait son café en main, en silence, en se regardant dans le blanc des yeux. Ils avaient tant à se dire mais rien ne pouvait sortir de leur bouche à ce moment précis.

Atif brisa le silence.

– Enfin tu es là, dit-il en direction de la porte d'entrée par laquelle une femme venait d'entrer.

– La nanny était en retard, répondit-elle en s'approchant.

– Alex, je te présente .... Reema.

– C'est donc toi Alex, dit-elle.

Reema prenait Alexandre dans ses bras et l'enlaça contrairement à la bienséance saoudienne.

Ils se rassirent tous les trois à table. Alexandre ne comprenait pas ce qui se passait, et lançait des regards médusés à Reema et Atif.

Ce dernier reprit la parole, pour expliquer à Alexandre le plan qu'il avait prévu pour le reste du parcours. Reema allait le conduire jusqu'à Al Sharma en passant par Douba. À Gayal il prendrait un bateau pour rejoindre l'Égypte. Atif expliqua qu'il avait réussi à obtenir un vrai faux passeport français pour Alexandre auprès du consulat de France, si jamais il était arrêté sur la route, il serait ainsi protégé. Il avait aussi réussi l'exploit d'avoir un visa pour l'Égypte sans passer par la douane.

– Ça va être tendu comme voyage, et toi… tu ne viens pas ? demanda à Atif, la voix triste.

– Non, Alex, je dois être présent à Dahaban tu sais.

Atif lui prit la main faisant abstraction du lieu où ils se trouvaient.

– Tu seras avec Reema…

Reema lui prit sa main de libre dans la sienne.

– Merci Reema, j'aurai aimé qu'on se rencontre autrement. Et te remercier pour tout ce que tu as fait… ce que tu fais…

Ils se regardaient tous les trois, Alexandre serra les mains d'Atif et Reema un peu plus fort.

Atif avait tout prévu, un sac de vêtements attendait Alexandre dans la voiture de Reema ainsi que de l'argent, des riyals saoudiens et des Livres égyptiennes, il lui avait acheté un téléphone mais lui demanda de ne pas le contacter avant d'être arrivé en Égypte. Il ne devait laisser aucune trace entre eux.

Quand les gardiens se rendraient compte de la disparition d'Alexandre, et que les services enquêteraient, ils ne devraient pas trouver de connexion entre les deux hommes.

Atif et Alexandre se dirigèrent ensemble vers les toilettes du café. À peine la porte fermée, Atif, qui la bloquait de son pied pour ne pas avoir de visite, embrassa Alexandre à pleine bouche. Sans relâcher son étreinte, il lui glissa ses recommandations de prudence pour le reste du voyage. Il s'excusa à nouveau de ne pouvoir continuer la route avec lui, il devait faire acte de présence à la prison.

– Atif…

– Alex…

– Je vais partir en Égypte, là ?

– Oui, c'est ça Alex, en Égypte.

– Et tu ne viens pas, on ne va plus…

Alexandre ne put continuer, sa gorge serrée l'en empêchait.

– Ne t'inquiète pas Alex, je serai toujours avec toi, affirmait Atif en serrant Alexandre contre lui.

Atif lui prit la tête dans ses mains, l'embrassa et reprit :

– Tout.

Bisous

– Va.

Bisous.

– Bien.

Bisous.

– Se.

Bisous.

– Passer.

Bisous.

Alexandre renifla et sécha ses yeux. Il inspira profondément, posa sa tête dans la nuque d'Atif et lui glissa en chuchotant à l'oreille :

– Atif, je t'aime.

– Moi aussi. Alex, moi aussi.

L'aube, déjà bien avancée et les premiers rayons du soleil qui se reflétaient dans le miroir des toilettes, annonçaient le départ.

Alexandre, les yeux rougis et gonflés, sortit le premier rejoindre le pick-up alors qu'Atif prit quelques longues secondes pour sécher ses larmes devant le miroir hors d'âge. Il apporta un sachet de pâtisseries et deux grands cafés qu'il passa par la fenêtre à Alexandre.

– Vous en aurez bien besoin, dit Atif tout en tenant la main d'Alexandre, penché sur la portière. La route est longue, vous en avez pour huit ou neuf heures de route.

– Neuf heures de route ?! reprit, étonné, Alexandre.

– Oui comme je t'ai dit, vous allez au plus près de l'Égypte. Allez, il est temps de vous mettre en route. Soyez prudents tous les deux. Reema, ne te lâche pas trop sur la route, je te connais. Alex …

Atif vérifia autour de lui s'il pouvait être vu, personne, il se pencha un peu plus dans la voiture et déposa un baiser dans le cou d'Alexandre et de lui glisser à voix basse :

– Prends soin de toi. Tu vas me manquer. Ne m'oublie pas.

– Jamais, lui répondit Alexandre, la gorge serrée, jamais.

Atif se recula, il hocha la tête en direction de Reema qui démarra en direction de l'autoroute. Alexandre suivait du regard Atif qui s'éloignait petit à petit ; un dernier geste de la main et il disparut dans sa voiture.

***

Alexandre avait la bouche pincée et les lèvres tremblotantes. Les yeux emplis de larmes et le cœur meurtri de devoir laisser Atif derrière lui.

Le jour se levait lentement à l'horizon, teintant le ciel de nuances orangées et rosées. Au départ, la route se présentait rectiligne et monotone, avec de part et d'autre des paysages arides et rocailleux.

Le moteur vrombissait, couvrant à peine leur respiration haletante et leur cœur battant la chamade. Reema, le visage fermé, gardait les yeux rivés sur la route, évitant tout contact avec Alexandre, qui, les mains serrées sur ses genoux, fixait le paysage défiler sans y prêter attention, perdu dans ses pensées. Les regards fuyants, les gestes nerveux, tout trahissait une tension palpable entre les deux.

Au bout d'un moment, Reema entama la conversation.

– Tout va bien aller, Alex.

– Merci. Merci de faire tout ça pour moi, alors que tu ne me connais même pas. Et que ton mari ... Enfin...

Il s'interrompit ne sachant pas s'il pouvait aborder tous les sujets avec Reema.

– Bon écoute, pas d'inquiétude, Alex. Atif et moi avons réglé ces questions-là. C'est vrai que ça m'a blessé et que je me suis sentie triste pour un moment, mais jamais je ne lui en ai voulu ni même à toi. Comme je l'ai dit à Atif je ne peux rien contre ses sentiments, vos sentiments. Atif a toujours été respectueux avec moi. Et crois-moi, c'est très important pour moi. Tout comme notre fille.

– Je suis désolé que tu sois triste, répondit Alexandre.

Reema lui tint la main, arrêtée au feu rouge et lui sourit à pleines dents.

– Je ne suis pas, enfin plus, triste. Ne t'inquiète pas pour moi, je suis en paix avec Atif et avec moi-même. Et avec toi aussi Alex. Ça m'a même ouvert les yeux sur mes désirs, sur ce que je veux faire de ma vie.

Après une pause, elle reprit, tout en conduisant :

– J'ai aimé Atif mais pas de ce réel amour de deux êtres qui se rencontrent et tombent amoureux. Je l'aimais par obligation et avec tout mon respect pour lui, il n'aurait jamais été mon choix... Mais ainsi va la vie, tu sais.

-- Tu es incroyable.

– Non, je ne le suis pas. Ici, il n'y a pas beaucoup de solutions pour sortir de sa condition et rester en bon contact avec sa famille. Je ne sais pas si c'est clair pour toi ?

– Pas vraiment, non.

– Je ne voulais pas couper les ponts avec ma famille. Elle est encore assez conservatrice et en tant que femme je me devais d'être mariée pour profiter d'une vie plus libre.

Son regard se perdait sur la route devant eux, elle n'était pas triste mais plutôt soulagée. En se redressant sur son siège, elle reprit :

– Nos familles ont décidé pour nous de notre mariage. Et je suis plutôt bien tombée avec Atif. Il m'a toujours considérée comme son égale, il ne m'a jamais forcée à rien. Au contraire il m'a toujours poussée à être moi-même et à faire ce que j'avais envie de faire. Et ça, crois-moi, c'est une vraie liberté.

– Je comprends mieux.

Prise par ses émotions, Reema avait les yeux brillants d'une montée de larmes.

– Reema, je suis désolé de te faire subir tout ça, je suis vraiment...

– Non, non, ce n'est pas ça. Je ne suis pas triste à cause de toi, je réalise qu'une page se tourne pour moi et qu'à la fois je dois vivre par moi-même et pour moi-même. Bien que ça puisse paraitre étonnant mais maintenant que tu es la, à côté de moi, je suis heureuse, heureuse pour vous deux. Tu es bien tombé avec Atif et je ressens qu'il l'est aussi avec toi.

– Ça me touche beaucoup Reema. Merci encore pour ce que tu fais et des risques que tu prends. Je suis reconnaissant d'être tombé sur Atif et sur toi par la même occasion. Et puis merci pour tous les petits plats que tu m'as fait délivrer depuis des mois, j'ai repris du poids grâce à toi dit Alexandre en se claquant le ventre.

Ils se regardèrent et éclatèrent de rire.

– Atif est vraiment quelqu'un de bien, déclara Reema. On peut vraiment compter sur lui. Tu sais que ça fait des semaines qu'il préparait ta sortie.

– Des semaines ? Mais il ne m'avait rien dit, je l'ai su il y a quelques heures.

– Si jamais ça ne se faisait pas, il ne voulait pas que tu sois déçu. Pendant son arrêt maladie et sa convalescence il tournait en rond à la maison et a tout planifié.

– Je ne mérite pas tout ça, tous ces risques qu'il a pris alors qu'il ne me doit rien…

– Oh, la ! Toi tu ne dois chasser ces vilaines idées de ton esprit. Je connais Atif, il t'aime et je crois qu'il n'a jamais aimé comme ça.

Reema prit une pause, ralentit la voiture sans s'arrêter et fixa Alexandre.

– Je devrais être jalouse, il n'a jamais parlé de moi comme il parle de toi. Et ce n'est pas pour rien qu'il fait tout ça, pour toi, tu le mérites bien plus que tu ne le crois. Tu as de la valeur Alex. Inestimable pour Atif, il mourrait pour toi.

Ces mots forts laissèrent Alexandre pensif.

Au fil de leur avancée, ils traversèrent un petit village côtier, où les habitants vaquaient à leurs occupations quotidiennes. Des enfants couraient pieds nus dans les ruelles sablonneuses, tandis que les adultes s'affairaient sur le marché local, vendant poissons fraîchement pêchés, épices et légumes. Quelques kilomètres après le village, devant la mer d'un bleu intense Reema stoppa la voiture.

– Arrêtons-nous ici. On va se dégourdir les jambes et manger un morceau.

Ils étaient à mi-chemin de leur destination finale. Ils s'étaient posés, côte à côte, sur des rochers pour manger les sandwiches et salades que Reema avait préparés.

– C'est vraiment bon Reema.

– Je suis flattée monsieur le chef.

Le téléphone de Reema interrompit le petit repas. C'était Atif qui prenait des nouvelles du périple. Reema lui dit où ils se trouvaient et passa le combiné à Alexandre.

– Tout se passe bien ? questionna Atif.

– Oui, Reema est… merveilleuse. Et toi tu es…

Alexandre serra le poing de l'autre main pour se donner la force de ne pas encore pleurer et reprit :

– Tous ces risques, tout ce que tu fais, c'est…

– L'amour, le coupa Atif. Je t'aime Alex, n'en doute jamais.

– Je t'aime Atif, je t'aime, je t'aime.

– C'est beau dans ta bouche et touchant que tu le comprennes.

– Oh que ça fait du bien, de sentir, ressentir l'amour à nouveau.

– Je dois raccrocher Alex, soyez prudent. *Ahibuk.*

Les regards graves contemplaient les vagues claquer sur la plage devant eux quand une voiture de police s'approcha d'eux. Dans cette partie du pays bien plus conservatrice que Djeddah ou Riyadh, un homme blanc et une femme saoudienne ne devaient pas se trouver ensemble, sans être marié ou sans hijab. Un des deux officiers sortit de son véhicule. Alexandre ressentit une violente montée de stress, Reema s'en aperçut et se dirigea vers le policier. Elle lui montra les papiers qu'Atif lui avait donnés avant leur départ et se présenta comme travaillant pour le ministère de la Culture et qu'Alexandre était attendu à Neom.

L'agent de police scruta les papiers, se pointa devant Alexandre, vérifia la photo du passeport et le visage d'Alexandre. Alex suait à grosses gouttes. Reema le rejoignit pour le calmer et tendit à Alexandre un paquet de mouchoirs.

– Il fait tellement chaud. Essuie ton visage, dit-elle tendant les mouchoirs.

Puis elle parla en arabe au policier qui se mit à rire. Il redonna les papiers à Alexandre avant de rejoindre son collègue resté dans la voiture. Reema et Alexandre laissèrent s'éloigner la voiture de patrouille.

– Ouf, putain, souffla Alexandre, oh j'ai failli me faire dessus.

– Ah oui tu étais tout rouge, répondit Reema en riant. J'ai cru que tu allais t'évanouir.

– C'était à un cheveu oui. Mais tu lui as dit quoi pour qu'il se marre ?

– Que tu venais juste de débarquer dans le pays et que tu étais un petit blanc fragile, qu'avec la chaleur et la longue route tu avais failli vomir en voiture. Et aussi que tu as la diarrhée, dit Reema en pouffant de rire.

– Ok pourquoi pas.

Alexandre se mit aussi à rire, tant la situation était lunaire. Reema lui tendit la main pour un check. Alexandre calqua sa main dans la sienne.

–Tant qu'il ne nous a pas arrêtés on est bien, confia Alexandre.

– Oui tu es un touriste pour lui.

Une dizaine de minutes plus tard, ils reprirent la route. Il leur restait encore quatre heures de route pour rejoindre le point de rendez-vous.

Les paysages arides et ceux de la côte de la mer Rouge défilaient à mesure que les kilomètres passaient. La route était longue et sinueuse, mais le paysage était magnifique. Alexandre tenait le téléphone que lui avait remis plus tôt Atif, il le contemplait dans l'espoir qu'il sonne et d'entendre la voix d'Atif.

– Qu'est-ce qui t'as amené à Riyadh ?

– L'avion.

Reema le regarda, les sourcils relevés, le regard interrogateur et rit aux éclats.

– Oui je sais c'est très con comme blague.

– Non ça va, elle est bien, mais je ne m'y attendais pas.

– Je bossais à Dubaï avant le Covid et j'ai perdu mon job donc je suis rentré en France et j'ai cherché un autre dans la région. Le Moyen-Orient ça paye bien.

– Mais tu n'avais pas de petit copain ? En France ou à Dubaï ?

– Non, j'ai eu une relation toxique pendant huit ans, en France, et je me suis juré de ne plus jamais…

Reema l'observait du coin de l'œil. Et lui fit signe de continuer.

– Bah de ne jamais tomber amoureux ou de me mettre en couple, et je dois dire que je suis incapable de tenir mes propres promesses.

Alexandre lui raconta comment il en était arrivé à Dahaban et sa désastreuse relation avec Blake.

– Tu ne vivras pas ça avec Atif, il est honnête et droit. Mais je comprends pourquoi il a ressenti parfois que tu le rejetais, et je ne te juge pas, c'est normal. Encore plus en prison.

– Ça veut dire quoi *Ahibuk* ?

– C'est Atif qui te l'a dit ? Ça veut dire je t'aime.

Ils partageaient des histoires, des rires et des larmes. Ils s'apprenaient à connaître et à comprendre leurs différences et leurs ressemblances.

Les couchers de soleil étaient particulièrement spectaculaires, les rayons du soleil se reflétant dans la mer et créant des couleurs qui allaient du rose pâle au rouge profond à mesure que la nuit tombait. Tout en se rapprochant de l'Égypte, les montagnes qui se dressaient à l'horizon offraient une vue imprenable.

Reema piquait légèrement du nez de fatigue, cela faisait des heures qu'elle conduisait sans relâche. Alexandre s'en rendit compte et lui proposa de prendre le volant à sa place. Reema refusa mais Alexandre insista tant qu'elle dut se résigner à le laisser conduire.

À peine Alexandre reprenait la route que Reema s'endormit. Alexandre n'avait qu'à suivre l'itinéraire sur Google Maps. Tout en gardant le cap, il jetait de temps en temps un regard attendri sur Reema. Il la couvrit du plaid laissé sur le siège arrière.

Ils arrivèrent finalement à destination. Il ne connaissait en effet pas les détails de la suite de son périple pour rejoindre le pays dont il voyait les lumières de la côte de l'autre côté de la mer. Il réveilla Reema avec douceur, elle étendit ses bras et bailla à gorge déployée.

Atif avait réservé une chambre au Vista Sharma Resort pour que Reema passe une bonne nuit avant de rentrer le lendemain sur Djeddah. Alexandre, lui ne passerait pas la nuit à l'hôtel, il devait retrouver le contact d'Atif pour préparer la traversée.

Reema finissait son check-in à la réception pendant qu'Alexandre l'attendait patiemment dans la voiture, le plus discret possible pour ne pas se faire repérer par les employés ou les caméras. Quand elle eut fini, l'un des bagagistes de l'établissement l'accompagna à sa chambre en voiturette de golf. Elle fit un signe discret à Alexandre pour qu'il les suive, ce qu'il fit, roulant au pas.

Il se glissa discrètement jusqu'à la porte entrouverte de la chambre et s'y engouffra. Reema proposa à Alexandre de passer commande au room-service de quoi manger pour tous les deux. Il s'exécuta alors que Reema passa un coup de fil. Bien qu'en arabe, il comprit qu'il s'agissait du contact d'Atif. Lorsqu'il eut fini de passer commande, elle était toujours en ligne l'air grave et prenant des notes sur le bloc du bureau.

Alexandre savait que le temps était compté, il en profita pour se poser dans la salle de bain. Assis sur le rebord de la baignoire il avait le corps tendu comme un arc. Il se déshabilla et se scruta de haut en bas. Il ne s'était pas vu en entier depuis des années.

*Quel changement, je ne me reconnais même pas.*

Il se toucha le visage, un côté puis l'autre, puis son ventre, sa peau distendue. Il inspecta rapidement le sac que lui avait préparé Atif et il fut ému par la présence d'un parfum, qu'il reconnut immédiatement, son préféré. Il ne se souvenait même plus lui avoir mentionné.

Il fixa la bouteille dans ses mains, il la colla contre sa poitrine, ému. Le courant d'air froid de la climatisation le fit frissonner, il se glissa sous la douche.

Alors qu'il prenait tout son temps sous l'eau de plus en plus chaude, Reema cogna à la porte, annonçant l'arrivée du repas.

L'angoisse lui serrait le ventre, il n'avala que quelques bouchées de ce qu'il avait commandé. Reema insista pour qu'il mange plus, il allait avoir besoin de prendre vraiment des forces ne sachant pas comment la traversée se passerait. Il se força sans envie. Il aurait tellement aimé entendre Atif et ses mots doux pour l'apaiser mais Reema refusa de l'appeler comme prévu avec Atif. Pas de contact avant l'Égypte.

La boule au ventre et la gorge serrée, il regardait par la fenêtre de la chambre les lumières du resort se refléter sur la mer. Reema lui passa la main dans le dos et lui annonça qu'il était l'heure de se mettre en route. La nuit s'était déjà bien installée mais ils devaient aller au point de rencontre près de l'épave du Catalina, un avion délabré au milieu du sable et à portée des vagues dont l'eau salée avait attaqué la carlingue.

À peine éclairés par les phares de la voiture, les restes de l'aéronef se dressaient devant eux, seuls face à la mer. Reema et Alexandre ne parlaient pas en attendant leur rendez-vous. La tension était palpable, intense et pesante dans la voiture. Reema essaya de détendre l'atmosphère en brisant le silence par des mots réconfortants mais sans y croire vraiment. La voix douce et apaisante de Reema fut interrompue par la lumière du pick-up Toyota qui approcha à vive allure et se gara à portée de bras.

La fenêtre se baissa et un homme, au visage bruni par les journées passées au soleil, leur fit signe de faire de même. Reema s'adressa à lui en arabe, lui remit une enveloppe contenant l'argent convenu. La transaction faite, Reema prit Alexandre dans ses bras et le serra fort contre elle. Elle lui souhaita courage et force.

Alexandre s'y reprit à deux fois pour attraper son sac, qui glissait de ses mains moites. Sa respiration était courte. Il jeta un dernier regard à Reema, lui fit au revoir de la main et hocha la tête puis elle repartit en sens inverse.

Il monta à côté de cet homme inconnu, au *shemagh* enroulé sur la tête, fit un signe de la tête et le chauffeur démarra en trombe sur le sable. En moins de cinq minutes, ils arrivèrent devant une embarcation de fortune. Le bateau en bois, de petite taille avait une coque légèrement arrondie, il n'y avait pas de place pour plus de quatre personnes. Il devait faire cinq ou six mètres de long et à peine deux de large.

*Bon bah, c'était pas bateau de croisière.*

Ce serait sur cette bicoque qu'il devrait naviguer pour rejoindre l'autre rive, l'Égypte et la liberté. Il plissa les yeux pour disparaitre et se réveiller de l'autre côté comme par magie. Mais il devait prendre son courage à deux mains comme jamais.

Le chauffeur et marin l'empoigna et ils montèrent tous les deux à bord.

Seul un bras de mer le séparait de l'Égypte, mais le voyage était loin d'être sûr. Alexandre savait que s'il était capturé, il serait exécuté sans jugement. Il n'avait pas le luxe de réfléchir à la sécurité, il devait atteindre l'Égypte ou mourir en essayant. La nuit était noire et la mer d'huile. Seul le clapotis des vagues contre la coque de la petite embarcation troublait le silence. Alexandre scrutait l'horizon, guettant le moindre signe des côtes égyptiennes encore si peu visibles dans l'obscurité.

Ils quittèrent la côte saoudienne dans le silence. Le marin pagayait avec assurance, refusant d'utiliser le moteur ; bien que petit il était trop bruyant, pour être démarré si proche des côtes ; et évitant les lumières des bateaux qui patrouillaient dans la zone. Alexandre était tendu, surveillant chaque mouvement, écoutant chaque bruit. Il savait que les gardes de la côte étaient à l'affût, prêts à capturer n'importe qui tenterait de franchir leur frontière.

Le capitaine de fortune naviguait rapidement malgré tout, mais avec prudence. Il pagaya pendant des heures, chaque minute semblant interminable. Alexandre avait l'estomac noué, mais il proposa de prendre le relais pour faire avancer leur bateau et permettre à son acolyte de se reposer. Il ramait depuis de longues minutes quand soudain, un éclair illumina le ciel, suivi d'un grondement du tonnerre au loin. La tempête allait frapper.

En un rien de temps, les vents devinrent violents faisant tanguer dangereusement la chaloupe. Les vagues grandissantes secouaient le petit radeau, projeté d'un côté à l'autre, menaçant de se renverser à tout moment. Le capitaine reprit la barre.

Alexandre tenta de rester calme, en laissant sa place, mais il sentait la panique monter en lui. Il s'agrippait au bord de la barque en bois de toutes ses forces. Il craignait de mourir dans cette mer hostile, loin de chez lui. Le vent hurlait, faisant osciller le navire dangereusement. L'eau commença à s'infiltrer à l'intérieur tandis que le capitaine luttait pour garder le cap. La pluie tombait désormais à verse, fouettant les visages.

Le capitaine prit rapidement le gouvernail à pleine main, démarra le moteur pour prendre de la vitesse et lutter plus efficacement contre les énormes vagues. Il ordonna à Alexandre de s'agenouiller et de s'accrocher avec force au banc en face de lui.

Alexandre savait que s'il abandonnait maintenant, il serait mort noyé ou pire, capturé et tué sans pitié. Il avait pris tant de risque pour finir ici. Le marin lutta pendant des heures, naviguant avec habileté dans les vagues tumultueuses. Alexandre l'aida du mieux qu'il put, pagayant avec force pour aider à maintenir le radeau à flot alors que le moteur poussait au maximum de ces capacités. Ils naviguèrent dans la tempête, aveuglés par la pluie battante et les éclairs brillants des heures durant.

Après des heures d'efforts, le marin commençait à montrer des signes de fatigue. Alexandre l'avait relevé à la rame pendant un moment, ramant de toutes ses forces en pensant à ce qui l'attendait en Égypte. Les eaux agitées du Golfe d'Aqaba pouvaient se montrer traîtresses. Mais rester en Arabie Saoudite était pour lui une question de vie ou de mort. À cet instant précis, pris dans les puissants remous de la mer Rouge, Alexandre s'accrocha au bois de l'embarcation, incrustant ses ongles dans la peinture blanche.

Finalement, après une éternité passée sur les eaux agitées, la météo devint plus clémente. Soudain, Alexandre aperçut au loin une lueur qui se détachait de l'obscurité, comme une étoile à l'horizon. Son cœur s'emballa. C'était la côte égyptienne, et ils étaient proches de la sécurité. Les deux hommes poussèrent le bateau avec force, utilisant toutes leurs dernières forces pour atteindre le rivage. La traversée de l'enfer touchait à sa fin et avait paru interminable.

Alexandre aida le capitaine et rama avec vigueur pour les faire avancer plus rapidement. Bien que de nuit, le paysage se fit plus clair et visible. Ils pouvaient distinguer une plage. Encore quelques mètres et la proue se bloqua dans le sable. Ils atteignirent finalement la terre ferme, épuisés mais vivants. Alexandre sentit des larmes couler sur son visage, réalisant qu'il avait survécu à l'une des situations les plus dangereuses de sa vie. Il remercia le marin, le prit dans ses bras, sachant qu'il ne serait pas en vie sans lui. Ce dernier fit aurevoir de la main à Alexandre et partit en sens inverse mais avec le moteur cette fois-ci. Le retour serait plus calme.

Alexandre savait que sa bataille n'était pas encore terminée, qu'il devrait continuer à se battre pour sa vie et sa liberté. Mais il avait survécu à la tempête, et cela signifiait qu'il avait une chance de survivre aux défis à venir. Il avait risqué tout ce qu'il avait pour sauver sa vie, et il était prêt à tout risquer de nouveau pour atteindre la liberté.

Il alla se cacher à l'orée de la plage sous un buisson. Les premières lueurs du jour allaient rapidement se faire visibles. Il sortit son téléphone et trouva facilement le seul numéro enregistré, celui d'Atif qu'il appela sur le champ. Les sonneries s'enchaînèrent sans succès. Alexandre rappela encore et encore, une dizaine de fois. Aucune réponse. Ne pas sombrer, pas maintenant, il devait garder les idées claires. Alexandre s'effondra d'épuisement.

Endormi sur la plage, les rayons matinaux du soleil lui chauffaient le visage quand les vibrations, couplées à la sonnerie stridente, du téléphone le réveillèrent.

La voix d'Atif.

– Alex, Alex, ça va ? Tu es arrivé ? Pourquoi tu n'as pas répondu, s'inquiéta Atif.

– Atif, tu sais pas toi, sanglotait Alexandre, j'ai failli mourir, et pas qu'une fois.

– Quoi ? Mais il s'est passé quoi ?

– Au début, tout allait bien. On naviguait, tranquille mais au bout d'un moment, j'ai pris la barre pour que le capitaine se repose. Et au loin, j'ai vu des éclairs et j'ai senti ce vent froid. Tu sais, celui qu'arrive avant l'orage.

Alexandre tremblait.

– Des vagues, reprit Alexandre en pleurant. Des énormes vagues et un vent de dingue, si tu avais vu ça. La barque tanguait dans tous les sens. Je me suis tellement agrippé que je me suis arraché deux ongles... Atif...

– Oui Alex ?

– Il faisait noir, on ne voyait vraiment rien. Puis... cette vague, la plus grosse de toute ma vie s'est écrasé sur nous... J'ai cru... J'ai vu ma vie défiler... J'ai cru mourir... Ne plus jamais te revoir...

Les énormes sanglots d'Alexandre se mêlèrent à ceux d'Atif à l'autre bout du fil. Atif bafouilla :

– Je n'arrive même pas à imaginer ce que tu viens de vivre mais, Alex, tu es en vie ! Tu es vivant ! Vivant, mon amour.

– Et c'est grâce à toi, Atif, renifla Alexandre. Tu m'as sauvé la vie. Mon héros, superhéros sans cape.

Atif reprit son souffle tant bien que mal. Il demanda à Alexandre d'envoyer sa localisation au numéro qu'il venait de lui envoyer par message.

– Je te rappellerais plus tard, d'accord. Fais attention à toi… Alex…

– Oui ?

– C'est toi le superhéros, mon héros. Je t'aime.

Il raccrocha sur ses paroles.

Alexandre allait passer quelques jours en Égypte, sans savoir où ni comment.

## Chapitre 20

Les heures étaient passées depuis son appel avec Atif, il n'avait pas eu de réponse au message qu'il avait envoyé indiquant sa localisation, au numéro indiqué par Atif. De peur d'être trop insistant, il patientait, allongé sur la plage les mains jointes derrières la tête.

La sonnerie du smartphone interrompit les pensées d'Alexandre, il se figea, hésitant à répondre. Sur l'écran s'affichait le numéro auquel il avait envoyé le message plus tôt.

– Allo, fit Alexandre.

– Hey Alex! T'es où ? Je ne te vois pas.

Alexandre se leva d'un bond. La voix à l'autre bout du fil lui semblait familière mais il ne reconnaissait pas son interlocuteur.

– Je suis près du grand buisson au début de la rangée de palmiers, lui répondit Alexandre tout en secouant les bras en l'air.

La personne au téléphone ne parlait plus mais n'avait pas raccrochée. Quand soudain une silhouette apparut aux abords de la mosquée et dépassa les arbustes.

Elle se rapprochait d'Alexandre de plus en plus et il entendit au téléphone :

– C'est bon je te vois. J'arrive.

Au fur et à mesure qu'elle se faisait plus proche, il semblait à Alexandre reconnaitre la démarche de celui qui venait à lui. Ce n'était qu'à une cinquantaine de mètres de lui qu'il reconnut enfin le visage derrière cette voix et cette silhouette. Pris par une immense joie, il se mit à courir vers lui en hurlant.

– Houari... Houari... Non ! C'est toi ? C'est pas possible !

Alexandre se retrouva devant lui et ne put retenir son émotion et lui sauta dans les bras.

– Houari... C'est incroyable. Qu'est-ce que tu fais là ?

Houari se tenait droit devant lui, sa chemise à manches courtes bleu ciel et son bermuda kaki lui donnait des airs d'animateur du Club Med. Il avait son éternel large sourire et ses yeux malicieux, si communicatifs qu'Alexandre sourit à son tour.

– J'ai tellement à te raconter Alex. Mais pour le moment on doit bouger d'ici.

Houari prit le sac des mains d'Alexandre et l'attrapa par les épaules.

– Je suis content que tu sois là, en vie, mon ami. Tu as changé, t'as bien maigri, trop même. T'inquiète, je vais m'occuper de toi.

Ils arrivèrent au bord de la route où Houari avait garé sa voiture. À cette heure matinale, il n'y avait pas beaucoup d'activité sur la route. Houari conduisit presque une heure pour rejoindre l'un des hôtels de Sharm El-Sheikh. Atif avait réservé une semaine en pension complète, Alexandre n'aurait à penser à rien, juste à se reposer, reprendre des forces et prendre contact avec les autorités françaises pour son retour en France.

Mais chaque chose en son temps. Houari avait déjà fait l'enregistrement à la réception la veille, il en avait profité pour passer la nuit dans la chambre. Il avait même fait quelques courses et rempli le réfrigérateur. Lorsqu'Alexandre entra dans la chambre, il se jeta sur le lit king-size devant lui, serra les oreillers tels le doudou d'un petit enfant.

Houari lui proposa qu'il se repose et qu'il repasserait en début d'après-midi. Alexandre avait bien besoin de dormir. Dès que Houari quitta la pièce, Alexandre voulait se prendre une douche. À la découverte de la baignoire, il décida de se faire couler un bain. Il y jeta le sel de bain bleu. Il se délecta une quinzaine de minutes dans l'eau mousseuse, puis vida l'eau et alluma la douche. L'hôtel avait choisi la marque française L'Occitane, pour les produits de toilette. Il vida les deux mini bouteilles de gel douche et de shampooing. Quand il sortit de la douche, toute la salle de bain était prise dans la buée, les deux grands miroirs aussi. Il s'empara d'une serviette, une immense serviette blanche, propre, douce et s'en enveloppa le corps. Il essuya du revers de la main le miroir en face de lui. Il se regarda pendant de longues secondes, fixant son regard. Entre l'énorme fatigue et les émotions qu'il avait vécues ces dernières vingt-quatre heures, il relâcha la pression et pleura à gros sanglots, laissant s'effondrer les rivières de larmes sur le sol déjà mouillé de sa sortie de douche.

Alexandre passa un essuie-main sur le miroir pour enlever la buée et se voir.

*T'es en vie, Alex, t'es en vie. Ça va aller maintenant.*

Il se sécha rapidement, passa des habits propres pour se sustenter d'un petit déjeuner. Il demanda un Panadol[20] à l'hôte du restaurant qui le lui apporta à sa table. Le buffet était gargantuesque pour Alexandre qui, pourtant habitué à les préparer dans sa vie d'avant, s'émerveilla de la profusion. Mais c'était il y a tellement, tellement longtemps, dans une autre vie.

Il se servit de tous les mets qui se trouvaient face à lui. Des viennoiseries, des crudités, de la charcuterie, du fromage, de tout à en friser l'indigestion. Après s'être enfilé un café et un jus d'orange

---

[20] Marque de paracétamol comme Doliprane

frais, il rejoignit sa chambre pour un sommeil digestif et réparateur bien mérité.

Avant de dormir il passa un coup de fil :

– Dariane ?

– Oui ? C'est... C'est … toi. Alex ?

– Oui, répondit Alexandre étouffé par les sanglots, c'est moi.

– Tony, Tonyyyyy, hurla-t-elle. C'est Alex !

Tony ayant rejoint la conversation, Dariane mit le haut-parleur.

– Comment ça va ? T'es où là ? questionna Dariane.

– Je suis en Égypte, je me suis évadé, Atif m'a sauvé…

– C'est quoi Atif ? demanda Tony.

– C'est qui… C'est une longue histoire mais, c'est un gardien de la prison… il m'a…

Alexandre ne put continuer, ses émotions le submergèrent. Il entendit Dariane pleurer à son tour.

– Ne pleure pas, tremblotait Alexandre, ne pleure pas. Ça va maintenant. Tony, dit lui de pas pleurer. Je vais bien.

– T'inquiète Alex, apaisa Tony, tu nous as manqué mon gros. Tu as besoin d'argent ?

– Ouais j'ai rien dans les poches.

– On t'envoie ça en Western Union.

– Merci, ça va m'aider. Bon, je vais dormir un peu, on se rappelle plus tard. Je vous aime.

– Nous aussi on t'aime, reprirent Dariane et Tony.

Son sommeil fut parasité à maintes reprises par des cauchemars tous plus perturbants les uns que les autres. Alors que les murs de sa cellule se refermèrent sur lui, prêts à l'écraser en lui hurlant dessus, la pression des murs lui coupait la respiration. Les murs de la cellule lui recrachaient tous les mots des leurs conversations, inscrits sur de petites briques s'écrasant sur lui.

Il se réveilla dans un lit sens dessus dessous, les oreillers tombés sur le sol et son corps, en travers du lit, recouvert de sueur bien que la climatisation fût en marche.

Houari arriva aux environs de quatorze heures et s'annonça alors qu'Alexandre dormait encore à poings fermés. Sans réponse il se dirigea vers la terrasse du bar de la piscine, pour s'installer sur un des bains de soleil. Il n'eut pas à attendre trop longtemps avant de voir Alexandre débarquer. Houari l'appela en lui faisant de grands signes. Alexandre vint se poser près de lui.

– Tu veux boire quelque chose ? Café, thé, …, cocktail ? lui suggéra Houari.

Alexandre se posa sur le transat, en caressant le drap de bain au logo de l'hôtel. Il regarda tout autour de lui. Inspecta la piscine, le bar, le terrain de tennis, … puis regarda Houari, d'un air apaisé.

– Je vais m'prendre un mojito, bien corsé, au rhum brun, double dose.

– Tu n'y vas pas de main morte toi, dit Houari en riant. Après tout, tu l'as bien mérité.

– Bon, Houari, dit moi. Raconte-moi comment et pourquoi on se retrouve ici, toi et moi ?

– Tout à commencer à Dahaban. J'ai été transféré dans une autre cellule, dans le bâtiment E.

– C'est celui à l'opposé de la prison ? Non ?

– Oui, oui c'est celui-là. J'y suis resté quelques mois après mon changement de cellule.

Atif est venu me voir régulièrement. Il a toujours été gentil et respectueux avec moi et d'après ce que j'ai su, il l'était aussi avec les autres gars de notre cellule.

–…

– De temps en temps il donnait des rations supplémentaires, du chocolat, des cigarettes pour faire du troc. D'ailleurs depuis qu'il était devenu chef, son comportement avait changé, il était plutôt protecteur. J'ai vu Emad, deux ou trois fois. Aucun d'entre nous n'a eu à subir aucune autre violence. Je ne sais pas ce que tu lui as fait pour qu'il devienne aussi sympa avec nous.

– Et bien, reprit Alexandre, Atif et moi...

Houari le coupa en faisant sautiller ses sourcils.

– Je sais aussi pour Atif et toi, et oui.

– Il t'en a parlé aussi ?

– Il n'a pas eu besoin, j'avais tout compris. Atif est vraiment quelqu'un de bien. Je me demande ce qu'il fait dans cette prison. Tu sais, il a été présent pour moi comme un frère.

Alexandre haussa les épaules, sachant à quel point Houari avait un goût pour l'exagération.

– Non vraiment, il m'a aidé à sortir de Dahaban. Il avait pris contact avec un avocat pour réduire ma peine. Il m'avait permis de travailler pour faire le ménage dans la prison, du coup de me faire un peu d'argent en cantinant avec les autres détenus. À ma sortie, il a payé une partie de mon logement, et on s'est parlé de temps en temps. C'est un homme bon même, s'il est...

– S'il est... ? demanda Alexandre.

– S'il est aussi gay comme toi.

Houari le regardait du coin de l'œil.

– Pourquoi sur ce ton, monsieur ? sonda Alexandre, rieur. Ça te dérange ? Il t'a fait des avances ou tu es jaloux ?

– Mais non, qu'est-ce que tu racontes toi ! Je ne suis ni jaloux ni gay.

Ils se mirent à rire à gorge déployée s'attirant tous les regards au bord de l'eau.

– Quand il m'a parlé du plan pour te faire évader, reprit Houari d'un ton beaucoup plus sérieux, je ne comprenais pas ce qu'il comptait faire. J'avoue, je n'étais pas rassuré au début. Un

Saoudien, gardien de ma prison, le chef même et de la famille du directeur, qui voulait faire sortir un prisonnier. Je pensais à un piège. J'ai mis du temps à lui faire confiance. Faut dire qu'il nous avait tabassé à plusieurs reprises.

Le serveur les interrompit dans leur conversation pour déposer la commande.

Alexandre prit son verre et baissa les yeux.

– Ça va Alex, je ne lui en veux pas, il n'avait pas vraiment le choix. Comme tous à Dahaban. Où en étais-je ? Oui, il m'a parlé du plan qu'il avait pour toi, je n'en revenais pas qu'il veuille faire ça, prendre autant de risques. Mais quand je te vois ici devant moi, je me dis qu'il a bien réussi son coup.

– Il a pris tellement de risques pour moi. Il est dingue.

– Dingue de toi je crois.

Alexandre se tut et laissa couler les larmes sur ses joues encore creusées de fatigue et de sa perte de poids intense lors de son incarcération.

– Je passe mon temps à pleurer c'est pas possible.

Houari lui donna une petite tape dans le dos, ne sachant que faire de plus. Ils profitèrent de la terrasse et du soleil une bonne partie de l'après-midi. Atif avait choisi une option tout inclus pour qu'Alexandre et Houari puissent profiter sans rien débourser. Ils enchaînèrent les cocktails et les plongeons dans la grande piscine des heures durant. Les effets de l'alcool se faisaient sentir, tous deux ne marchaient plus très droit et riaient aux éclats pour rien.

Alexandre invita Houari à se joindre à lui pour le diner et, s'il le voulait, prendre une douche avant de se rendre au restaurant. Alexandre avait pris sa douche en premier, il laissa sa place à Houari qui lui dit, sourire jusqu'aux oreilles :

– Tu ne rentres pas dans la douche. Je ne suis pas...

– Non mais, oh, ne rêve pas trop Houari.

Houari ferma la porte de la salle de bain dans un éclat de rire.

En attendant que Houari soit prêt, il appela Atif. Le téléphone sonnait et sonnait mais sans réponse. Il se dit qu'il devait surement être au travail et essaierait de rappeler plus tard.

Installés sur la terrasse du restaurant, dans un coin calme, le vent rafraichi de la soirée caressait doucement les visages. C'était juste avant le dessert, un moelleux au chocolat au cœur coulant et une crème à la pistache, que Houari annonça à Alexandre ce qu'ils devraient faire le lendemain. Il avait réussi à avoir un rendez-vous en urgence avec le consul de France qui était de passage à Sharm El-Sheikh. Alexandre devait régulariser sa situation, changer son vrai passeport à la fausse identité et son visa pour à jour pour quitter l'Égypte. Le consulat devrait l'aider à rejoindre la France au plus vite.

Leur repas avalé, Houari quitta l'hôtel pour rejoindre son appartement.

Alexandre marchait au clair de lune, longeant les chemins dessinés au cordeau dans les jardins du resort. Il tenta sa chance à nouveau pour appeler Atif mais ça sonnait à nouveau dans le vide, aucune réponse. L'angoisse qui ne l'avait pas quitté depuis son départ de l'Arabie Saoudite se rappela à lui plus intensément. Il continua de déambuler dans les dédales peu éclairés pendant une bonne heure, faisant des tentatives pour joindre Atif, toujours sans succès. Le calme de la nuit avait envahi les lieux, seule la légère brise caressant les arbustes et bosquets fleuris brisait le silence. Alexandre prit place sur un des bancs faisant face à la mer. De l'autre côté du golf, l'Arabie Saoudite où sa vie avait pris un tournant tragique.

Les évènements de ces dernières années lui revenaient par bribes : l'arrivée à Dahaban, les coups, les violences, ses codétenus, sa rencontre avec Atif, avec Houari et avec Reema. Surtout Atif et son regard si bienveillant, sa gentillesse, son charme, ses mains douces. Alexandre se rendit compte à quel point il lui manquait.

Un des employés qui passait sur le chemin à proximité, le salua et le sortit de ses pensées. Alexandre se leva pour rejoindre sa chambre. Il se glissa dans son lit, blotti sous la couette serrant un des oreillers contre lui pour combler son manque d'affection. Il s'endormit en quelques secondes.

Au petit matin, Houari tomba nez à nez avec Alexandre en tenue de sport, tout en sueur, serviette sur l'épaule.

– Non mais sérieux, tu étais où Alex ? Ça fait une heure que je te cherche partout.

– Désolé Houari, je n'arrivai pas à dormir. Je suis allé à la salle de sport me défouler.

– Ne me fais plus ça, je me suis inquiété, j'ai même grimpé sur la terrasse de ta chambre pour te trouver.

– Viens là Houari.

Alexandre passa son bras autour de son cou et l'attira contre lui. Il lui fit un bisou sur la joue.

– Pardon Houari, désolé, je ne le referai plus.

Alexandre souriait et cligna des yeux vers lui.

 – Tu as faim, Houari ?

– Oh oui ! Toutes ces émotions m'ont ouvert l'appétit.

– Je prends une douche, et on va dévorer le buffet.

Ce qu'ils firent avant de se mettre en route pour le rendez-vous avec le consul de France. Sur la route ils passèrent à un bureau Western Union pour récupérer l'argent que sa sœur lui avait envoyé.

Alexandre avait rendez-vous au lounge d'un des hôtels du bord de mer. Il y arriva une heure en avance, et se commanda un café. Alexandre faisait les cent pas en buvant son café, il regardait par la grande fenêtre du bar quand il entendit son nom.

– Monsieur Perret ?

– Oui, fit Alexandre en se retournant.

Le consul était accompagné par un garde du corps qui se posta à quelques mètres d'eux.

– Vous souhaitez boire quelque chose Monsieur le Consul ?

– Un café, ça fera l'affaire.

Ils s'installèrent dans un coin à l'écart. Le consul en Égypte avait été en contact avec l'ambassade en Arabie Saoudite. Toute l'histoire d'Alexandre était connue et les services de l'État avaient été très actifs pour l'aider sans créer de crise diplomatique. C'était grâce au déploiement de leurs efforts qu'il avait obtenus un vrai-faux passeport et un accès à l'Égypte.

Le rendez-vous dura une bonne heure. Le consul lui exprima au nom de la France tout son soutien et quitta l'hôtel en compagnie de son garde du corps.

Alexandre tourna et retourna le passeport que le consul lui avait remis. Il ouvrit, inspecta et referma, le billet d'avion pour Paris réservé pour la fin de semaine.

Alexandre rejoignit Houari qui l'attendait dans un café à proximité. Il lui annonça son départ à la fin de semaine pour enfin rentrer chez lui. Malgré ces nouvelles qui se voulaient positives, la tristesse se lisait sur le visage d'Alexandre, qui s'éloignait un peu plus d'Atif. Houari le remarqua aussitôt et le prit par la main. Houari avait décidé d'égayer ses dernières journées à Sharm El-Sheikh et de se mélanger aux flux de touristes de la station balnéaire. Houari lui promit de lui faire découvrir un des plus beaux endroits de la ville. Ils iraient à la nuit tombée, mais pour le moment, il déposa Alexandre à l'hôtel.

Après un déjeuner rapide, Alexandre tenta à nouveau de joindre Atif, il voulait partager avec lui les bonnes nouvelles du jour. Il insista de nombreuses fois, tout en se dirigeant vers sa chambre, mais rien, toujours pas de réponse. Sa voix lui manquait. Tout en Atif lui manquait terriblement. Le toucher de ses mains, la force de ses bras l'embrassant, la douceur de ses lèvres qu'il posait sur sa peau.

*Je l'aime, c'est sûr, je l'aime.*

Sa chambre avait été nettoyée, les serviettes changées, le lit fait au carré avec une sculpture de serviette en forme d'éléphant en plein milieu. Ce qui le fit sourire, il trouvait ça quelque peu ringard mais l'appréciait quand même. Il s'allongea en repoussant l'éléphant de coton du pied, pour découvrir une enveloppe au logo de l'hôtel. Il se dit que ça devait être la facture des services mais en l'ouvrant il y découvrit un message manuscrit de l'employé de la réception :

"Je vais bien mon amour mais ils sont après moi pour ce que j'ai fait. Je dois me faire discret pour quelque temps. Je n'aurai plus mon téléphone alors ne t'inquiète pas. Je te rejoindrai dès que possible. Prends soin de toi. Je t'aime. A."

Il relut la lettre plusieurs fois, mais les mots semblaient flous et confus. Alors qu'il marchait les pieds nus sur la moquette, son sang se glaça.

*Atif est en danger, à cause de moi. Il est où ? Avec qui ? Qu'est-ce qui va lui arriver ? Il a pris tellement de danger pour moi Atif… Pourquoi il ne m'a pas rappelé ? Qu'est-ce qu'il a fui si vite sans me parler ?*

Il y avait tant de questions qui lui tournaient dans la tête, qu'il se sentit ses lourdes paupières se fermer.

Alexandre somnola près de deux heures, en serrant contre son corps la lettre qu'il avait découverte plus tôt.

Dans la soirée, Houari emmena Alexandre au café Basata, réputé pour sa situation entre flanc de montagne et la plage. Ils y passèrent la soirée à siroter des cafés et thés tout en fumant une chicha. C'était le premier moment de répit, repos et détente qu'Alexandre appréciait depuis très longtemps. Houari partagea avec Alexandre ses projets pour le futur ; il voulait ouvrir un restaurant quelque part en Europe, il ne savait pas bien où mais il avait choisi l'Europe. Alexandre lui prodigua de bons conseils et lui expliqua les erreurs à ne pas faire. Ils se demandaient si après les trois prochains jours qu'ils leur restaient ensemble ils se reverraient. Ils se firent la promesse que oui. Peu importe où et quand.

– Après ce qu'on a vécu ensemble, nous sommes des frères, dit Houari, inséparables.

Les trois derniers jours ils profitèrent des équipements du resort, la plage, le bar, la piscine, les restaurants et le spa. Tout avait été payé autant faire bon usage de ce qu'il avait à disposition.

La veille du départ. Alexandre n'avait pas fermé l'œil de la nuit. Toutes les émotions se battaient en lui, entre l'angoisse, l'excitation du retour au pays et l'immense tristesse qu'il ressentait. Cette tristesse qui coulait dans ses veines et toutes les cellules de son corps.

Houari qui l'avait accompagné à l'aéroport le prit une dernière fois dans ses bras.

– Promets-moi de pendre soin de toi mon frère, dit Houari. Mon frère, je veillerai sur toi comme Atif le fait.

– Je te le promets, Houari, merci pour tout. Et toi aussi, prends soin de toi et de ta famille.

Alexandre et Houari se regardèrent, sachant qu'il était temps de se séparer, et un silence s'installa, chargé d'émotions. L'annonce du vol d'Alexandre retentit, il était temps de partir. Ils s'étreignirent une dernière fois, plus fort que jamais.

Alexandre devait passer la sécurité et fit signe à Houari de loin, il ravala difficilement sa salive. L'enregistrement fut assez rapide, il ne possédait que peu de choses. Juste un sac, auquel il tenait plus que tout, celui qu'Atif avait acheté, et les affaires préparées pour lui.

Le consulat lui avait réservé un vol pour Paris mais avec une escale au Caire. Le vol entre Sharm El-Sheikh et le Caire venait d'être annoncé. Alexandre fixait les avions au travers de la grande baie vitrées de la salle d'embarquement. Ces avions qu'il aimait tant et qui emmenaient vers une destination de vacances. Cette fois-ci, les avions annonçaient le retour à la maison.

Tant qu'il n'était pas en direction de Paris, il ne se sentirait pas totalement en sécurité. Il entra dans l'avion et s'installa à sa place. En une heure, il arriva au Caire pour une escale de deux heures avant le vol suivant qui le ramènerait en France.

Il s'installa au salon business de l'aéroport du Caire pendant les deux heures d'escale. Le consulat lui avait réservé le vol de retour en France en classe affaires. Bien qu'il appréciât le service luxueux d'Air France, il n'en avait que faire. Même un retour dans la soute à bagages lui aurait suffi, tant que sa destination finale était la France.

Le décollage était prévu à deux heures du matin, et Alexandre n'ayant pas dormi depuis plus de vingt-quatre heures sentait la fatigue lui peser sur les épaules.

Premier appel pour les passagers de la classe affaires invités à embarquer. Alexandre s'installa au siège 4A, côté fenêtre, l'hôtesse lui offrit une sélection de boisson et de snack avant le décollage.

Tous les passagers étaient à bord, les portes de l'avion venaient de se fermer, le signal lumineux pour boucler la ceinture, allumé. Les moteurs vrombissaient et faisaient trembler le fuselage, push-back, et l'aéronef prit place sur la piste de décollage.

Un message du commandant de bord et l'avion entama sa course, sur quelques centaines de mètres, et à mesure que son nez se leva vers le ciel, Alexandre éclata en sanglots la tête tournée vers le hublot.

Plus que cinq heures de vol et il serait enfin de retour en France, le retour à la liberté. Sa liberté.

"Bienvenue à Paris Charles de Gaulle, la température extérieure est de 21 degrés, bon séjour ou bon retour en France"

*Merci.*

Alexandre avala un mini sandwich et le pilote annonça la descente vers l'aéroport Charles De Gaulle et demanda le bouclage des ceintures. Les roues accrochèrent le tarmac. Il était en France, enfin de retour. Le passage à la douane fut très rapide et il n'avait pas de bagage à attendre, il put donc prendre la direction de la sortie directement.

Dariane et Tony, ses neveux et Yanis l'attendaient à l'arrivée à l'aéroport Charles De Gaulle. Lorsqu'il passa les portes coulissantes vers la sortie, il vit les têtes de son comité d'accueil.

Alors qu'Alexandre se trouvait face à eux, un de ses neveux ne le reconnut pas, tellement il avait changé et demanda qui il était.

Il s'effondra à genoux devant eux.

**Chapitre 21**

Cette expérience traumatisante avait changé Alexandre à jamais. Il avait vécu l'horreur. De la torture et de l'oppression, mais il avait aussi connu l'espoir et l'amitié, même l'amour. Mais l'amour, il l'avait perdu aussi vite qu'il s'était invité dans sa vie. Dès son retour, il avait rejoint Amnesty International pour lutter à sa façon contre l'oppression., il y avait présenté son dernier livre et donné quelques conférences sur les conditions de détention au Moyen-Orient.

À son retour en France, Alexandre avait été invité sur de nombreux plateaux de télévision pour raconter son histoire. Déjà une année qu'Alexandre était de retour dans son pays mais il n'arrivait toujours pas à reprendre une vie normale.

Chaque jour était une lutte pour lui. Il avait l'impression d'être un étranger dans son propre pays. Il se sentait souvent seul et isolé. Il avait perdu tout intérêt pour les choses simples de la vie qui le rendaient heureux, avant. Même écrire était devenu douloureux.

Peu à peu, Alexandre s'isolait du reste du monde. Plus rien n'avait de sens ou de saveur à ses yeux. La mélancolie l'envahissait et des idées noires germaient dans son esprit tourmenté. Il ne se passait pas une nuit sans que son sommeil ne soit interrompu par de terribles cauchemars. Malgré les visites hebdomadaires chez le psy et la médicamentation il n'arrivait pas à reprendre le cours normal de sa vie.

Les années passées en prison avaient laissé des cicatrices profondes aussi bien sur son corps que son mental. Il avait perdu beaucoup de poids et était devenu méconnaissable, il n'était plus que l'ombre de lui-même, hanté par les souvenirs de l'isolement, des coups et des insultes qu'il avait subis en prison. Bien que sa famille fasse tout pour lui faciliter la vie au quotidien, rien n'y faisait, Alexandre ne remontait pas la pente. Yanis lui rendait visite régulièrement, il l'emmenait en sortie, au restaurant, au cinéma, au concert, etc. Depuis son retour, Alexandre et Yanis n'avaient plus eu de relation sexuelle ensemble et ils s'étaient découvert une amitié sincère. Yanis avait passé de longues heures à écouter l'histoire d'Alexandre et ses souffrances. Serge et Annabella étaient eux aussi de retour en France. Ils lui avaient rendu visite à plusieurs reprises à Lille et Alexandre s'était rendu à La Rochelle dans leur maison de campagne pour des séances d'écriture et de repos.

Malgré ça, Alexandre avait du mal à s'adapter à la vie normale. Le monde extérieur avait continué de tourner sans lui. Les rues étaient différentes, les gens étaient différents, même l'air qu'il respirait semblait différent. Le bruit de la ville, autrefois familier, lui semblait maintenant assourdissant. Les rires et les conversations des passants lui semblaient étranges, comme s'il observait une autre espèce.

Chaque jour en prison, il avait su exactement ce qu'il allait faire, à quelle heure, et comment. Chaque jour dépourvu de surprises, de variations. Mais maintenant, chaque instant était rempli d'incertitude. Qu'allait-il faire maintenant ? Comment allait-il remplir les heures vides qui s'étiraient devant lui ?

Il avait perdu l'habitude de vivre en société et se sentait isolé. Il avait également perdu toute confiance en lui-même et en ses capacités. Il avait l'impression que personne ne pouvait le comprendre, qu'il était seul face à son mal-être. Alexandre passait devant le dernier restaurant du Vieux Lille, où il avait été chef, avant son départ pour le Moyen-Orient. Il s'installait sur le banc d'en face et y observait pendant des heures l'activité. Il se forçait à déambuler en ville et à marcher sans but dans les rues qu'il avait dû emprunter. Bien qu'il passât dans les lieux qu'il avait fréquentés avec joie dans un passé lointain, pas un souvenir heureux lui revint.

Il avait du mal à trouver un travail et ne voulait pas en trouver, d'ailleurs. Il écrivait tout le temps, c'était devenu sa seule échappatoire, et heureusement sa source de revenus. Impossible pour lui de se refaire des amis.

Il passait la plupart de son temps à la maison, à regarder la télévision, à écrire ou à dormir. Il avait perdu sa joie de vivre, sa passion pour les choses qu'il aimait faire. La dépression s'était installée, rampante, rongeant les heures de ses journées désœuvrées. Alexandre s'enfonçait peu à peu dans un abîme de solitude et de désespoir, persuadé de ne plus avoir sa place nulle part, même chez lui.

La prison l'avait dépossédé de son propre corps et de son esprit, ne lui laissant qu'une carapace vide qu'il ne savait plus comment habiter. Il lui arrivait très fréquemment de parler aux murs qui se trouvaient face à lui, peu importe les lieux, dès qu'il ressentait le besoin de se questionner sur Atif. Cette triste et terrible habitude lui collait à la peau. Il avait contacté tous ses contacts en Arabie Saoudite pour glaner des infos sur Atif, mais n'en avait jamais eu.

Mais il lui faudrait du temps, encore, pour panser ses plaies invisibles et redevenir lui-même. Alexandre ne savait pas comment en sortir. Il avait besoin d'aide, mais il avait du mal à demander de l'aide à quiconque. Il se sentait faible et impuissant, comme s'il avait perdu le contrôle de sa vie.

Chaque jour qui passait creusait un peu plus le gouffre qui le séparait de la vie qu'il avait connue. Les rires, les projets, les espoirs qui avaient autrefois rempli son cœur semblaient désormais appartenir à un autre, un étranger dont il ne restait plus que l'ombre. Alexandre se sentait coupable, impuissant face à la déferlante de souvenirs et d'émotions qui l'assaillaient sans cesse. Un soir, alors que la lune baignait sur Lille d'une douce lumière argentée, Alexandre erra sans but dans les rues désertes. Il avait besoin de fuir, de s'échapper de la prison invisible qui l'enfermait depuis son retour. Les ombres de la nuit semblaient refléter son propre mal, doublant les contours de son âme tourmentée. Il n'avait pas laissé son cœur s'ouvrir si facilement. Blake qui l'avait utilisé et brisé puis Atif avait réussi à s'y faire une place, Alexandre s'était juré que ce serait le dernier homme à fendre l'armure de son cœur.

Alors que ses pas le conduisaient sans but, il s'arrêta devant un des restaurants où il avait travaillé jadis. Il regarda la devanture, inchangée, la porte verte, toujours la même, les murs en grosses pierres grises, à leur place. Il ferma les yeux et posa son front sur l'une des grosses pierres.

– T'es un mur toi aussi. Est-ce que les murs se contactent entre eux ?

– …

– Dis leurs que je suis là et que je l'attends, Atif, patiemment.

– …

– Fais passer le message, mon message.

-…

Cette conversation fut stoppée par le passage de deux jeunes garçons.

– Non mais il bourré le mec, regarde, il parle tout seul.

Ils le regardèrent avec un air de dédain et continuèrent leur chemin.

L'absence d'Atif lui brulait l'esprit chaque jour. Il n'avait pas entendu sa voix depuis sa fuite d'Arabie Saoudite pour l'Égypte. Les seules nouvelles qu'il avait, lui venaient de Reema avec qui Alexandre gardait le contact. D'ailleurs elle avait été son plus grand soutien depuis son retour. Elle était le lien entre Atif et sa nouvelle vie.

Atif avait disparu de la surface de la terre depuis des mois. Les dernières informations que Reema avait eues, de l'un de ses contacts en Arabie Saoudite, Atif était hébergé dans une ferme de la région d'Abha.

Elle était une victime collatérale de leur relation. Bien qu'elle n'y fût pour rien, officiellement, dans l'évasion d'Alexandre pour laquelle Atif était recherché depuis des mois, elle avait dû fuir le pays. Son père l'avait faite paria dans la famille, l'accusant de ne pas avoir su tenir son mari et d'avoir mis la honte sur leur famille. Elle s'était installée à Londres. Par chance, elle y avait investi et acheté un appartement.

Reema n'avait pas eu de nouvelle d'Atif depuis son départ pour le Royaume-Uni. La dernière fois qu'elle l'avait eu au téléphone, il se cachait quelque part mais n'avait partagé aucun détail avec elle pour ne pas la mettre en porte-à-faux ou en danger. Ils se savaient tous deux surement sur écoute.

Ce matin de septembre, dans la campagne du Nord, le premier brouillard épais de la saison apparu alors qu'Alexandre ouvrait le store mécanique de la baie vitrée. Alexandre avala un café le regard perdu dans la vie. Il se mit à genou comme s'il allait prier et s'adressa au mur du salon.

– Hey toi !

– …

– Toi qui ne dit rien. Toi qui vois tout et ne dit rien.

– …

– Aide-moi. Dis-moi où il est. Dis-moi au est Atif, je suis sûr que tu le sais.

– …

– J'ai besoin de lui, tu sais.

– …

– Ils sont tous là, ma famille, Yanis, Reema, les enfants, les amis ; mais je suis tout seul face à toi.

– …

Reema venait justement d'appeler Alexandre pour prendre de ses nouvelles et donner celles de sa fille qui considérait Alexandre comme un membre de la famille à part entière. Reema y était pour beaucoup. Elle lui avait dit qu'Atif vivait en lui. Les nouvelles qu'Alexandre attendait ne venaient toujours pas. Reema n'en avait pas non plus.

Alexandre tournait en rond dans le petit studio que Dariane et Tony lui avaient aménagé. Chaque fois que les idées noires se bousculaient dans son esprit, il avait le tournis à s'évanouir. Cette fois, il ressentit une douleur, plus intense encore, comme un éclair dans la nuque puis s'effondra de toute son long sur le sol.

Depuis son retour d'Arabie Saoudite, Alexandre avait des troubles de stress post-traumatiques et s'évanouissait régulièrement du trop-plein d'émotions.

Juste un autre jour dans la vie d'Alexandre. Plus rien n'était pareil à présent.


L'automne chassait un été de plus, un été de plus sans lui. Dans la solitude, la grisaille du Nord et la noirceur de son cœur. Physiquement, Alexandre ne ressemblait plus à ce qu'il était avant la prison. Ces trois années n'avaient en aucun cas atténué la douleur de l'absence d'Atif ni le souvenir douloureux des violences qu'il avait subies à Dahaban. Le seul contact qu'il avait avec ce passé était Reema. Elle n'avait de cesse d'inviter Alexandre, à coup de billets d'Eurostar ou d'avion. Elle avait refait sa vie avec un Anglais, Cameron, un homme raffiné et sympathique avec qui elle avait eu un petit garçon et qui connaissait les moindres détails de la vie d'Alexandre et d'Atif. Cameron considérait Alexandre comme l'oncle des enfants.

La dernière visite d'Alexandre à Londres datait déjà de plusieurs mois mais ils s'appelaient toutes les semaines et les enfants le réclamaient à chaque fois.

Alexandre avait publié son histoire et s'était lancé dans l'écriture d'autres romans, il en avait déjà publié deux, écrits avant la prison, avec un petit succès. Le premier était une histoire d'amour impossible et le second livre, une histoire d'un journaliste qui part à la découverte du passé de sa mère décédée, qu'il avait rédigé des années auparavant.

Il était actuellement en pleine négociation pour vendre les droits de son livre sur la prison, à un studio de cinéma. Il devrait se rendre à Londres pour signer les contrats.

Alexandre appela Reema qui insistait depuis des semaines pour qu'il la rejoigne à Londres. Il lui raconta le contrat qu'on lui avait proposé et les rendez-vous à Londres qu'il devait honorer. Il devrait rester au Royaume-Uni au minium deux semaines pour régler ses affaires. Reema sauta de joie à l'annonce de la visite d'Alexandre, mais celui-ci insista pour aller à l'hôtel, il ne voulait pas les déranger comme il aurait à sortir certains soirs. Reema lui offrit de rester dans l'appartement de Canary Wharf qu'elle n'habitait plus depuis bien longtemps et qui n'était pas en location à ce moment-là.

Une fois l'appel fini, Alexandre prit la route pour se rendre chez Dariane. Il ne vivait plus chez sa sœur mais y passait quand même trois ou quatre jours par semaine. Il se sentait toujours mieux près de ses neveux. Ils le tenaient en vie, surtout dans les moments de baisse de moral et lorsque des idées noires lui traversaient l'esprit. Il leur faisait découvrir le cinéma, il organisait des débats avec eux après chaque film et adorait ces moments privilégiés.

Attablés pour le diner, Alexandre annonça qu'il allait partir pour deux semaines à Londres pour ses contrats et rendre visite à Reema par la même occasion.

Alexandre n'avait pu obtenir de billet pour Londres au départ de Lille, du coup il avait rejoint Paris en TGV pour prendre un autre train en direction de la capitale anglaise. Alors qu'il sirotait une coupe de champagne et dégustait des petits fours au lounge Eurostar de la gare du Nord, un homme originaire des pays du golf entra, accompagné de sa famille, femme et enfants.

Il se figea en un instant quand il croisa son regard, il le reconnut en un fragment de seconde. Ces grosses mains, ces yeux noirs, cette dégaine mal assurée. C'était Mohammed, le *jalaad.* Le tortionnaire de Dahaban qu'avait remplacé Atif quelques semaines après l'arrivée d'Alexandre en prison. À peine il le reconnut qu'il lâcha sa coupe des mains qui se fracassa au sol, s'attirant tous les regards sur lui. Son visage rougissait, passant du pourpre à écarlate. L'attention de Mohammed fut attirée par le son de verre brisé, il fixa un moment Alexandre. Leurs regards se croisèrent un instant, mais le *jalaad* s'en détourna pour attraper le bras de sa fille qui gigotait dans tous les sens.

Les jambes tremblantes, Alexandre se dirigea vers les toilettes pour se cacher, les tempes et le front dégoulinants de sueur. Il se passait de l'eau fraiche sur le visage quand la porte s'ouvrit, il se jeta dans l'un des toilettes et claqua la porte. La peur envahissait son corps par tous les pores. Il était enfermé depuis de longues, très longues minutes quand l'annonce du départ de son train pour Londres se fit entendre dans les haut-parleurs, il entrouvrit la porte des toilettes, personne. Alexandre s'en échappa et s'arrêta devant le miroir.

*Non mais c'est pas possible, reprends-toi. Il n'a pas de pouvoir sur toi. Il ne peut plus rien faire contre toi.*

Alexandre gonfla la poitrine et sortit pour récupérer ses affaires laissées à son siège au lounge.

Installé depuis une demi-heure dans l'Eurostar qui l'emmenait à Londres, Alexandre mangeait le repas que lui avait déposé l'hôtesse en regardant un épisode de New York Unité Spéciale sur son iPad. Les stewards et les hôtesses s'activaient pour assurer le service aux passagers de la classe affaires tandis que les paysages de la campagne défilaient à toute allure. Le *jalaad* fit irruption à travers les portes automatiques. Il traversa le wagon en direction des sanitaires, regarda Alexandre, dont le sang se glaça, le salua de la tête et continua son chemin.

Avait-il reconnu son ancien détenu ? Et l'évitait-il ? Ou les changements drastiques de physique d'Alexandre le rendaient méconnaissable ?

Alors qu'Alexandre rougissait et que son souffle se faisait plus stressé, il se leva d'un coup, le suivi sur la plateforme entre les deux wagons. Il lui faisait face. Les lèvres pincées, poings sur les hanches, Alexandre prit une immense inspiration et le regarda dans les yeux.

– Je n'ai plus peur, tu ne me fais plus peur maintenant. C'est fini. Criait presque Alexandre.

Mohammed le regarda, interloqué.

– Sorry, I don't speak french.

Et il continua son chemin en secouant la tête, laissant Alexandre l'air ébahi et hébété.

Pendant les deux heures qui suivirent avant l'arrivée à Saint Pancras, il ne le croisa plus. Alexandre avait scruté le wagon au complet, détaillant les visages de chaque passager, le *jalaad* n'y était pas ou plus. Le train à quai, Alexandre dévala les marches, s'assurant de ne pas avoir été suivi. Bien qu'il ait quitté la prison depuis plusieurs années, elle l'avait rendu méfiant. Il sortit de la station tirant sa valise à roulettes à marche rapide. Il rata la sortie pour rejoindre le métro, et perdit son chemin alors qu'il le connaissait par cœur pour l'avoir emprunté des centaines de fois. Quand il se retrouva sous la pluie londonienne juste à l'extérieur de la gare, il se rendit compte du ridicule de la situation.

Après avoir changé de carte SIM et appelé Reema, il prit la direction du métro pour la rejoindre.

Reema fit une accolade à Alexandre et le serra fort contre elle. Elle lui dit à quel point elle était contente de le voir. Reema avait gardé cette tradition d'hospitalité des Saoudiens ; et comme un membre de la famille, Alexandre enleva ses chaussures et passa ses claquettes rangées dans le petit meuble de l'entrée et pendit son manteau à un cintre. Les enfants étaient encore à la garderie et Cameron au travail. Reema et Alexandre en profitèrent pour discuter, de tout et de rien, comme à leur habitude ils refaisaient le monde à chaque fois. Il y avait entre eux une relation indéfectible et incompréhensible pour qui ne les connaissait pas, cette connexion de ceux qui ont vécu des moments de vies intenses ensemble.

Alexandre lui demanda comme à chaque fois si elle avait eu la moindre nouvelle d'Atif et comme à chaque fois depuis son évasion de Dahaban, elle répondit par la négative, à la plus grande déception d'Alexandre. Bien que libre depuis des années maintenant, sa vie s'était arrêtée à l'entrée de Dahaban, même après, sa relation avec Atif qui n'avait jamais été vécue comme elle aurait dû. Au grand dam de sa famille et de ses amis, Alexandre ne vivait plus, il survivait, même si sa situation financière était au beau fixe, ses livres lui avaient généré de confortables revenus mais il n'en faisait rien, enfermé dans sa tristesse et son appartement la plupart du temps.

Reema lui remit les clés de l'appartement de Canary Wharf en lui faisant bien comprendre qu'elle aurait préféré l'avoir à la maison mais qu'il pouvait aussi rester autant de temps qu'il le souhaitait. Il sortit de sa valise les cadeaux achetés plus tôt dans la journée pour les enfants et les déposa dans la cuisine où s'affairait Reema.

– Je te file un coup de main Reema ?
– Sûrement pas, tu es mon invité et un invité ne cuisine pas !
– On n'est pas un invité dans sa famille, non ?
– Heu… Si… Et c'est moi qui commande, riait Reema

Elle le renvoya dans le salon. Il s'installa de nouveau sur le sofa et regardait des TikTok quand son regard se perdit sur les photos de la cheminée. La photo du mariage de Cameron et Reema, celle avec la fille d'Atif et Reema, Ranya, une autre avec Alexandre qui datait du dernier Noël, une photo d'Atif avec Ranya bébé dans les bras. Il fixa longuement le cliché avant de se lever et de le prendre en main. Alexandre fixait Atif des yeux, son visage se ferma, lèvres pincées et ride du lion creusée, il s'exprima comme s'il se tenait devant lui.

– Ça fait tellement longtemps que tu ne donnes plus de nouvelle. Mais qu'est-ce que tu fous, Atif !? Où es-tu ? Merde. J'espère que tu es encore en vie que je te botte le cul, si tu réapparais. Non mais vraiment, tu nous manques tous les jours, à Ranya, Reema et moi. Je sais pourquoi tu as disparu. Parce que tu es un homme bon, unique, tu m'as libéré de l'enfer et tu as permis à Reema d'avoir la vie dont elle rêvait mais je pense à toi chaque jour que Dieu fait, tu me manques, tu nous manques terriblement. Je me demande ce qu'il t'est arrivé tout ce temps. Tu nous laisses comme ça, putain... Le temps a beau passer, mes sentiments sont les mêmes. Tu es toujours dans mon cœur.

Alexandre soupira profondément, serrant contre la lui le cadre photo, tête baissée, la bouche vibrante, tout son corps se mit à trembler de chagrin.

– Je t'aime Atif, chuchota Alexandre, je t'aime et je t'aimerai toujours, où que tu sois. Malgré le temps qui passait, la cicatrice de son cœur restait grande ouverte. Il s'allongea sur le sofa, bras croisés sur la poitrine avec la photo sur son cœur. Reema l'observait dans l'embrasure de la porte du salon.

– Allez Alex, dit Reema de sa voix douce. Il faut se reprendre, la vie continue, aussi dure qu'elle soit. Il y a les enfants et ils t'aiment, Oncle Alex. Nous leur devons au moins ça, en souvenir d'Atif.

Elle disait ça comme s'il était mort et cela enfonçait encore plus la douleur dans le ventre d'Alexandre.

Elle vint s'assoir près de lui et passa sa main dans les cheveux d'Alexandre.

– Je ne sais pas comment tu fais. Je n'y arrive pas. Il n'y a pas un jour où je ne pense pas à lui, où je ne me demande pas ce qu'il fait, où il est. S'il est en vie ou pas. Quand, comment, pourquoi ? Et ça me torture à chaque instant, tu sais.

– Je sais ce que tu vis. Mais j'ai mes enfants et j'ai eu la chance de rencontrer Cameron.

Reema attrapa Alexandre et le leva du canapé.

– Puisque Atif a préféré tes muscles ... et tes petites fesses... plutôt que moi, reprit Reema en riant.

Elle avait réussi à le faire rire aussi. Elle le prit dans ses bras, le serra contre elle et l'embrassa.

– Tu n'imagineras jamais ce que j'ai vu, reprit Alexandre. Enfin qui, j'ai vu. Mohammed, le gardien chef qu'Atif avait remplacé. Devant moi, face à moi dans l'Eurostar, le voir m'a glacé le sang d'un coup et j'ai eu peur...

– Non c'est pas vrai ! s'étonna Reema.

– Attends, je ne sais pas ce qui m'a pris. Je me suis posé devant lui dans le train et je lui ai lâché un : "tu ne fais plus peur !" Bon, je crois que j'ai hurlé comme un hystérique.

– T'as pas fait ça quand même, se marrait Reema.

– Bah si j'l'ai fait.

– Et... ?

– Il m'a repoussé en disant "I don't speak french", non mais t'y crois, il ne m'a pas reconnu.

Ils furent interrompus par l'arrivée de la nanny et des enfants qui rentraient.

- Tonton Alex ! hurla Ranya, en courant dans vers le salon. Tontooooooooon.

Elle lui sauta dans les bras et Alexandre reprit du poil de la bête et le cadre photo tomba sur le canapé.

– Tu as la photo de papa. Il est beau sur cette photo, reprit Ranya. Et le bébé c'est moi tu sais.

– Oui je sais, *habibti*....

Alexandre reposa le cadre à sa place.

Reema les envoya se laver les mains pour prendre le goûter. Alexandre en profita pour aller se rafraichir le visage. Ils prirent le thé et engloutirent les pâtisseries que Reema avait préparées. Après avoir distribué les cadeaux Alexandre se posa avec Ranya, qui avait décidé d'apprendre le français, pour l'aider avec leur leçon du jour. Ils riaient aux éclats quand Cameron arriva. Il fit une accolade à Alexandre et Ranya lui sauta au cou avant de reprendre le cours.

La soirée était déjà bien avancée quand Alexandre se décida à prendre le chemin de l'appartement de Canary Wharf. Reema insista pour qu'il reste encore et même passer la nuit chez eux, mais Alexandre avait un rendez-vous le lendemain, tôt dans la matinée et déclina l'invitation. Son agent avait son bureau plus proche de l'appartement.

Le gris londonien avait fait place à une nuit pluvieuse alors qu'Alexandre attendait l'arrivée de son Uber qui le conduirait à destination. Il se sentait bien dans cette ville, à la fois, la présence de Ranya le maintenait proche de l'homme de sa vie, et Reema aussi.

Jamais il ne pourrait le remplacer et encore moins l'oublier, il lui devait la vie. Alexandre ne serait peut-être plus de ce monde si Atif n'avait pas risqué la sienne pour la lui sauver. Il croupirait toujours dans sa cellule à Dahaban subissant les brimades et les violences des gardiens. Non seulement il lui devait la vie, mais aussi la liberté. Cette liberté tant chérie par les uns et bafouée par les autres, parfois oubliée quand elle était acquise de naissance et qu'on ne risquait pas de la perdre. Alexandre en connaissait la valeur plus que n'importe qui et en appréciait, malgré sa peine profonde, chaque instant.

Il déposa sa valise dans l'entrée, échangea ses chaussures contre des claquettes et fit le tour de l'appartement. Bien que ce fût la première fois qu'il allait y séjourner, il en connaissait tous les recoins pour avoir aidé à le redécorer. Il avait posé les cimaises et peint les murs, il avait même acheté une œuvre d'art. Une toile de velours représentant Hassan, le gardien de la girafe, de Voglio Béné. Il l'adorait et était persuadé qu'Atif l'aimerait aussi.

Reema lui avait tout préparé ; des serviettes l'attendaient dans la salle de bain, elle avait fait le lit de la suite parentale et avait même aspergé le linge de lit avec le parfum préféré d'Alexandre. Elle lui avait rempli le frigo de Perrier lime, sa boisson favorite, et de petits plats cuisinés par ses soins. Les placards regorgeaient aussi de victuailles. Alexandre était touché par les attentions de Reema.

Il organisa ses affaires dans la penderie de la chambre puis se posa avec son Kindle sur le canapé du salon. Plongé dans la lecture, il leva les yeux et son regard se posa sur le mur… en face… mais sur ce mur, les photos que Reema avait prises et encadrées. Atif, flamboyant, d'une beauté incomparable aux yeux d'Alexandre. Reema et Alexandre, rouleau de peinture en main et sourires éclatants. Ranya et Alexandre à Disneyland quand il l'avait emmenée pour les fêtes. Tous ces détails que Reema avait arrangés pour qu'Alexandre se sente chez lui.

Pendant une semaine, Alexandre avait enchaîné les rendez-vous avec son agent et des représentants des studios américains pour les droits d'adaptation de son livre. Tout se passait pour le mieux dans les négociations et il devait signer la dernière mouture du contrat ce mardi après-midi après un déjeuner avec Reema. Il avait couché noir sur blanc son histoire, ses peines et ses doutes et on lui reconnaissait ses talents. Il avait fait de ce livre sa thérapie, conseillé par le psy qu'il suivait depuis son retour en France.

Alors qu'Alexandre était en pleine lecture du contrat et en discussion avec son avocat, Reema l'appela sans laisser de messages.

Alexandre regarda son téléphone en coupant la sonnerie.

*Je te rappelle après Reema, t'inquiète.*

Ils avaient sabré le champagne afin de fêter la signature à un million de Livres Sterling entre avocat, agent et Alexandre. Le temps avait bien filé cet après-midi.

Sur le chemin du retour, il passa chez Itsu pour se prendre une box de sushi avant de rentrer chez lui. Il s'était dit qu'il rappellerait Reema une fois rentré.

Pour ne pas changer, la météo automnale de la capitale anglaise déversait des trombes d'eau. La pluie incessante depuis des jours donnait des airs mélancoliques à la ville, qui collait plutôt bien à l'état d'esprit d'Alexandre.

Un numéro britannique qu'il ne connaissait pas l'appela alors qu'il était à la caisse du restaurant. Il avait les mains pleines, entre ses achats chez Banana Republic et sa boite de sushi, il n'avait pas un doigt de libre. Son téléphone sonna encore une fois, avec insistance. Alexandre regarda son Apple Watch et c'était le même numéro. Il se posa dans un coin pour porter ses AirPods au cas où on le rappellerait. Et alors qu'il se dirigeait vers l'escalier mécanique, ce fut le cas à nouveau. Le même numéro qui insistait. Il décrocha.

Une voix, cette voix, un mot, juste un mot, et Alexandre lâcha les sacs qu'il avait en main, la boîte de sushis s'ouvrit et laissa s'échapper tout son contenu au sol. Il hurla à gorge déployée, un cri assourdissant qui surprit les passants du centre commercial souterrain. Tous les yeux étaient rivés sur lui, durant une fraction de seconde qui lui sembla durer et durer encore. Il n'entendit qu'une chose au bout du fil :

– Je... à l'entrée... Métro… immeuble Reuters.

Alexandre se mit à courir, laissant ses achats sur le sol. Il dévala les couloirs à toute allure, bousculant au passage les autres clients. Il arriva à pleine vitesse aux portes en verre qui séparaient le centre commercial de la station de métro Canary Wharf. Dans la précipitation il n'arrivait pas à ouvrir les portes, tout simplement il poussait dans le mauvais sens. Alexandre bouscula une femme qui ouvrit la porte dans l'autre sens. Il arriva devant les immenses escaliers mécaniques qui menaient à l'extérieur, bondés de monde à cette heure de pointe et dans cette station des plus fréquentées de Londres.

Alexandre essaya de se frayer un chemin entre les autres passagers du métro. L'ascension lui parut interminable. Il arriva lentement vers la sortie, la vue était bloquée par les dizaines de parapluies qui s'ouvraient les uns après les autres. La pluie s'intensifiait à mesure qu'Alexandre approchait de son but. Il était sur le parvis, parmi les centaines de gens, entre les travailleurs qui quittaient le boulot, les autres qui rentraient chez eux et les touristes, couplé à la forte pluie, il ne voyait rien.

Avait-il vraiment bien entendu ? Avait-il rêvé ?

D'un coup, une main se posa sur son épaule. Alexandre ne se retourna pas, de peur de ce qu'il allait voir. Puis cette voix, celle du téléphone, tant espérée. Un mot, et Alexandre se retourna, les cheveux et le visage trempés, au ralenti. Il était là, face à lui, comme un mirage au milieu du déluge. Figé dans sa stupeur, Alexandre s'arrêta de respirer, fixant des yeux le fantôme de sa vie devant lui. Puis il passa sa main sur son visage pour s'assurer qu'il ne rêvait pas. Atif était bien là, vivant, devant lui. Et c'était comme si les passants disparaissaient autours d'eux et si la pluie s'atténuait alors qu'elle redoublait d'intensité. Atif attrapa la main d'Alexandre qui la retira, il frappa Atif à l'épaule.

- Pourquoi ! cria Alexandre. Tu nous as laissés, tu m'as laissé ... J'ai bien cru que tu étais mort. Atif !

Alexandre frappait dans tous les sens en pleurant un torrent et Atif ne bougeait pas, se laissant atteindre par les poings sans force d'Alexandre. Les cris mêlés aux larmes, les jambes d'Alexandre ne le retenaient presque plus et le firent vaciller. Atif le rattrapa par les bras pour le serrer contre lui.

– C'est bon, je suis là maintenant, je suis là. Tu m'as manqué Alex. Tu m'as tellement manqué my love.

Atif lui prit le visage entre les mains, l'essuya pour faire apparaître ses grands yeux bleus. Il le dévisagea, scrutant chaque centimètre. Il passa ses doigts sur sa peau, ses pouces sous ses yeux, puis son index glissa sur ses lèvres détrempées. Alors que la foule ne désemplissait pas, Atif fut bousculé par un passant et il se jeta contre Alexandre, le serrant avec force contre son corps, il déposa un premier baiser timide sur le coin de la bouche d'Alexandre, puis un autre sur ses lèvres, et encore un qui recouvra toute sa bouche. Alexandre lui rendit ses baisers et leurs bouches ne firent plus qu'une.

Plus rien n'existait aux alentours. Enlacés au milieu de la foule, mais seuls au monde.

Alexandre tenait à présent la tête d'Atif. Il la recula pour mieux l'observer et reprendre son souffle.

– Toi aussi tu m'as manqué. Mon amour, susurra Alexandre tremblotant de froid.

Il l'embrassa de nouveau à pleine bouche. Alors que le vent frappait les parois de la sortie du métro, une trombe d'eau, vint s'écraser sur eux.

– Wow… s'écria Alexandre, on est gelé ici. Rentrons à la maison.

Ils étaient enfin rassemblés, ils avaient tout le temps de se découvrir à présent.

Enfin libres et ensembles.

Ici et pour toujours.

Loin des murs.

### Remerciements

Merci à mon incroyable mari pour sa patience et son inconditionnel support dans les moments de doutes, et les autres. Les longues heures à m'écouter sans tout comprendre. Tu comprendras quand tu liras.

Merci à Chloé, correctrice de cet ouvrage, pour tes conseils avisés.

Merci à vous cher lecteur ou chère lectrice qui avez décidé de m'accorder de votre temps.

Printed in France by Amazon
Brétigny-sur-Orge, FR